DOUCEMENT RENAÎT LE JOUR

DE LA MÊME AUTEURE

Six ans à t'attendre (Fleuve Éditions, 2019 ; Pocket, 2020)

DELPHINE GIRAUD

DOUCEMENT RENAÎT LE JOUR

fleuve
ÉDITIONS

MIXTE
Papier issu de sources responsables
FSC® C003309

L'éditeur de cet ouvrage s'engage dans une démarche de certification FSC® qui contribue à la préservation des forêts pour les générations futures.

Pour en savoir plus :
www.editis.com/engagement-rse/

Publié avec l'accord de Librinova

ISBN : 978-2-265-15495-7

Dépôt légal : janvier 2021

À la famille.
À mes familles.
De sang et de cœur.

« Peut-être le bonheur n'est-il qu'un contraste, mais il y a une foule de petits bonheurs qui suffisent pour parfumer la vie. »

Alphonse Karr

« Nos différences loin de nous léser doivent nous enrichir. »

Antoine de Saint-Exupéry

Prologue

Dimanche 28 octobre 2018

La jeune femme bifurque sur la droite en trottinant pour emprunter le petit sentier qui serpente entre les arbres. La grande allée est certes plus praticable, mais tellement ennuyeuse lorsqu'il s'agit de s'adonner à une activité aussi inintéressante que la course. Il paraît qu'il faut plusieurs mois de pratique avant d'en savourer les bienfaits et parfois de devenir accro. Très peu de chances pour qu'elle en arrive là. Cette exception dans son emploi du temps n'a pas été préméditée le moins du monde. Dans un moment de désœuvrement, elle a juste pensé aux taquineries régulières de Julie, sa sportive de salariée, et s'est décidée à lui offrir un sujet de conversation passionnant mardi.

Connie distingue à présent difficilement le ciel à travers les hautes cimes des arbres. Les nuages bas, gris et denses, que le vent quotidien ne parvient même pas à chasser, font l'effet d'une chape de plomb depuis quelques jours. La nature semble figée ainsi, destinée à subir éternellement le joug d'un froid couvercle d'acier. Connie frissonne. Elle jette un regard par-dessus son épaule pour s'assurer qu'elle n'a pas perdu l'allée centrale. Si c'était le cas, elle ne retrouverait probablement pas son chemin. Elle vient de temps en temps dans cette belle forêt de Mervent, pour y cueillir de la mousse ou admirer les jacinthes des bois au printemps, mais elle ne s'aventure jamais au-delà des endroits qu'elle connaît.

Tout à coup, Connie entend un bruissement non loin d'elle. Qu'est-ce donc ? Les bois sont remplis d'animaux, mais ils se font discrets en journée, surtout en présence d'humains. Peut-être a-t-elle rêvé ? Le bruit se fait de nouveau entendre. Connie s'arrête un instant pour mieux écouter. Les innombrables coureurs et vététistes du dimanche matin sont depuis longtemps rentrés chez eux. En cette journée fraîche et maussade, les téméraires prêts à se lancer dans une balade forestière ne sont pas légion. Alors de quoi peut-il bien s'agir ?

Encore ce frémissement. Les feuilles qui se froissent, la végétation qui murmure. Une chose est sûre, Connie n'est pas seule dans cette forêt. Elle ne connaît même pas le calendrier des jours chassés. Elle n'a pas pris ses précautions, elle va se faire tirer dessus comme un lapin, ou charger par un sanglier aussi terrorisé que furieux. Quand elle venait ici avec son père, autrefois, ils ne se posaient pas toutes ces questions. Du moins le pensait-elle… Le bruit se rapproche. Prise de panique, elle s'accroupit pour se cacher derrière de hautes fougères. Soudain, il surgit devant elle, lui arrachant un grand cri de surprise. Un homme à vélo. Pour empêcher la collision, il freine brusquement. Les pneus crissent, le cycliste tombe sur le côté. Connie se redresse, en dépit de la frayeur qui menace de la paralyser. Le type se relève déjà, frotte son survêtement pour en ôter les feuilles collées. Son casque vissé sur la tête, il ne semble pas s'être fait mal. C'est la raison pour laquelle Connie ne s'embarrasse pas de formalités.

— Dites donc ! Vous auriez pu faire attention !

L'homme réplique, un sourire moqueur au coin des lèvres :

— Vous êtes gonflée, vous ! Vous n'aviez qu'à vous soulager ailleurs !

Interdite, Connie reste bouchée bée. Il a cru… qu'elle était en train d'uriner dans les bois ? Elle n'a ni l'envie de se justifier auprès de cet inconnu, ni la force de rire de cette situation improbable. Elle ravale toute sa fierté, gonfle la poitrine et tourne les talons. On l'y reprendra, à aller courir un dimanche d'automne, seule dans la forêt !

De retour chez elle, elle se prépare un bon grog bien chaud, sans rhum. Janelle, sa meilleure amie, lui a proposé de passer, comme souvent, en fin d'après-midi. Connie lui écrit que finalement elle va rester tranquille chez elle. Elle n'a plus rien à faire à la boutique, ce n'est pas si souvent qu'elle peut s'octroyer un peu de repos. Prendre un bon livre, s'installer sur son canapé, sous une couverture, Corneille allongée sur ses jambes. Son livre de Michel Bussi a beau être un bon cru comme elle les aime, il ne parvient pas à éloigner le malaise qui l'a gagnée depuis l'incident du vélo. Il ne s'est pourtant rien passé de grave. Aucun animal n'a surgi des buissons pour se jeter sur elle, personne ne l'a agressée. Elle est juste tombée sur un vététiste qui cherchait comme elle un endroit propice au calme pour se livrer à son activité dominicale. Le pauvre n'a rien fait de mal. Connie pose son livre et allume la télévision pour tenter de ne plus y penser.

1

L'Amapola

Lundi 29 octobre 2018

Lorsque Connie ouvre les volets, ce matin, elle découvre le même ciel que la veille... et que l'avant-veille, et que les jours précédents. Elle tire la langue en grimaçant, lassée par cette tristesse météorologique. Dans la cuisine, elle se prépare de nouveau un grog, pour éradiquer le mal de gorge qui menace. Les deux mains autour de son bol fumant, elle repense à son rêve nocturne. Ou plutôt son cauchemar. Son souvenir est flou, mais elle se souvient d'un accident de vélo. Et de ce malaise tenace. Comme hier. Inutile d'avoir fait des études de psychologie pour comprendre que l'aventure avec le vététiste l'a ébranlée. Toutefois, elle ne peut s'empêcher de se demander pourquoi un si petit incident a pris de telles proportions dans son esprit... Peut-être parce qu'elle n'a partagé sa peur avec personne pour l'instant. Parler permet d'évacuer les choses, de les faire sortir pour mieux les apprivoiser. C'est cela. Elle en parlera ce midi à son père, ainsi elle n'y pensera même plus.

Pour l'heure, elle doit faire un tour à l'étage inférieur, dans sa boutique, L'Amapola. Connie tient un magasin de fleurs depuis sept ans. Fleuriste à Vouvant, le village de son enfance qu'elle n'a jamais vraiment quitté, sauf le temps de ses études, c'était son rêve de longue date. Les rêves étant faits pour être concrétisés – enfin, presque tous –, elle a travaillé d'arrache-pied pour créer un endroit agréable, une boutique qu'elle aime et qui donne envie aux clients d'y flâner et d'en ressortir les bras chargés de fleurs. Sa réputation, Connie se l'est forgée à force d'heures passées à travailler, à se piquer les doigts, à gratter la terre – au grand dam de ses ongles –, à user ses semelles au MIN (Marché d'Intérêt National) de Nantes, à la recherche des plus belles fleurs et plantes, à suivre à la lettre les conseils des plus grands professionnels du milieu lors de stages à thèmes.

Connie se sent comme dans un cocon à L'Amapola. La boutique, chaleureuse et élégante, tient son nom de sa passion pour le coquelicot (*amapola* en espagnol). Cela peut paraître fou, pour une fleuriste, d'aimer une fleur qu'elle ne peut travailler à cause de sa fragilité, mais c'est précisément la raison pour laquelle elle l'admire autant. Sauvage, indomptable, et pourtant si robuste. À bien y réfléchir, cette fleur est beaucoup plus solide qu'il n'y paraît. Pour preuve, elle pousse partout facilement et n'a pas besoin d'entretien. Si Connie avait un jardin, elle en sèmerait, rien que pour pouvoir s'émerveiller à loisir devant l'éclat vif de sa couleur. Le coquelicot a souvent inspiré les peintres ; d'ailleurs Connie possède quelques tableaux, achetés à Madeleine Charrier, une peintre locale disparue il y a peu de temps à plus de quatre-vingts ans. C'est dire si ces toiles ont de l'âge, mais Connie ne s'en lasse pas. Quelles que soient la saison et la décoration de la boutique, ils s'accommodent avec tout. Il n'est pas rare que les nouveaux clients lui demandent si les tableaux sont à vendre. Elle ne s'en séparerait pour rien au monde. Peut-être aussi parce qu'elle aimait bien la vieille dame. Elle avait toujours un mot gentil pour elle et la boutique.

Connie ouvre les volets et les fenêtres de la boutique pour y faire entrer le soleil et renouveler l'air. Elle inspire et réprime un frisson avant d'enfiler le gilet bleu marine que son père laisse souvent sur le portemanteau. Comme il est bien trop grand pour elle, elle en retrousse soigneusement les manches. Elle le porte souvent lorsqu'elle travaille les jours de fermeture. Corneille vient se poster sur le rebord extérieur de la fenêtre et regarde avec envie au travers du grillage installé à son intention. Si la chatte, froussarde, n'ose jamais s'aventurer à l'intérieur en présence des clients, elle ne se gênait pas pour se glisser par une fenêtre ouverte une fois le calme revenu, avant que l'accès ne lui soit interdit. Corneille adore grignoter les feuilles ou gratter la terre dans les pots.

Tout en ôtant les pétales tombés et en arrosant ses plantes, Connie remarque la file d'attente qui se crée sur le trottoir, devant la vitrine de son voisin. Depuis que Benoît a repris la boulangerie, les clients font de nouveau fonctionner le commerce local. En cette heure matinale, ils viennent acheter leur pain avant de se rendre au travail. Connie sourit. C'est bon pour ses affaires à elle aussi. Une fois son nettoyage terminé, elle s'installe dans son arrière-boutique, ajoute une épaisseur à son accoutrement peu féminin, puis se met à préparer quelques bouquets Mélusine pour le lendemain. Le Mélusine, c'est sa marque de fabrique. Quand elle en parle à ses clients, elle le présente comme le plat du jour dans un restaurant. C'est une composition renouvelée chaque semaine de fleurs du moment, qu'elle prépare en trois tailles différentes pour s'adapter à tous les budgets. L'idée séduit énormément, aussi bien les habitués qui lui font confiance les yeux fermés, que les clients occasionnels qui s'interrogent sur le concept et se laissent séduire par le coup de main de l'artiste. Les touristes, nombreux à la belle saison, craquent souvent pour le nom du bouquet, presque une appellation locale. À Vouvant, la fée Mélusine, cette femme légendaire dont les jambes se transformaient en queue de serpent le samedi soir, est largement représentée. La tour Mélusine attire d'ailleurs les badauds, qui demandent la clé au café du bourg pour pénétrer dans le donjon.

Connie regarde sa montre : elle a deux heures devant elle avant de monter se préparer pour se rendre au déjeuner hebdomadaire avec son père.

2

Le déjeuner du lundi

Lundi 29 octobre 2018

Connie dépose un baiser furtif sur la joue de Phil, avant de s'asseoir face à lui.

— Ça va ? lui demande-t-il machinalement.

Connie le sent contrarié, la matinée n'a pas dû se passer comme prévu, mais inutile de chercher à savoir : son père n'est pas du genre loquace. Elle se contente donc de saisir la carte du restaurant, bien qu'elle la connaisse déjà par cœur. Elle a horreur de répondre à une question alors que son interlocuteur n'attend pas spécialement de réponse. Même s'il s'agit de son père. C'est son côté rebelle qui refait surface de temps à autre, encore à trente ans passés.

Phil semble s'être rendu compte du silence de sa fille, alors il insiste :

— Tu ne m'as pas dit si ça allait ?

— Tu ne m'as pas vraiment posé la question.

— C'est la première chose que je t'ai demandée quand tu es arrivée.

— Ah bon ? Je n'ai pas bien entendu.

Connie préfère déposer les armes, son père peut se montrer plus têtu qu'elle, mauvaise foi en sus.

— Alors ?

— Il faudra que tu passes à la boutique pour refixer le grillage de la fenêtre du fond, il s'est défait à un endroit.

— C'est Corneille ?

— Peut-être, je ne l'ai pas vue faire.

Ils s'interrompent pour passer commande auprès d'Anna, la serveuse. Puis, Connie reprend :

— Il m'est arrivé une drôle d'aventure hier.

Au moment où Connie lui raconte la méprise du vététiste, Phil rit franchement.

— Le pire dans tout ça, c'est que j'en ai fait des cauchemars cette nuit, ajoute Connie. Des cauchemars d'accident de vélo. Je ne m'en souviens pas vraiment, mais je sais que cela me semblait bien réel. J'ai comme un sentiment de... de malaise. Un malaise bien prégnant, lui. Je me pose des questions. Tu sais que j'ai horreur du vélo. Je ne suis jamais montée dessus de toute ma vie. C'est quand même bizarre. Ce matin, je me suis demandé s'il ne me serait pas arrivé quelque chose avec un vélo ?

Cette question coûte énormément à Connie. Des souvenirs de sa petite enfance, elle n'en a aucun. Jusqu'à présent, elle considérait que l'oubli était normal pour une fillette, jusqu'à un certain âge. Une fois, elle avait évoqué le sujet avec Phil, qui expliquait cela par leur déménagement, quelques mois avant que Connie fête ses huit ans. C'était tout à fait plausible, d'autant qu'à la maison, il n'y avait guère de photos ou d'objets pour se remémorer leur vie à Sarlat. Rarement, quand Connie était adolescente, sa mère sortait quelques clichés d'elle, jouant avec le chat Flocon dans le jardin de Vouvant. Connie n'en avait jamais vu de plus anciens. À défaut d'être exhibés sur un manteau de cheminée, les souvenirs étaient relégués au fond d'une boîte que seule Helen ouvrait ou refermait au gré de ses humeurs. Connie n'y pensait plus. Jusqu'à cet incident en forêt, elle ne saurait dire pourquoi, elle a l'impression d'être passée à côté de quelque chose.

Phil, qui s'apprêtait à boire, suspend son geste une fraction de seconde, ce qui n'échappe pas à sa fille.

— Cela ne me dit rien. Non, je ne crois pas.

Il replonge ses yeux, aussi verts que ceux de Connie, dans son assiette.

— Délicieux, ce poisson. Tu veux goûter ?

— Non, merci. Maman s'en serait peut-être souvenue, elle.

Il est tellement rare que Connie fasse référence à sa mère, que cela lui vaut un regard étonné de Phil. Helen les a quittés un an plus tôt. C'est un cancer du sein qui l'a emportée, mais Connie l'a toujours connue malade. Helen était profondément dépressive, engluée dans une tristesse irréversible. Elle se terrait dans sa maison, telle une âme perdue, parfois même dans sa chambre, plusieurs jours d'affilée sans en sortir. Aux yeux des autres, elle était folle. Elle n'est jamais venue à la moindre réunion de classe de sa fille, n'a jamais assisté à aucun événement important la concernant, pas même quand L'Amapola a été inaugurée. Toute sortie publique était au-dessus de ses forces. C'était Phil qui se chargeait de tout. Il rappelait souvent à Connie que sa mère n'était pas mauvaise, qu'elle n'avait d'ailleurs pas toujours été comme ça. Connie le croyait volontiers, parce que, parfois, il lui arrivait de partager des moments complices avec Helen. Pas des moments heureux, pas de jeux ni de rires, mais des échanges d'idées. Helen tenait à lui transmettre des valeurs d'indépendance et de volonté, alors qu'elle ne les appliquait pas pour elle. C'est Helen qui avait encouragé sa fille à ouvrir sa propre boutique, arguant qu'il ne fallait pas avoir peur de réaliser ses rêves. Et pourtant… que réalisait-elle, elle, comme rêves, cloîtrée dans sa maison devenue prison ? Connie se disait que c'était peut-être à cause de ses grands-parents maternels, morts dans un accident de bus alors qu'Helen avait tout juste dix-huit ans. Pour fuir son chagrin, elle avait quitté l'Angleterre où ses parents avaient choisi de s'établir avant sa naissance, et était partie en France, leur pays d'origine, puisqu'on lui avait toujours parlé français à la maison. En Normandie, elle avait rencontré Philippe, qu'elle avait rebaptisé Phil, un garçon de la DASS en manque d'amour. Sans famille de part et d'autre, ils n'avaient qu'eux et leurs rêves. Fonder leur propre foyer, y vivre heureux et amoureux. Ils n'avaient réussi à concevoir Connie que dix ans plus tard. Et Helen était tombée malade. Comment, pourquoi ? Connie ne posait pas de questions. À quoi bon remuer le passé et ajouter de la peine à son père qui était resté auprès de sa femme, envers et contre tout...

— Il faut que j'y retourne, Connie, lui dit son père après s'être tourné vers l'horloge, comme tous les lundis midi. Je passerai certainement demain soir pour réparer le grillage.

Connie hoche la tête. C'est vrai, ce soir Phil finit le travail plus tard.

— Anna, tu mettras les deux repas sur ma note ?

Anna lui fait un petit signe de tête, les bras chargés de vaisselle sale, tandis que Phil ajuste une casquette démodée sur son crâne à peine dégarni et prend congé. Connie reste seule à déguster son thé au citron. Elle jette un œil sur son portable, au cas où une commande urgente Interflora serait tombée. À part un message de Janelle pour savoir comment elle va, rien à signaler. Connie lui répond brièvement qu'elle sort de déjeuner avec son père et embrasse sa famille, avec un câlin « spécial marraine » dédié à Léa. Connie est proche de sa filleule, depuis quelques années seulement. Tant que Léa n'avait pas deux ans, Connie ne se sentait pas à l'aise avec elle. Il en a d'ailleurs été de même avec sa sœur Cléo, qui vient tout juste de fêter ses trois ans. Connie n'a jamais aimé les bébés, même petite : elle ne se souvient pas avoir joué à la poupée. Elle n'est pas faite pour avoir des enfants. De toute façon, pour ça, il faudrait déjà avoir trouvé le futur père.

Elle remarque ses doigts, aussi noirs que d'habitude. Avec Julie, son assistante, elles plaisantent souvent sur leurs ongles « en deuil ». Elle n'a pas eu le temps de les nettoyer à l'eau de Javel, le Prince Charmant n'a pas intérêt à choisir ce moment pour franchir le seuil du restaurant. Elle l'attend depuis si longtemps, qu'il n'est plus l'heure du tout pour lui de pointer le bout de son nez.

Connie se met à réfléchir. Non pas au Prince Charmant auquel elle n'a jamais cru, mais à son père. Phil a hésité lorsqu'il a été question d'accident de vélo. Il y a quelque chose à gratter de ce côté-là, elle en mettrait sa main à couper. Mais comment savoir ? Alors qu'elle sort et protège ses cheveux sous sa capuche pour les empêcher de frisotter sous l'effet de la pluie, une idée germe dans son esprit. Si elle se rendait à la maison familiale pour essayer de trouver la boîte de photos et voir s'il en existe de sa petite enfance ? Pour tenter d'enclencher le processus des souvenirs. Qui sait si elle n'y trouverait pas un indice ? Connie fait claquer la portière de son vieux Ford Transit et ouvre la boîte à gants pour s'assurer que la clé de la maison de son père y est bien rangée.

Parfait, c'est aujourd'hui qu'elle a rendez-vous avec son passé.

3

La photo

Lundi 29 octobre 2018

Si Connie se rend régulièrement chez son père, ce n'est pas l'endroit où elle se sent le plus à l'aise. À part de menus travaux de réparation, la maison de ses parents n'a jamais été remise à neuf, ni repeinte, ni réaménagée. Helen n'avait que faire de la décoration, Phil n'avait pas d'idées. Cette maison éveille en Connie des sentiments aussi complexes qu'ambivalents : un côté rassurant lorsqu'elle pense à Phil, une impression de gâchis quand Helen s'invite dans son esprit. Le plus souvent, elle refuse que sa mère fasse irruption dans ses pensées. Il y a tant de choses qu'elle ne comprend pas, un tel fossé entre elles, une si forte envie de ne pas lui ressembler. De ne pas finir comme elle.

Les photos doivent se trouver soit dans le bureau, soit dans la chambre d'Helen. Connie prie pour qu'elle n'ait à fouiller que la première pièce. Par bonheur, assez rapidement, elle finit par les dénicher dans une boîte en haut du placard. Celle-ci est petite, mais quoi d'étonnant ? Sa mère ne prenait pas de photos, ou très peu, et son père n'y pensait pas. Connie s'installe sur le clic-clac du bureau et ouvre la boîte. Les premiers clichés qui apparaissent sont ceux qu'elle connaît, d'elle et de Flocon. Connie est déçue, elle les passe en revue rapidement. C'est alors que dessous, elle en découvre d'autres. Des images d'elle, petite fille aux couettes blondes, et de ses parents, des années en moins, le visage rayonnant tous les deux. Trois protagonistes qui ont été immortalisés seuls, à deux, rarement les trois ensemble. Au dos des photos, le nom des personnes est inscrit, accompagné de la date de prise de vue. Connie reconnaît l'écriture de sa mère. Sur une image, une tête nouvelle apparaît, un homme portant Connie dans les bras. « Michel », est-il inscrit. Connie se demande de qui il s'agit. Tout au fond de la boîte, elle trouve un cadre et s'en saisit. Elle n'a jamais vu de cadre dans cette maison. Elle l'observe attentivement.

La photo n'occupe pas toute la largeur, le côté droit est blanc. Elle-même pose sur la gauche du cliché, avec un vélo rouge. Elle doit avoir six ou sept ans. Elle ne se souvient pas avoir jamais possédé un vélo. Voilà ce qu'elle cherche ! Helen a dû marquer la date au dos. Connie s'emploie à ouvrir le cadre et découvre alors que la photo est en réalité pliée en deux. Surprise, elle l'ouvre et la pose à plat devant elle. À gauche de Connie se tient un petit garçon blond d'environ un an. Qui est-ce ? Le fils d'une amie de ses parents ? Un cousin dont elle n'a jamais eu connaissance ? Au dos, il est inscrit de la même écriture fine : « Connie et Mat – 1993 ». Qui est ce Mat ? Connie n'en a jamais entendu parler. Pourquoi la photo a-t-elle été pliée ? Pourquoi a-t-on choisi de mettre celle-ci dans un cadre alors que d'autres auraient davantage fait l'affaire ?

Comme si elle s'y était trouvée autrefois puis qu'on avait cherché à l'effacer… à en cacher une partie.

Si Connie espérait des réponses à ses questions, son malaise est à présent beaucoup plus fort. Une poutre craque, la faisant sursauter. Elle replace à la hâte les photos dans la boîte, remet le cadre nu par-dessus, et range le tout dans le placard. Avant de sortir, elle prend soin de glisser le cliché des deux enfants blonds au fond de sa poche.

Tandis que Connie s'applique à faire un brin de ménage dans son appartement, flanquée d'une Corneille donnant quelques coups de patte à son chiffon à poussière, le regard de la jeune femme est irrémédiablement attiré par la photo qu'elle a déposée sur le bar de la cuisine. Le petit garçon semble l'y narguer.

— Qui es-tu ? Mat..., répète-t-elle en attrapant une nouvelle fois la photo et en scrutant les yeux de l'enfant, comme s'il allait lui répondre.

Des yeux verts comme les siens... Une mère dépressive... Il faut qu'elle sache.

Son père ne termine sa journée qu'à dix-neuf heures. Elle ne peut plus attendre, pas même une heure. Le plus simple, ce serait de se rendre à son travail et de prétexter une urgence. C'est maintenant qu'elle s'en sent la force ; tout à l'heure, elle n'aura pas ce courage.

Les quinze minutes de trajet en voiture lui paraissent interminables. Lorsqu'elle descend de son Transit, une bourrasque la surprend et manque de faire claquer sa portière contre la voiture voisine. Elle essaie de repérer la Clio de son père sur le parking, mais la pluie qui vient de s'abattre lui cingle le visage, alors elle se hâte vers l'entrée. La porte est fermée. Évidemment, à l'heure qu'il est, il n'y a plus personne à l'accueil. Indécise, Connie se dirige vers les portes de l'atelier. Elle ne sait même pas comment on entre là-dedans. Elle n'est jamais venue ici et ne connaît pas les collègues de son père. Il a dû lui en présenter un ou deux, croisés par hasard lors d'une balade, mais elle serait bien incapable de les reconnaître. Par chance, un salarié courageux – ou très accro – fume sa cigarette dehors, sous un abri sommaire.

— Bonsoir, hasarde-t-elle. Je viens voir Philippe Legrand. C'est pour une urgence.

— Phil ? Ça fait un moment qu'il est parti !

— Vous devez vous tromper, il travaille toujours jusqu'à dix-neuf heures les lundis et les jeudis.

— Phil travaille en journée. Il ne finit jamais après dix-sept heures.

— Je vous assure que ça fait des années que c'est comme ça.

— Eh bien, je suis désolé, ma petite dame, mais moi qui travaille ici depuis la nuit des temps, je peux vous assurer que Phil n'a jamais fait partie de l'équipe d'après-midi. C'est votre père, vous dites ?

Connie ne répond pas et s'éloigne en courant. Quand elle arrive à sa voiture, elle est ruisselante. Elle démarre, furieuse, en direction de la maison de son père.

Il va devoir s'expliquer.

4

Révélations

Lundi 29 octobre 2018

Connie ne se trouve dans la maison de son père que depuis une demi-heure, quand la clé s'enfonce dans la serrure extérieure de la porte d'entrée et tente de tourner sur la gauche sans succès. Elle a laissé ouvert derrière elle, si bien que c'est un Phil surpris qui débarque dans la pièce. Il est dix-neuf heures quinze, comme tous les lundis depuis… aussi loin que remontent les souvenirs de Connie.

— Ah, tu es là, fait-il, soulagé de comprendre qu'il n'avait pas oublié de fermer sa maison à clé en partant ce matin.

Il ne remarque pas tout de suite la mine renfrognée de sa fille. Tout du moins pas le temps qu'il se débarrasse de son vieux manteau. Lorsqu'il se retourne, Connie le dévisage d'un air fermé, les bras croisés devant la poitrine. Sans préambule, elle tend à son père la photo des deux gamins blonds. Phil se laisse choir dans le fauteuil le plus proche. Il accuse le coup. Sa réaction ne fait qu'accélérer le rythme cardiaque de Connie. Phil se passe une main sur le visage, faisant crisser les poils durs et courts de sa barbe, puis dans les cheveux d'un blond délavé pas encore blanc, et soupire.

— Où as-tu trouvé ça ?

Connie se plante face à son père. Elle lui rappelle leur discussion du midi et insiste sur son cauchemar. Elle lui parle de cette drôle de sensation qui est restée intacte au réveil et qui ne s'est pas atténuée au fil de la journée. Elle finit par ces mots :

— Qui est Mat ?

— Mat est ton frère, répond Phil sans détour, soudain très las.

Un silence pesant envahit le salon, rempli de questions et d'incompréhension. Connie n'est donc pas fille unique ? Comment peut-on avoir un frère sans même le savoir ? Lentement, le flot d'interrogations s'estompe pour laisser place à des révélations, qui s'insinuent dans la tête de Connie jusqu'à devenir certitudes : Helen, dépressive depuis des années, les mensonges de Phil quant aux lundis et jeudis soir de cinq à sept – pour aller où ? – et pourquoi pas aussi les samedis matin, soi-disant passés à jouer au PMU...

— Tu mènes une double vie. Tu as une autre famille.

Connie ne pose pas de questions, elle affirme. De quoi peut-il s'agir d'autre ? Phil l'observe, interloqué, puis part d'un grand rire triste.

— Non, Connie. Je n'ai jamais eu d'autre femme qu'Helen. Elle est la mère de Mat.

— Mat est mort ?

C'est la seule autre explication. Sinon, elle aurait forcément su qu'elle avait un frère. Il est mort et elle l'a oublié. Phil soupire de nouveau. Évoquer Mat semble l'accabler autant qu'il pèse chaque mot :

— À l'âge de deux ans, Mat a eu un terrible accident. Tu ne te souviens pas de notre maison, lorsque nous vivions encore à Sarlat, mais il y avait une cave sous la terrasse. On n'y descendait pas en soulevant une trappe, non. L'accès avait été creusé dans la terre du jardin, juste à côté des dalles de la terrasse, formant une sorte de trou annexe.

C'est comme ça qu'on l'appelait, d'ailleurs : le trou. Il était entouré de parpaings et donnait sur la porte de la cave. Un escalier en acier, de ceux qui servent à accéder aux toits des immeubles, était fixé sur l'un des murs. Ce trou, ça avait été notre petit bémol quand on avait acheté la maison, mais il était bien sécurisé par une rambarde tout autour. Nous étions en train de refaire les protections. Mat est tombé. Une chute de plus de deux mètres. Au bout de neuf mois, il a fini par sortir du coma.

— Mat est… vivant ?

Les mots sont aussi lourds qu'un poids mort.

— Oui. Mais lourdement handicapé. Il est tétraplégique et ne s'exprime pas. Il vit dans un centre à Fontenay.

Abasourdie, Connie écoute son père lui parler de Mat, ce frère qu'elle ne connaît pas. Il lui explique qu'elle était présente lors de l'accident, avec Helen. Lui était au travail, à l'époque il avait un poste à responsabilités et il passait plus de temps avec ses collègues qu'avec sa famille. La chute de Mat a profondément traumatisé Connie, qui réclamait son frère sans relâche. Les visites à l'hôpital étaient ponctuées des hurlements de la fillette pour que son frère se réveille, les retours à la maison marqués de crises et de pleurs. Ses parents ont décidé d'un commun accord de ne plus lui en parler et avec le temps, elle semblait aller mieux. Son esprit avait mis de côté cet épisode douloureux de sa vie. Pour la protéger, ils ne l'ont plus emmenée à l'hôpital et n'ont plus jamais osé aborder le sujet devant elle, même lorsque Mat est sorti du coma. Elle ne retrouverait jamais le petit frère qu'elle avait connu ; qui pouvait anticiper sa réaction ?

Aujourd'hui, Mat vit dans un centre pour personnes handicapées à Fontenay-le-Comte. Phil va lui rendre visite tous les lundis et jeudis soir, et le samedi matin. Lorsqu'elle était encore en vie, Helen s'y rendait de temps en temps, moins régulièrement. Même si elle n'en parlait pas, Phil savait qu'elle y était allée, car elle passait les jours suivants cloîtrée dans sa chambre.

Connie peine à recouvrer ses esprits. Elle reste debout face au tsunami d'émotions qui la submerge. Les doigts plantés dans l'accoudoir du fauteuil, elle s'y accroche comme à une bouée de sauvetage. Au travers de sa tempête intérieure, elle ne trouve qu'une phrase à prononcer :

— Je veux le voir.

— Tu le verras, Connie. Sois un peu patiente, laisse-moi organiser la rencontre. Tu retrouveras ton frère.

5

Visite surprise

Mardi 30 octobre 2018

— Vous déposerez bien les chrysanthèmes sur la tombe de Georges, n'est-ce pas ?

— Oui, madame Brianceau, c'est bien ce qui a été convenu la dernière fois que vous êtes venue.

— Vous avez noté où elle se trouve ?

— Cimetière Saint-Jean, l'avant-dernière au bout de la troisième allée. C'est bien ça ?

— Oui, enfin, si vous prenez par l'autre entrée, il faut d'abord que vous reveniez tout à droite, du côté des arrosoirs.

— Ne vous inquiétez pas, madame Brianceau, Connie a l'habitude.

Au téléphone avec une cliente, Connie est bien loin de la conversation de Julie avec Mme Brianceau, mais en entendant son prénom, elle hoche instinctivement la tête pour appuyer les propos de son employée. À l'autre bout du fil, c'est Mme Fortin qui fait des siennes :

— Je vous dis que la couronne de fleurs de ma petite-fille était cuite ! Vous n'imaginez pas comme sa mère était vexée. C'était quand même le mariage de sa meilleure amie ! Toutes les petites demoiselles d'honneur devaient porter une couronne. À défaut, quelques dames lui ont glissé des fleurs dans les cheveux, mais ce n'est pas pareil…

— Je ne comprends pas, je vous assure. Les fleurs étaient fraîches quand vous les avez récupérées vendredi. Je ne vends pas de fleurs abîmées, ou qui risquent de l'être le jour de la cérémonie…

— Je ne sais pas quoi vous dire. Ma petite-fille a été déçue, mais c'est comme ça. Je vous apporterai les fleurs dans la journée, vous verrez bien.

— Vous les aviez bien mises au frigo pour les conserver, comme je vous l'avais conseillé ?

— Bien sûr ! Je les ai même déposées à côté des glaçons, pour être bien certaine.

— Madame Fortin, vous n'avez pas mis les fleurs au congélateur, rassurez-moi ?

Julie ne peut s'empêcher de pouffer. Connie écoute Mme Fortin, en l'assurant qu'elle accepte ses plates excuses, et raccroche, hilare.

— Elle a mis la couronne de fleurs au congél ? s'exclame Julie.

— On ne me l'avait encore jamais faite, celle-là !

— La prochaine fois, il faudra bien préciser.

La matinée s'écoule au rythme de la vie de L'Amapola, quelques jours avant la Toussaint. Autant dire que du temps pour penser, Connie n'en a pas tellement. C'est l'effervescence. Il y a le livreur de fleurs, un petit nouveau, qu'il faut accueillir et aider à tout décharger. Il y a cette cliente inconnue qui entre avec sa large jupe et qui, au passage dénude quelques fragiles chrysanthèmes en les frôlant d'un peu trop près. Il y a cet homme qui veut reconquérir le cœur de sa belle en lui faisant expédier un bouquet accompagné d'un mot doux – et un brin coquin, Connie n'est pas sûre que cela fonctionne. Il y a Mme Martin qui vient s'offrir le Mélusine, comme chaque semaine. Connie lui raconte le coup du congélateur parce qu'elle tenait la boutique avant elle. Mme Martin rit de bon cœur.

— Ça m'est déjà arrivé ! Et tu devrais afficher un panneau « jupes interdites en période de Toussaint », ajoute-t-elle en désignant Julie, qui passe le balai et ôte les pots dégarnis.

— Vous faisiez ça, vous ?

— Non, bien sûr que non ! répond en riant Mme Martin.

Connie profite d'une petite accalmie pour acheter du pain chez son voisin. Elle s'apprête à sortir de la boulangerie lorsque Benoît apparaît pour ravitailler la vitrine de baguettes Pétrisane. Il lui fait un petit signe et vient la saluer.

— Comment ça va ? lui demande-t-il en lui faisant la bise.

— C'est un peu la folie, mais c'est bon signe. Ici aussi ?

Benoît acquiesce. Ils échangent les dernières nouvelles. Connie lui annonce la grossesse de Julie, révélée quinze jours plus tôt, et le remplacement qu'il faudra prévoir d'ici à quelques mois.

Ils ne se connaissent pas depuis longtemps, Benoît a racheté la boulangerie pendant l'été. C'est un voisin charmant, elle a déjà eu l'occasion de converser avec lui bien plus souvent qu'avec l'ancien patron. De prime abord, il semble un peu rustre, mais sous ses allures bourrues se cache un bon cœur. Si elle en croit les ragots – quand on tient un commerce, on finit toujours par les entendre –, il serait attiré par les hommes. Connie a d'abord songé que c'était dommage, puis elle s'est dit que c'était une bonne chose finalement. Cela ôte toute gêne entre deux voisins célibataires, dans des âges proches, et coupe court à tout commérage.

En fin de matinée, Connie reçoit une commande Interflora pour la livraison d'une gerbe dans un funérarium de Fontenay-le-Comte. Ce n'est que lorsqu'elle a déposé les fleurs au chevet du défunt – l'un des rares aspects de son métier qu'elle tient en horreur –, quelques heures plus tard, qu'une idée lui vient : elle ne se trouve pas loin du centre où réside Mat. Si elle allait lui rendre visite ? Ce n'est pas le bon moment, elle en est consciente : Julie est toute seule à la boutique et il y a du travail par-dessus la tête.

Mais elle n'en a pas pour longtemps. Elle veut juste le voir.

La tentation est trop grande.

Le centre dans son ensemble est vaste, il s'étend sur plusieurs bâtiments. Celui de gauche, « Les Ailes de l'Espoir », est destiné aux traumatisés médullaires récents, qui suivent une rééducation dans le but de retrouver l'usage de leurs bras, parfois de leurs jambes, ou tout du moins de gagner en autonomie. Lorsque Mat est arrivé ici, c'est d'abord dans cette partie qu'il a été placé. La section de droite, appelée « Le Phénix », ressemble davantage à une maison de vie, et accueille les tétraplégiques. Phil a expliqué à Connie que Le Phénix existe depuis vingt-sept ans. Il a été fondé en 1992 par Suzanne Pouvreau, directrice des Ailes, sur les conseils de l'une de ses collaboratrices, qui ne supportait plus les regards de détresse de certains résidents qui devaient assister, impuissants, à la renaissance des patients dont le handicap n'était que provisoire. Ils étaient remis au pied du mur, encore et toujours. On avait commencé par les isoler dans une aile du centre, mais certains soins étaient dispensés en commun, la prise des repas aussi. Ceux qui étaient destinés à passer leur vie entière en ce lieu avaient besoin de se sentir un peu comme chez eux. Un endroit médicalisé, mais pas trop. L'idée avait séduit Suzanne, qui en avait profité pour agrandir le centre. À présent, il y en a deux. L'un, plus grand, capable d'accueillir jusqu'à quatre-vingts paralysés en rééducation. L'autre abrite une vingtaine d'occupants à l'année. Les deux centres distincts sont toutefois reliés par l'accueil où officient les secrétaires qui gèrent les deux établissements.

C'est là que Connie se présente. Elle précise à l'employée qui la reçoit qu'elle vient rendre visite à Mat Legrand. Hésitante, la femme étudie le visage de Connie.

— Qui êtes-vous ? demande-t-elle d'un ton neutre.

— Je suis sa sœur.

La femme fronce les sourcils. Elle ne comprend pas, preuve qu'elle doit connaître tous les résidents et leur famille. Une sœur tombée du ciel, elle ne doit pas voir ça tous les jours.

— Il faudrait que je consulte sa référente avant. Vous patientez ?

Et tandis qu'elle se retourne, Connie s'accroupit derrière le comptoir pour disparaître de son champ de vision et s'élance discrètement en direction de la porte qui mène au centre. Elle a vu quelqu'un la pousser à l'instant et elle s'engouffre à sa suite, sans encombre. Une bouffée d'adrénaline la saisit alors qu'elle referme doucement la porte derrière elle. Elle n'a jamais fait ça de sa vie. Elle s'avance et accède à une grande salle joliment meublée, dans laquelle des personnes en fauteuil écoutent de la musique et chantent dans une joyeuse cacophonie. Connie n'a jamais côtoyé le handicap, ni de près, ni de loin. À la fois fascinée et terrifiée, elle observe. Elle cherche à reconnaître son frère. En sera-t-elle capable ? Tout à coup, un homme hoche la tête vers Connie et tous les regards convergent dans sa direction. L'éducatrice qui s'occupe du groupe se tourne vers elle à son tour, si bien que Connie leur adresse un petit signe de la main avant de s'éclipser. Personne ne l'a rattrapée pour la mettre dehors, l'hôtesse de l'accueil a dû penser qu'elle était partie. Connie déambule dans les couloirs. Les portes sont ouvertes sur des chambres, vides pour la plupart. Les résidents sont tous partis à leurs activités. Ou presque tous. Dans l'une d'elles, une jeune femme assise dans un fauteuil écoute l'histoire qu'un proche lui raconte.

Connie se demande ce qu'elle fiche ici.

Elle poursuit toutefois jusqu'au bout du couloir. La dernière chambre est ouverte elle aussi, mais sans occupant. Elle s'apprête à faire demi-tour, quand elle se rend compte qu'un jeune homme somnole dans la pièce en face. Elle y pénètre. Ce n'est pas une chambre, mais plutôt un petit salon. La télé est allumée et diffuse les images d'un vieux western en sourdine. Le garçon a une vingtaine d'années, son expression est paisible. Ses cheveux blonds sont un peu trop longs, quelques mèches frisottent autour de son visage. Sanglé dans un fauteuil, son corps mince flotte dans des vêtements propres et bien repassés. Elle s'approche, le souffle suspendu. Soudain, le jeune homme ouvre les yeux. Ronds de surprise, ils la détaillent, leur vert aussi profond que l'eau d'un ruisseau. Combien de temps les deux jeunes gens restent-ils ainsi à s'observer en silence ? Jusqu'à ce que le garçon se mette à crier. Connie prend peur, elle crie aussi, avant de se précipiter hors de la pièce. Des pas accourent tandis qu'elle détale comme un lapin, traverse le centre en sens inverse. Elle sent l'agitation autour d'elle. Arrivée à la porte vitrée de l'entrée, elle découvre qu'elle est bloquée.

— Ouvrez-moi ! tambourine-t-elle à l'attention de la brune de l'accueil.

Celle-ci s'exécute et appuie sur le bouton noir pour actionner l'ouverture, avant de s'écrier :

— Hé, vous ! Je vous avais dit…

Mais Connie ne l'entend plus. Elle s'est déjà enfuie à toutes jambes et se réfugie dans son vieux Transit, avec pour seul écho celui des battements affolés de son cœur.

6

Mon fils, ma bataille

Mardi 30 octobre 2018

Les derniers clients viennent de sortir de L'Amapola, après avoir longuement disserté sur la couleur des chrysanthèmes que le grand-père Maurice aurait aimé voir sur sa tombe. Connie les a pressés, arguant qu'ils n'avaient qu'à se fier à leurs propres préférences. C'est toujours comme ça, ceux qui se présentent au magasin juste avant la fermeture sont les plus indécis. Ils ont le temps, la soirée devant eux, alors qu'elle, même si personne ne l'attend, elle a une vie après le travail. Enfin, une fois qu'elle aura tout rangé, tout nettoyé et préparé pour le lendemain… Ce soir, elle n'est pas d'humeur. Il est déjà vingt heures passées. Elle a congédié Julie, car elle n'a pas les moyens de lui payer des heures supplémentaires. Même si Julie ne les réclame pas, Connie ne veut pas lui être redevable. Alors qu'elle s'affaire au milieu du capharnaüm qui règne encore sur le trottoir, son père arrive. Elle avait complètement oublié qu'il devait venir réparer le grillage.

— Tu as fini tard, ce soir ? s'étonne-t-il.

Connie hoche la tête tout en continuant de s'activer. Sans un mot, Phil entreprend d'aider sa fille à ranger. Au bout de vingt minutes, tout est en ordre.

— C'est la fenêtre de l'atelier, indique Connie.

— Si je suis venu si tard, c'est que je voulais aussi te parler.

— Ah ?

— J'ai appris que tu es allée voir Mat, fait-il sur un ton empreint de reproches.

Connie n'est pas surprise. Si l'idée qu'on prévienne son père ne l'avait même pas effleurée – c'est dire combien elle est perturbée –, au fond, c'est bien normal. Son comportement au centre a dû paraître inacceptable.

— Tu ne pouvais pas faire ça, reprend Phil d'un ton ferme. Mat est fragile, il aurait dû être préparé.

Connie se tait. La marmite est en train de bouillir, son contenu menace de déborder.

— C'est Babeth, sa référente, qui m'a appelé. Elle m'a dit qu'il a hurlé en te voyant. Pourquoi as-tu fait ça ?

Elle comprend qu'elle s'est montrée égoïste, mais peut-on réellement lui reprocher d'avoir voulu rencontrer son frère ?

— Et toi ? Comment as-tu pu me faire ça ? lance-t-elle. J'apprends avec vingt-cinq ans de retard que j'ai un frère ! C'est normal à ton avis ?

La colère gronde sous ses mots. Elle se contient encore, car elle ne veut pas exploser. Elle estime que sa détresse est plus que légitime, et elle a horreur de l'injustice. Son père soupire. Elle a tapé dans le mille, bien sûr.

— S'il avait pu en être autrement… Je t'assure que j'aimerais pouvoir réécrire l'histoire.

— Tu avais vingt-cinq ans pour le faire. Ne me dis pas que tu n'as pas eu de nombreuses occasions.

Ces mots, ils ont tourné en boucle dans sa tête toute la nuit, puis toute la journée, sans qu'elle puisse se confier. C'est sans doute la raison pour laquelle elle n'a pu résister à l'envie d'aller le voir. Pour se rendre compte que ce n'était pas si horrible, que son frère n'était pas une sorte de monstre qu'il fallait cacher à tout prix. Ce qu'elle a vu l'a bouleversée : un jeune homme coincé dans un fauteuil, certes, mais doté d'un beau visage, parfaitement normal. Deux yeux verts surpris. Curieux, mais pas terrorisés. Et surtout tellement vivants.

— Je pensais à dimanche, dit Phil.

— Comment ça, dimanche ?

— Pour aller voir Mat. On pourrait y aller ensemble dimanche après-midi.

— D'accord.

— Bon, montre-moi ce grillage.

— Écoute, là je n'ai pas envie. Je monte, je suis fatiguée.

Elle en a assez de faire des efforts. Prendre sur elle lui paraît soudain au-dessus de ses forces. Elle a besoin de retrouver son petit cocon, seule. Loin de celui qui a toujours été là pour elle, mais qui lui a aussi menti pendant toutes ces années. Elle vivrait aujourd'hui encore dans l'ignorance si un dimanche après-midi – deux jours plus tôt ! –, elle ne s'était pas décidée à aller courir en forêt. Si un type n'avait pas déboulé sur elle à vélo. Si elle n'avait pas fouillé dans les photos de famille. Si…

— Comme tu veux. On verra ça dimanche, alors.

Phil est indécis quant à l'attitude à adopter. Comme Connie se détourne sans même le saluer et fait mine de monter l'escalier, il s'éloigne en marmonnant un vague « À dimanche » et referme doucement la porte derrière lui. Connie redescend la volée de marches à la hâte pour verrouiller la porte, avant de remonter engloutir un frugal dîner et se glisser sous une douche brûlante un long moment.

Dimanche. Elle le verra dimanche. À présent, elle compte les jours.

7

La deuxième maman

1992

En entrant dans la maison, elle entendit le bruit des pleurs. Ils devaient durer depuis longtemps déjà, car elle percevait l'énervement qui pointait au travers. Connie chercha sa mère et la trouva dans la buanderie, affairée à remplir la machine à laver de linge sale. Helen s'essuya la joue d'un vif revers de main.

— Ça va, ma chérie ? Tu t'es bien amusée ?

Connie hocha la tête tout en sautillant. Elle aimait bien faire du vélo dans le jardin.

— Qu'est-ce qu'il a, Mat ?

— Il ne veut pas faire sa sieste, c'est tout. Laisse-le tranquille. Il va finir par s'endormir.

La petite fille en doutait. Quand la voix de son frère montait aussi haut dans les aigus, il était rare qu'il parvienne à se calmer tout seul.

— Je vais essayer de me reposer un peu, reprit Helen. Juste un quart d'heure, j'ai besoin de sommeil. Tu es sage pendant ce temps, Connie, n'est-ce pas ?

Connie fit oui de la tête.

— Je vais jouer avec Steffie.

Sa mère lui adressa un sourire las avant de s'éclipser. Connie gravit l'escalier en frôlant le lambris des murs du bout des doigts et courut sur la pointe des pieds jusqu'à sa chambre, avant d'attraper le bras de Steffie pour l'attirer tout contre elle. Elle la berça quelques minutes, mais elle ne pouvait l'endormir à cause des cris provenant de la chambre voisine.

— Viens, souffla-t-elle à sa poupée. On va voir Mat.

La porte grinça quand elle l'ouvrit en prenant garde à rester discrète. Un hoquet surpris accueillit son arrivée, puis les pleurs cessèrent. Le bébé se redressa. Il faillit retomber, les fesses sur le matelas, en raison de ses pieds entravés dans la gigoteuse, mais il se retint aux barreaux de son lit et parvint à se stabiliser. Connie mit un doigt sur sa bouche pour lui signifier de ne pas faire de bruit. Mat sourit, le visage baigné de larmes et de morve.

— Ni ! s'exclama-t-il avant de glousser joyeusement, ses grands yeux verts fixés sur sa sœur.

— Chuuuut.

Connie attrapa un mouchoir dans la boîte posée sur la commode et débarbouilla le visage de son frère, qui protesta vivement. Elle se débarrassa du mouchoir sur la moquette et reprit Steffie avant d'escalader le lit à barreaux. Mat poussa quelques cris de contentement en comprenant que sa sœur le rejoignait.

— Allonge-toi, Mat. Tiens, je te prête Steffie. Tu peux lui faire un câlin si tu veux. Pousse-toi un peu, laisse-moi de la place.

Connie remonta la couverture pliée au pied du lit sur ses jambes et s'installa à côté de son frère. Elle avait un peu froid, elle se pelotonna contre lui. Le petit regardait le plafond, dans la semi-obscurité de la chambre, serrant son doudou et Steffie dans ses bras, à présent calmé. Connie pensa qu'avec le silence retrouvé, sa mère allait sûrement dormir plus longtemps. Elle serait peut-être moins triste si elle n'était plus fatiguée. Alors elle entonna en chuchotant :

— *Doucement, doucement, doucement s'en va le jour. Doucement, doucement, à pas de velours...*

Mat se laissa bercer par la voix de sa sœur avant de sombrer dans le sommeil.

8

En chiens de faïence

Dimanche 4 novembre 2018

Janelle dépose une tasse de tisane fumante devant sa meilleure amie. Tout son visage rond et brun est attentif, de ses yeux noirs ourlés de mascara, jusqu'à ses lèvres charnues entrouvertes, sur lesquelles flotte un léger sourire.

— Raconte-moi tout, ma belle.

Connie est encore bouleversée. Elle peine à définir ses émotions, à comprendre ce qu'elle ressent au fond d'elle. C'est trop tôt, ça n'a pas encore pu décanter. Janelle va l'aider à remettre de l'ordre dans son esprit.

— C'est Papa qui m'a emmenée. Pendant le trajet, il m'a expliqué que Mat me connaissait déjà. Papa lui parlait parfois de moi et lui montrait même des photos.

Si Mat savait qu'elle existait, Connie se demande ce qu'il devait penser d'elle.

— Il lui disait à quel point j'étais malheureuse de le savoir dans le coma ; tu te rends compte, Mat devait se sentir tellement coupable vis-à-vis de moi ! Je veux dire, de m'avoir bouleversée à ce point.

Elle avait eu peur qu'il soit en colère contre elle aussi, qu'il lui en veuille de cette absence inexpliquée. C'est dans cet état d'esprit qu'elle avait revu son frère pour la première fois depuis des années.

— Alors ? la presse Janelle, pendue à ses lèvres.

— Il m'a détaillée durant de très longues minutes. Je l'ai laissé me regarder et j'en ai profité pour en faire autant. Je ne l'ai pas serré dans mes bras comme je l'aurais pu, ou peut-être dû. Nous sommes restés à nous observer en silence, après que mon père nous a présentés. Peut-être que j'attendais un signe de Mat pour m'approcher de lui, mais qu'aurait-il bien pu faire ? Il peut à peine bouger les doigts.

Connie ne voulait surtout pas que Mat lise sur son visage un quelconque signe de pitié. Car elle n'en avait pas éprouvé. Juste une immense peine. Un profond sentiment d'injustice.

— Tu vois, Janelle, depuis que je l'ai revu mardi pour la toute première fois, quelques souvenirs de notre enfance me sont revenus. Alors que j'avais tout oublié. Je me suis rappelé de lui, dans son lit à barreaux, il devait avoir un an. Mat était un enfant difficile, je me souviens qu'il pleurait beaucoup, mais il était tellement vivant ! Il aimait la vie, mon Mat, comme tous les bébés, et là, je l'ai retrouvé vingt-cinq ans plus tard, cloué dans son fauteuil. Pardon si je pleure, Janelle... C'est précisément ça que je ne voulais pas que Mat voie. Si tu avais vu ses yeux ! Il est tétraplégique et il ne peut pas parler, mais il est très intelligent. Il y a quelque chose d'intense qui passe dans le regard de Mat. C'est captivant... et déstabilisant.

Le temps qu'elle est restée près de lui, il n'a pas crié, n'a pas manifesté la moindre gêne.

— Papa m'a dit qu'il s'exprime beaucoup... à sa façon. Je me demande comment. Nous sommes partis au bout d'une heure environ ; Papa a dit qu'il fallait nous ménager pour cette première, y aller en douceur. Le temps était très long, c'est surtout Papa qui parlait. Tu te rends compte, lui qui n'est pas très bavard...

Avant de s'en aller, Connie avait embrassé Mat sur la joue et lui avait murmuré qu'elle reviendrait le voir très bientôt.

La prochaine fois, elle ira seule, elle se sentira plus à l'aise. La présence de son père l'a un peu bloquée, finalement.

Janelle hoche la tête de temps à autre, agitant ses jolies boucles brunes, captivée par le récit de Connie. Parfois, elle est obligée de lever l'index en direction des filles qui chahutent à côté, ou de prendre l'une d'elles sur ses genoux quelques secondes… avant que la petite ne s'échappe à nouveau.

— Quand vas-tu y retourner ?

— Demain après-midi, puisque la boutique est fermée. Il faudra que j'aie bouclé tout ce que j'ai à faire demain matin.

— Tu verras, demain, ce sera déjà beaucoup plus facile. Aujourd'hui vous vous êtes apprivoisés, demain vous ferez davantage connaissance.

— Mmmm. Je ne sais pas. Il ne peut pas parler, tu sais.

— Tu trouveras une façon de communiquer. Peut-être pas dès demain, mais avec le temps, tu apprendras à le connaître. Ce sera d'abord à toi d'aller vers lui. De lui raconter qui tu es.

Connie se sent soudain désemparée. Elle n'a jamais appris à faire ce genre de chose. Peut-on se dévoiler face à un parfait inconnu, sous prétexte qu'il est du même sang ? Pourtant, une force invisible la pousse vers ce frère qui la fascine. Elle l'a profondément aimé, de cela elle est certaine. Elle lui chantait des berceuses, elle se comportait avec lui comme une petite maman. S'en souvient-il ?

Un coup de fil interrompt la discussion entre les deux femmes. Janelle répond et tandis que les filles l'assaillent de « C'est qui ? », Connie comprend que Ludovic, le mari de son amie, la prévient qu'il rentrera du foot un peu plus tard que prévu. Malgré l'harmonie qui règne au sein du couple, Connie ne peut s'empêcher de remarquer ces petits détails qui laissent entrevoir le temps qui passe. Janelle n'emploie pas le même ton avec son mari qu'avec une autre personne. Elle fait moins d'efforts. Son cas n'est pas isolé, Connie en a déjà fait l'expérience à maintes reprises : lors de stages floraux par exemple. Si l'un des participants décroche en maugréant un vague, voire exaspéré, « Oui ? » avant de s'éclipser, Connie mettrait sa main à couper que c'est à sa femme qu'il s'adresse. Lorsqu'elle observe deux personnes en train de discuter activement, en paraissant *vraiment* intéressées l'une par l'autre, elle pense toujours qu'il s'agit d'une rencontre fortuite entre deux connaissances, pas d'un couple d'amoureux. Là où elle a plus de mal à se lancer dans des pronostics, c'est au restaurant. Les tête-à-tête sont plus occasionnels, les couples profitent pleinement de cette parenthèse. Bien qu'il y ait toujours ceux qui restent les yeux rivés sur leur téléphone plutôt que sur leur moitié...

— C'était Ludo.

— Ah bon ? feint Connie d'un ton qui ne laisse pas dupe son amie.

— Arrête avec ça ! Ludo et moi on se connaît depuis treize ans. On se voit tous les jours, c'est normal que je ne lui réponde pas comme à quelqu'un à qui je n'ai pas parlé depuis des mois.

— Si tu le dis...

— Et toi ? Quand te décides-tu ?

Connie fait la moue. Elle se sent bien comme elle est aujourd'hui, avec son statut de célibataire – endurcie ? –, seule avec son chat Corneille, sans enfant. Précisément pour toutes les raisons auxquelles elle vient de songer. Connie rêve d'une relation extraordinaire, mais l'homme qui pourrait la lui offrir n'existe pas, alors à quoi bon ? Lorsqu'elle est en manque d'affection, elle partage le lit d'un homme. Parfois sans lendemain, mais aussi sans souffrance. Il n'y a que les bons côtés. Ils ne durent pas longtemps, mais qu'importe. Il ne s'agit que de trêves dans son existence affective solitaire.

— David, tu ne l'as jamais appelé ?

— David ?

— Mon collègue. Le nouveau du centre d'addictologie. Celui que j'avais invité à dîner un soir avec toi. Il t'aimait bien, pourtant.

— Si je l'avais appelé, il te l'aurait dit, non ?

— Lui, je ne sais pas, mais toi, j'espère bien que si. Il est plutôt beau garçon, non ?

— Peut-être, mais ce dîner remonte à des semaines. Si je l'appelais maintenant, j'aurais l'air ridicule.

— Tu veux que j'organise un nouveau dîner ?

— Surtout pas ! Janelle, fais-moi plaisir : arrête de vouloir me caser à tout prix.

Le silence plane. Connie réfléchit, inspire comme si elle s'apprêtait à reprendre la parole, puis se ravise. Janelle l'invite à parler d'un haussement de sourcils.

— Il y a quelque chose que je ne t'ai pas dit, Janelle. Dans mes rêves, cette semaine, ceux qui me sont venus après ma visite au Phénix… Ceux qui ont ravivé mes souvenirs, eh bien… j'avais une poupée. Elle s'appelait Steffie. Avant l'accident de Mat, j'avais une poupée que j'aimais bercer. Et j'aimais les bébés.

9

Le test

Mercredi 16 mai 1990

La voix de Roch Voisine chantant *Hélène* avait empli la cuisine, masquée par celles, plus fluettes et moins mélodieuses, d'Helen et de Connie. La fillette aimait ces moments de complicité avec sa mère. Le week-end, Connie et ses parents profitaient du temps en famille, mais le mercredi était dédié à elles seules. Du haut de ses quatre ans, Connie aimait peindre, alors quand sa mère lui demandait à quoi elle voulait occuper sa matinée, l'après-midi étant consacré aux courses et à la gym, la petite fille répondait presque invariablement qu'elle avait envie de sortir sa blouse et ses pinceaux. Il faut dire que, d'un point de vue créatif, Helen fourmillait d'idées et lui proposait toujours des activités variées et originales.

Ce jour-là, Helen avait dessiné les contours d'un arbre, avec son tronc et ses branches, sur une grande feuille blanche cartonnée. Connie avait peint le dessin, en prenant soin de ne pas dépasser. En attendant que la peinture sèche, sa mère l'avait occupée en jouant au train des couleurs. Il fallait se précipiter pour trouver un objet d'une couleur donnée ; mais comme le jeu était beaucoup moins drôle quand on y jouait seul, Helen avait complexifié les règles : Connie devait toucher le plus d'objets possible avant que le train ne reparte. Et surtout ne pas manquer le départ ! Le chat Flocon observait la scène de loin, dressant l'oreille à chaque éclat de rire de sa jeune maîtresse.

Comme elles n'avaient pas eu le temps d'achever le tableau le matin, elles s'étaient remises au travail après qu'Helen avait rangé les provisions dans les placards. Elle aimait cette effervescence joyeuse qui régnait, quand elle orchestrait la vie de la maisonnée avec entrain, quand les yeux pétillants de sa fille n'attendaient qu'un signe pour partager cette complicité qui n'appartenait qu'à elles.

C'est ainsi que Phil les trouva à la fin de la journée : dans une cuisine sens dessus dessous, des pinceaux éparpillés sur le sous-main qui protégeait la table, lui-même maculé de taches, des pots de peinture entrouverts, des verres d'eau remplis d'une couleur indéfinissable à force d'avoir subi l'assaut de fluides divers et variés. Avec au milieu de ce capharnaüm, un joli tableau à accrocher et une fillette aux anges. Il la prit à bout de bras pour éviter le contact de la blouse tout aussi colorée et la fit sauter dans les airs comme elle aimait. Puis il alla se changer, tandis qu'Helen remettait la cuisine en ordre et nettoyait le matériel. Une seule ombre planait au-dessus de sa tête. Elle l'avait laissé à l'écart toute la journée, mais à présent que Phil était rentré, elle ne pouvait l'ignorer plus longtemps. Il jouait toujours un peu avec Connie à son retour du travail, c'était à ce moment-là qu'elle devait en profiter. La petite s'était installée sur le canapé avec Steffie et s'employait d'une main maladroite à montrer à son père la nouvelle coiffure qu'elle avait apprise.

Helen prit le sachet qu'elle avait déposé à côté du micro-ondes et se retira discrètement dans la salle de bains. Elle se sentit soudain si fébrile qu'elle peina à sortir l'objet de sa boîte. Elle descendit son pantalon et sa culotte et se plaça au-dessus des toilettes. Sa main tremblait tellement qu'un peu de liquide chaud se répandit sur ses doigts. Helen grimaça et passa au lavabo une fois sa tâche terminée. Lorsqu'elle prit la serviette pour se sécher les mains, elle jeta un coup d'œil à l'objet : le temps d'attente n'était pas encore arrivé à son terme que deux barres se dessinaient déjà très nettement.

Elle était enceinte.

Même si, au plus profond d'elle-même, elle était certaine que le test ne se trompait pas, elle ne pouvait s'empêcher de se poser la question : comment cela était-il possible ? Il est vrai que Phil et elle faisaient l'amour sans protection, mais cela n'était pas censé marcher. Un petit être ne pouvait pas pousser en elle. Ils avaient mis tant d'années à concevoir Connie. Les médecins avaient été surpris qu'ils y parviennent naturellement, alors elle s'était toujours dit qu'elle n'en aurait qu'un. Connie lui suffisait. Comment partageait-on son cœur en deux ? Elle n'avait pas appris cela, ses parents n'avaient eu qu'elle et ils n'étaient plus là pour la guider. Comment Phil allait-il réagir ? Il serait heureux, Helen le savait. Il rêvait d'une grande famille. D'un garçon, pourquoi pas.

Mais elle ? Était-elle prête à accueillir cet enfant ?

10

Le temps perdu

Lundi 5 novembre 2018

Le moment à la fois tant attendu et redouté est enfin arrivé. Connie est postée devant la porte de la chambre de Mat, l'index suspendu en l'air en forme de crochet pour frapper. Elle hésite, elle entend une voix à l'intérieur. La femme de l'accueil, une dénommée Amandine – celle qui se trouvait là lorsqu'elle s'est conduite comme une forcenée – l'a regardée d'un drôle d'air en la reconnaissant. Puis elle s'est adoucie et a pris son ton détaché de professionnelle pour lui annoncer qu'elle pouvait entrer, que Mat se trouvait avec sa référente, mais qu'elle avait presque terminé.

Cela fait plusieurs fois que Connie entend parler de cette « référente », il doit s'agir de l'infirmière qui s'occupe spécialement de Mat. Connie n'a aucune idée du mode de fonctionnement de ces centres. Elle prend une bonne bouffée d'oxygène et frappe deux petits coups à la porte. Elle attend qu'on l'invite à entrer, puisque son frère n'est pas seul.

— Oui oui ! entend-elle.

Connie ouvre délicatement la porte. Autant de précautions ne lui ressemble pas, son malaise est palpable. Une femme se tient près du lit de Mat. Elle est assez grande, les cheveux rassemblés en un chignon brun, duquel s'échappent quelques mèches blanches. Elle a l'air guindée, engoncée dans un tailleur gris en laine bouillie. Elle ne porte pas de blouse blanche, s'étonne Connie. Les sourcils froncés, la femme jauge la nouvelle arrivée derrière ses lunettes à épais carreaux. Mat aussi tourne la tête vers Connie. La femme est en train de manipuler sa jambe gauche.

— Oh, je vous dérange. Je peux repasser si vous préférez, balbutie Connie.

— Non non, nous avons terminé. C'est moi qui vais vous laisser. Accordez-moi juste le temps de l'installer, répond sèchement la référente, avant d'ajouter en direction de Mat : Tu préfères rester au lit ?

Mat ne répond pas, il a les yeux rivés sur Connie. Cela semble agacer d'autant plus l'infirmière.

— Salut, Mat ! souffle Connie dans un sourire.

— Bon, je vais te mettre dans le fauteuil, tu seras plus à ton aise. Si vous voulez aller vous promener, il y a le parc derrière Le Phénix. Mais surtout, couvrez-le bien. Le corps de Mat ne régule pas sa température, vous devez le vêtir en conséquence. Vous verrez, le parc est grand. Mat aime bien. Enfin, vous ferez bien comme vous voulez. Vous pouvez sonner ici s'il y a quoi que ce soit.

Elle désigne le bouton à côté du lit. Puis elle annonce qu'elle va lever Mat. C'est-à-dire le faire pivoter pour placer sous son corps le filet hamac lui permettant de le soulever, puis manipuler le lève-malade pour réaliser le transfert. Autant de gestes que la femme maîtrise sur le bout des doigts, mais qui semblent durer des heures à Connie. Quinze minutes pour passer de son lit au fauteuil, elle imagine qu'il ne doit pas changer de position souvent. La référente lui montre ensuite brièvement le fonctionnement du fauteuil.

— Il a… une commande qu'il peut actionner lui-même ?

— Bien sûr que oui ! répond l'infirmière, comme si Connie avait sorti la pire des énormités.

Pour la première fois depuis que Connie a pénétré dans la chambre, les yeux de la femme s'ancrent dans les siens, remplis d'animosité. Connie ressent le besoin de se justifier :

— C'est que... comme Mat bouge à peine les doigts... je me disais que...

— Même si son fauteuil n'est pas à la pointe de la technologie, il existe aujourd'hui des systèmes qui permettent aux personnes tétraplégiques de conserver un peu d'autonomie. Tout va bien, Mat ? Je peux te laisser ?

Elle pose sa main sur le bras de Mat et le regarde avec une expression étrange. Connie pourrait presque croire qu'elle lit de la tendresse dans ses yeux, si elle pensait que cette femme soit capable d'en éprouver. Elle passe à côté de Connie sans lui jeter un regard, mais s'arrête sur le seuil de la porte avant de se retourner vers la visiteuse :

— Au fait, si vous avez besoin, je suis Babeth.

Puis elle s'en va.

Connie reste ainsi plantée, droite comme un piquet. Ce n'est que lorsqu'elle entend le claquement des talons s'estomper au fond du couloir qu'elle s'autorise à expirer tout l'air contenu dans ses poumons.

— Eh bien, quel accueil ! s'exclame-t-elle.

Mat reste impénétrable. Il se contente de la fixer. Connie se racle la gorge.

— Tu permets que je m'asseye ? Comme ça je serai à la même hauteur que toi... Enfin je veux dire... ce sera plus facile pour discuter.

Connie se sent minable. Elle n'ouvre la bouche que pour raconter des inepties et ne parvient à obtenir aucune réaction de la part de Mat. Pire, il semble bloqué en sa présence.

— Qu'est-ce que tu lis ? demande-t-elle en désignant le journal posé sur la table de chevet. *L'Équipe* ? Tu suis le foot ? C'est cool !

Elle lui sourit, mais lui ne répond pas.

— Papa m'a dit que tu adores la musique, que tu en écoutes tout le temps. C'est vrai ?

Nouveau silence. Connie repense aux paroles de Janelle : *Ce sera d'abord à toi d'aller vers lui. De lui raconter qui tu es.*

OK. S'il veut qu'elle lui parle, eh bien, elle va se lancer. Elle se lève et se plante devant la fenêtre pour admirer la vue sur le parc. Les nuages et la pluie ont enfin laissé place à un ciel bleu magnifique, les rayons du soleil font scintiller chaque feuille dorée et orangée des grands arbres. Le regard perdu dans l'immensité majestueuse du parc, Connie se laisse aller aux confidences :

— D'aussi loin que voulaient bien remonter mes souvenirs, j'étais fille unique. Je n'avais pas de frère ni de sœur pour partager mes jeux, mes chagrins et mes joies. J'étais seule. J'avais bien une mère, mais elle était aussi triste qu'une pierre. Si triste qu'elle n'avait pas la force de s'occuper de moi. J'avais bien un père, mais il était tellement affairé à jouer le rôle du papa et de la maman, qu'il n'avait plus beaucoup de temps pour les moments de petits bonheurs. J'appelle ces moments-là ceux où il ne se passe pas grand-chose d'autre que le plaisir d'être ensemble et d'en prendre conscience. Tu vois, avec toi je ne suis pas encore prête à partager ça, mais un jour, je suis sûre qu'on le fera. Nos moments de petits bonheurs.

Connie marque une pause. Elle hésite à se retourner, elle ne sait pas si Mat l'écoute, ni si elle osera encore se confier, les yeux dans les yeux. Alors elle poursuit :

— D'aussi loin que voulaient bien remonter mes souvenirs, je n'aimais ni faire du vélo, ni jouer à la poupée, et en grandissant je me suis aperçue que je n'aimais pas les petits enfants, parce que je ne suis pas douée pour m'en occuper. Et puis je suis allée courir en forêt et tout a changé. Tu vas me dire, comment une balade en forêt a bien pu tout bouleverser ?

Connie émet un petit rire, puis se retourne pour faire face à son frère. Il la regarde, le visage empreint de curiosité et d'attention. Encouragée, Connie va s'asseoir dans le siège destiné aux visiteurs, qu'elle rapproche au plus près du fauteuil de Mat, jusqu'à ce qu'elle puisse prendre sa main droite au creux des siennes. Elle sent ses doigts émettre quelques pressions contre sa peau. Peut-être est-ce le signe qu'il veut se libérer de son étreinte. Elle observe son visage, qui ne laisse paraître aucune marque de panique ni de rejet. Elle ne relâche pas ses mains.

— J'ai failli entrer en collision avec un vététiste, alors je me suis souvenue du vélo. Ça n'a pas été une révélation soudaine, juste une vague impression. Et de fil en aiguille, je suis remontée jusqu'à toi. Je te jure que si j'avais su que tu existais, je serais venue te voir. À présent, les souvenirs reviennent. Je sais que j'ai dû ranger Steffie lorsque j'ai cru ne plus jamais te revoir. J'ai mis dans un coin de ma tête tout ce que j'aimais faire avec toi. Alors, oui, je sais, je suis nulle comme sœur. Je ne connais rien au handicap, je suis même capable de sortir les plus belles bourdes que tu aies jamais entendues. Mais je suis ta sœur. Et je veux rattraper le temps perdu. Est-ce que tu veux bien ?

Mat semble réfléchir. Ses grands yeux verts reflètent l'activité intense qui agite son esprit, lequel est en train de disséquer les paroles de Connie, de les analyser et de soupeser leur sincérité. Les doigts se mettent à prendre vie au creux des paumes de Connie. Celle-ci les entrouvre pour libérer sa main, mais il ne l'ôte pas. Connie finit par se rappeler qu'il ne le peut pas, alors elle la guide elle-même vers l'accoudoir du fauteuil, un sourire hésitant sur les lèvres. Lorsqu'elle place ses propres mains sur ses genoux, ne sachant comment se tenir, un grognement emplit la chambre. Mat s'exprime pour la première fois.

— Quoi ? répond Connie en se redressant, sur le qui-vive. Qu'est-ce que tu veux me dire ?

De nouveau, Mat grogne. Les doigts de sa main droite se mettent à bouger rapidement.

— Tu ne voulais pas que j'enlève mes mains, c'est ça ?

Connie se saisit de nouveau de sa main. Elle est fraîche, délicate. Mat possède de longs doigts fins. *Il aurait pu être pianiste*, se dit-elle tristement. La pression de ses doigts s'apaise, il finit même par ne plus les bouger du tout. Et contre toute attente, le visage de Mat se fend d'un sourire, d'un vrai sourire qui fait naître de fines ridules autour de ses yeux.

Il accepte de rattraper le temps perdu.

11

Les nuages

Mercredi 13 février 1991

Phil allait partir travailler lorsque la petite frimousse tout ensommeillée de Connie apparut dans la cuisine.

— Qu'est-ce que tu fais là, ma chérie ? Il est à peine sept heures, retourne te coucher.

— J'ai entendu Mat pleurer.

Son père tendit l'oreille.

— Ton frère pleure encore ?

Le lendemain, Mat fêterait son premier mois. C'était un bébé qui réclamait beaucoup d'attention. Il pleurait souvent et ne se rendormait que dans les bras. Ses nuits comme ses journées étaient entrecoupées de phases de réveil trop longues au goût de ses parents, surtout de sa mère. D'autant qu'Helen, les yeux cerclés de cernes gris, se levait dès les premiers pleurs nocturnes pour éviter que Connie se réveille. Mais plus les semaines passaient, plus elle mettait du temps à les entendre et à émerger de son lit. Ses pas pesaient toujours plus lourd jusqu'à la chambre de Mat, où elle tentait de le calmer. Après le biberon, la crise se prolongeait, rendant la maman nerveuse et impuissante. Elle lui changeait sa couche, mais, les fesses à l'air, le nourrisson redoublait de colère. Phil se levait en général à ce moment-là, tentant d'apaiser et la mère, et le bébé. Pour finir, il incitait sa femme à venir endormir le petit dans le lit conjugal. Helen tenait bon, elle ne voulait pas donner à son fils de mauvaises habitudes, d'autant que Connie n'y avait pas eu droit. Mais Mat hurlait toujours et parfois, les bonnes résolutions d'Helen s'envolaient.

La journée, ce n'était pas mieux. Connie partie à l'école, Helen ne pensait qu'à une chose, fermer les yeux une heure pour se reposer. Mais Mat devait être doté d'un radar : chaque fois qu'elle s'allongeait quelque part, dans son lit ou sur le canapé, il activait son seul moyen de communication, les pleurs. Pleurs de colère, de comédie, de caprice, Helen les appelait par tous les noms. Démunie, elle s'employait à le bercer. Elle avait fini par craindre le petit être vagissant qui s'agitait, le visage cramoisi lorsqu'elle le laissait trop attendre.

— Est-ce que tu crois que Maman voudra bien faire de la peinture avec moi, Papa ?

— Pourquoi pas ? Tu lui poseras la question. Si ton petit frère réussit à dormir un peu, vous aurez peut-être le temps. Mais n'en veux pas trop à ta maman si elle ne peut pas. Elle est toujours ta maman, elle n'a pas changé. C'est juste que Mat a besoin qu'on s'occupe de lui aussi. Tu verras, quand il grandira, vous retrouverez vos habitudes. Je dois y aller, ma puce. Sois sage, d'accord ?

Elle grimpa l'escalier et pénétra à pas feutrés dans la chambre de ses parents. Elle distinguait une masse sombre dans le grand lit. Alors qu'elle s'approchait, la silhouette d'Helen se redressa subitement.

— Connie, c'est toi ? Tu m'as fait peur ! Retourne te coucher.

— Je peux venir avec toi ?

— Connie… je viens juste de rendormir ton frère. Est-ce que j'ai le droit de me reposer ? Va dans ta chambre, s'il te plaît.

— On pourra faire de la peinture après ?

Helen soupira.

— On verra.

— J'aimerais bien en faire.

— D'accord, maugréa Helen en étouffant un bâillement. Quand on sera levées, je t'installerai et tu pourras en faire toute seule.

Connie quitta la pièce en secouant la tête. Elle se demanda si sa mère la laisserait regarder la télévision, à défaut de faire de la peinture.

12

La becquée

Jeudi 22 novembre 2018

Connie et Mat se promènent en silence dans le parc du Phénix. Connie aime la quiétude de l'endroit, interrompue parfois par la présence bruyante d'un résident ou de ses visiteurs. Elle aime aussi les vastes allées aisément praticables pour les roues des fauteuils et les étendues d'herbe au pied des grands arbres, sur lesquelles elle s'aventure seule pour ramasser des feuilles mortes ou des glands. Elle revient vite avec ses trouvailles, ouvre la main de Mat et lui fait toucher la surface nervurée et craquante des feuilles, celle lisse et douce du fruit du chêne, avec son petit chapeau rugueux. Mat sourit, puis ils rentrent se mettre au chaud, les joues rosies par le froid qui commence à mordre. Dans le couloir, ils croisent Élise, la résidente que Connie avait vue dans sa chambre le jour de sa visite épique en ces lieux. Elle et sa mère les saluent tandis que cette dernière conduit sa fille à la pièce commune. Mat n'aime pas les endroits de vie en communauté. Il est rare de le trouver ailleurs que dans sa chambre ou dans son salon, même quand des ateliers sont organisés par les animateurs, Claudia et Alfred. Cuisine, chants, jeux de société, quiz, ils proposent tous les jours des activités variées en groupe. Le reste du temps, pour combler les journées, ils s'occupent des résidents à la recherche de compagnie : ils remplissent leurs grilles de mots-croisés, disputent une partie d'échecs ou les accompagnent en promenade dans le parc. Connie sait qu'il arrive à Mat de passer de rares moments avec les autres. Paco, le doyen des résidents que plus personne ne vient voir, éprouve de la tendresse pour Mat qu'il a vu grandir. Il a confié à Connie que le garçon est heureux d'avoir une nouvelle visiteuse.

Connie enlève le manteau de Mat tout en lui demandant s'il a besoin de quelque chose.

— Je peux aller te préparer une boisson chaude, si tu veux ?

Mat émet un grognement grave en même temps qu'il tourne la tête de gauche à droite. Un simple hochement lui permettrait d'être compris, mais il aime ponctuer son geste du son de sa voix, cela lui donne plus de poids. Connie a fini par déchiffrer son intonation : quand le son est aigu, cela veut dire oui. En revanche, si Mat veut répondre par la négative, sa voix se fait plus grave.

Ses cordes vocales fonctionnent, alors Connie s'est au début demandé pourquoi il ne parlait pas. Son père lui a expliqué que cela n'avait rien à voir avec une impossibilité d'émettre un son, puisque son organe est intact. C'est une partie de son cerveau qui a été endommagée lors de l'accident. La zone du langage ne fonctionne plus. Il aurait sans doute beaucoup de choses à dire, mais il ne le peut pas. Peut-il seulement réfléchir ? Les mots sont importants, ce sont eux qui traduisent notre pensée. Qu'est la pensée sans les mots ? Le sujet passionne tellement Connie qu'elle a emprunté à la bibliothèque un livre d'Hegel, *Philosophie de l'esprit*.

« C'est dans les mots que nous pensons. Nous n'avons conscience de nos pensées déterminées et réelles que lorsque nous leur donnons la forme objective, que nous les différencions de notre intériorité,

et par suite, nous les marquons d'une forme externe, mais d'une forme qui contient aussi le caractère de l'activité interne la plus haute. (...) Car en réalité, l'ineffable, c'est la pensée obscure, la pensée à l'état de fermentation, et ce qui ne devient clair que lorsqu'elle trouve le mot. Ainsi le mot donne à la pensée son existence la plus haute et la plus vraie[1]. »

Ce passage n'a fait que renforcer ses doutes. Si la zone du langage dans le cerveau de Mat a été touchée, cela affecte forcément sa capacité à penser.

Connie apprend à connaître son frère depuis trois semaines et les questions abondent. Elle a lu *Je demande le droit de mourir* de Vincent Humbert et pleuré toutes les larmes de son corps en se jurant que jamais elle ne lui parlerait de cette histoire. Elle a regardé *Intouchables* avec Omar Sy et François Cluzet, elle a ri aux éclats et pleuré d'émotion, en redécouvrant ce film qu'elle avait oublié malgré sa qualité, puis a songé qu'il faudrait qu'elle le visionne en compagnie de Mat. Elle est actuellement en train de dévorer *Avant toi* de Jojo Moyes, qui parle d'une histoire d'amour entre un homme tétraplégique et son aide-soignante, mais vu la fin, Mat n'aura pas non plus le droit de découvrir ce livre.

Connie aime bien venir au Phénix. Aussi organisée que son père, elle a programmé ses visites le dimanche et le lundi après-midi, ainsi que le jeudi en fin de matinée. Parfois, si elle a des fleurs à livrer à Fontenay, elle prend dix minutes pour s'arrêter dire bonjour à Mat. Il arrive qu'il soit en pleine séance de kiné avec Déborah ou de massages et d'étirements avec Babeth. Cette dernière n'apprécie pas d'être ainsi dérangée. Mais le sourire qui éclaire le visage de Mat à la vue de sa sœur vaut tout l'or du monde, tant pis si la vieille harpie n'est pas contente.

1. Hegel, *Encyclopédie des sciences philosophiques en abrégé*, III, « Philosophie de l'esprit », § 450, 1817.

Connie a fini par apprendre que Babeth n'est pas vraiment une « référente ». Si on voulait employer les mots justes, il faudrait parler d'elle comme d'une « maman de substitution ». Au début, quand Phil lui a expliqué ce lien particulier qui unit Mat et Babeth, Connie s'est récriée. Mat avait déjà une mère, pourquoi Babeth s'immisçait-elle ainsi dans sa vie ? Patiemment et en pesant chaque mot, Phil a évoqué l'absence d'Helen et son incapacité à surmonter la situation.

— Trouver sa propre mère quand on ne peut pas compter sur la sienne, je crois que c'est l'instinct de survie. D'ailleurs, ta mère l'a toujours compris. Babeth a été là depuis le début. Elle s'est attachée à ce petit garçon qu'elle soignait. Son mari est mort quelques années avant que nous n'arrivions en Vendée. Elle n'a jamais refait sa vie et n'a pas eu d'enfant. Mat est le fils qu'elle attendait, tu comprends ?

— Comment peux-tu dire qu'il est son fils ? Mat n'était pas orphelin à l'époque.

— Non, mais c'est lui qui l'a choisie. Quand Babeth n'est pas là, il est perdu. Après tout ce qu'il a traversé, on ne peut pas lui en vouloir.

Aujourd'hui, Babeth passe encore plus de temps avec Mat. Elle ne travaille plus qu'à mi-temps parce qu'elle a choisi de se mettre en préretraite. Et comme elle habite une petite maison qui jouxte Le Phénix, elle n'est jamais bien loin. Connie ne lui en veut pas, mais elle ne comprend pas. En fait, en y repensant, c'est plutôt le comportement de sa mère qu'elle peine à cerner. Comment peut-on abandonner son propre enfant, à tel point qu'il soit contraint de se trouver une mère de substitution ? Mon Dieu, quelle famille !

Connie arrange les fleurs dans le vase qu'elle a déposé à la hâte en arrivant. Toutes les semaines, elle vient avec deux bouquets Mélusine : un pour fleurir l'accueil – c'est comme ça qu'elle s'est mis Amandine dans la poche – et l'autre pour la chambre de Mat. Le soir, Babeth les dépose dans le petit salon qui fait face à la chambre – elle dit que ce n'est pas bon de dormir avec des fleurs –, le matin, elle les remet en place pour égayer la pièce.

— Il te plaît ? demande Connie en désignant le vase rond gris anthracite. Je l'ai trouvé ce matin au MIN. J'ai pensé qu'il irait bien dans ta chambre qui a des tons doux et chaleureux. Cela rehausse l'ensemble.

Mat sourit et grogne dans les aigus. Connie s'approche et se laisse choir à côté de lui sur le lit. Si elle ne prend pas garde, il se pourrait bien que l'endormissement la gagne. Elle doit se lever encore plus tôt le jeudi matin pour que son vieux Transit et elle fassent l'aller-retour jusqu'au marché de Nantes, qu'elle arpente les allées pour y faire ses emplettes, qu'elle décharge ses achats à la boutique et qu'elle ait le temps de passer la fin de la matinée en compagnie de son frère avant d'ouvrir L'Amapola en début d'après-midi.

— J'aime bien discuter avec ton colocataire, Paco. Je le croise presque chaque fois que je viens. On dirait qu'il veille sur chacun d'entre vous comme un grand-père. Sur toi un peu plus, peut-être. Tu es arrivé ici si jeune, il te connaît depuis toujours. Quand je t'ai laissé lundi, il prenait l'air à l'entrée du Phénix. Il m'a dressé un bref inventaire des autres résidents. Je ne me souviens pas de tout le monde, mais j'ai retenu les histoires et les prénoms de ceux que je vois de temps en temps.

Connie cite Oscar, ce cinquantenaire qui a survécu à un accident d'hélicoptère et qui, ayant perdu l'usage de la parole, passe de longues heures à contempler le jardin. Jean-Charles, qui s'est écrasé avant que son parachute ne s'ouvre, Marité, presque aussi âgée que Paco, victime d'un mari violent, et désormais aveugle, Sigrid et sa maladie dégénérative qui l'a cueillie à quarante ans à peine. Paco a atterri dans un fauteuil après avoir chuté de son toit pour remettre une tuile déplacée, Élise après un accident de voiture.

— Et toi... tombé bêtement dans une cave mal protégée.

Mat ne répond pas. Stoïque, il regarde ailleurs. Connie devine qu'elle s'est aventurée sur un terrain glissant, peut-être qu'elle a même manqué de tact, aussi préfère-t-elle changer de sujet.

Souvent, Connie raconte à Mat la vie de la boutique et ses anecdotes. Mat rit. Dans ces moments-là, elle se demande si, tout compte fait, il ne serait pas capable de penser et de se laisser embarquer dans ses récits. Qui serait assez malin pour deviner ce qui se passe sous la tignasse blonde ?

— Tu te souviens du nouveau livreur de fleurs coupées dont je t'ai parlé ? J'ai appris l'autre jour qu'il s'appelle Firmin. Ça lui va bien, tu ne trouves pas ? Il est tellement précieux. On dirait Stéphane Bern. Il me parle comme si j'étais la huitième merveille du monde. C'est vraiment très gênant. Sais-tu que c'est bientôt la Sainte-Catherine ? C'est le 25 novembre. Ce jour-là, on fête les Catherinettes. Ce sont les jeunes femmes de vingt-cinq ans qui sont toujours célibataires. On me demande de garnir leur chapeau avec des fleurs, bien sûr, mais aussi avec des objets improbables. Cette année, une cliente a voulu que je trouve le moyen d'ajouter une poupée Barbie sur celui de sa fille. C'est un clin d'œil, parce qu'elle y a joué jusqu'à ses quinze ans. Tu te rends compte ? Heureusement, personne ne m'a fait ce coup-là pour mes vingt-cinq ans !

Connie parle, volubile. Elle raconte tout, pendant des heures. De temps à autre, elle se lève, arrange quelques livres dans la petite bibliothèque, ou tapote le lit en tirant la couette déjà impeccablement remontée. Puis elle se fait violence pour rester en place et ne pas donner le tournis à Mat, s'assied face à lui et reprend ses récits posément, tout en s'assurant que son frère ne présente pas de signes d'impatience. Mat ponctue son écoute de quelques grognements plus ou moins enjoués. Connie est certaine que lorsqu'elle quitte la pièce, elle laisse derrière elle un assourdissant silence.

Le jeudi, c'est elle qui lui donne son repas. D'ordinaire, c'est Babeth qui s'en occupe. La première fois que Connie a demandé si elle pouvait participer, la semaine qui avait suivi ses retrouvailles avec Mat, Babeth avait tiqué. Mais Connie ne voulait pas en démordre, il lui coûtait que cette femme soit là pour nourrir son frère pendant qu'elle profitait encore un peu de sa présence. Babeth avait fini par céder et lui avait montré comment faire. Connie avait décrété qu'il n'y avait rien de compliqué à cela, c'était comme donner la becquée à un enfant. Babeth lui avait lancé un regard noir et aussitôt, Connie avait regretté ses mots, prenant conscience qu'elle avait pu blesser Mat. Si c'était le cas, il n'en avait toutefois rien laissé paraître. Connie avait dû supporter la surveillance de Babeth tout le temps qu'elle lui avait donné à manger, c'était la condition sine qua non pour que la vieille harpie accepte de la laisser prendre la relève de cette tâche qu'elle accomplissait matin, midi et soir, tous les jours depuis vingt-cinq ans.

Aujourd'hui, Babeth arrive avec le plateau-repas, après avoir pris soin de frapper avant d'entrer. Elle dépose le tout sur la petite table et se tourne vers Mat.

— Tu vas bien, mon grand ?

Le ton qu'elle lui réserve est affectueux, tandis qu'elle fait tout son possible pour éviter Connie. *Schizophrénie, ou simple méchanceté ?* se demande Connie, tant son comportement est différent selon qu'elle s'adresse à Mat ou aux autres, à Connie surtout. Quoique, en y réfléchissant bien, il se pourrait bien qu'elle-même agisse exactement de la même façon.

Mat grogne gentiment.

— Ce midi, c'est purée de carottes et roulé de jambon, dit-elle à Connie d'un ton sec. Vous saurez faire ?

— Bien sûr, s'empresse de répondre Connie.

Bien que cela lui coûte, elle ajoute à l'attention de Mat :

— Je peux m'en occuper ou tu préfères que ce soit Babeth ?

— Jamais de question ouverte, comment voulez-vous qu'il vous réponde ? Mat, acceptes-tu que Connie te donne ton repas ?

Mat acquiesce en silence.

— Bien. Veux-tu que je reste ?

Cette fois, Mat tourne la tête de gauche à droite. Impassible, Babeth quitte la pièce non sans avoir précisé que Connie pouvait l'appeler à tout moment.

Le repas est plus détendu que la semaine passée. Connie reprend son joyeux babillage, tout en portant des cuillerées de carotte et de jambon à la bouche de Mat, et en croquant vigoureusement dans son sandwich. Lorsque Mat a terminé son yaourt et sa banane, Connie s'éclipse pour rapporter la vaisselle sale à la cuisine. Puis elle revient dans la chambre, et Babeth est déjà là : c'est l'heure de la sieste de Mat. Connie ne peut s'empêcher de froncer les sourcils. Cette femme l'infantilise beaucoup trop, ce ne serait pas la fin du monde s'il décalait sa sieste d'une demi-heure. Elle s'abstient toutefois de faire un commentaire, embrasse son frère sur les deux joues en lui disant qu'elle revient dimanche.

13

Sapin, vin chaud et prétendant

Vendredi 21 décembre 2018

L'Amapola est en effervescence, en cette veille de fête de Noël. Si certains les ont déjà achetés depuis trois semaines, les sapins continuent de se vendre comme des petits pains, bien que leur manutention soit plus laborieuse que celle des baguettes de Benoît. C'est quasi systématique : Connie se pique les doigts. Elle ne songe à sortir les gants de son tablier que lorsque les fines aiguilles lui ont pénétré la peau, parfois jusqu'à faire perler une minuscule goutte de sang. Connie peste, les gens y sont habitués. Elle est gentille mais un brin râleuse. Phil est en congé depuis ce matin, il aide sa fille et Julie dans la boutique. Sa spécialité, c'est surtout de servir le vin chaud aux clients. Sur les conseils de Mme Martin, Connie a perpétué cette tradition et les clients sont ravis. Même la serveuse de la boulangerie est venue en prendre pour apporter un verre au boulanger et au pâtissier.

Phil aide aussi au chargement des sapins dans le coffre des voitures. Connie y tient : ce n'est pas aux clients de s'en occuper. Elle les fait se garer sur la place réservée aux livraisons juste devant la boutique, et soulève avec eux le sapin pour le glisser dans le coffre. Selon la taille – du sapin et de la voiture –, il faut parfois rabattre les sièges et condamner un côté de la voiture, d'autres fois, repasser un peu plus tard sans les enfants, qui ne manquent jamais de manifester leur profonde déception. Dans ce cas, Connie leur offre un bonbon pour les aider à patienter. Donner envie aux clients de venir acheter leur sapin à L'Amapola plutôt que dans une jardinerie ou une grande surface, c'est son challenge de fin d'année, en plus de tous les autres.

Julie tente justement de soulever un sapin qu'elle vient de vendre à Mme Fortin. Connie se mord la lèvre pour ne pas dire à sa cliente que, heureusement, cette fois l'arbre est trop grand pour entrer dans son congélateur.

— Papa ? Tu peux aider Julie ? Laisse, tu ne dois plus porter de choses lourdes maintenant, ajoute-t-elle à l'attention de sa salariée en faisant référence à son ventre arrondi.

Julie obtempère sans broncher et salue Mme Fortin avant d'aller s'occuper d'un autre client. Connie sourit en embrassant sa boutique du regard. Elle aime particulièrement cette décoration de fête. Elle ne fait pas dans l'excès, les coquelicots des tableaux offrent déjà une belle palette de rouges. Elle préfère opter pour le blanc et le naturel. L'ambiance est chaleureuse et intimiste. Par contre, quelle que soit la saison, elle dispose toujours un élément en vitrine qui attire les badauds. Cette année, ce sont trois maisonnettes animées qui forment un petit village de Noël, avec la boutique du Père Noël, son petit train qui entre et sort inlassablement du tunnel, des personnages qui tournent sur la patinoire devant la maison éclairée, et un moulin devant lequel des enfants se précipitent vers un Père Noël qui ouvre les bras, une immense hotte derrière lui.

Si Connie n'a pas eu une enfance particulièrement heureuse, elle a toutefois toujours aimé Noël et son esprit de fête. Sans doute espérait-elle que chaque année serait meilleure. Elle se souvient que pendant longtemps, même si elle ne croyait plus au Père Noël, elle n'avait souhaité qu'un cadeau : lire des sourires sur le visage de sa mère.

Au milieu de la matinée, le livreur de fleurs coupées arrive. Celui d'avant venait plus tôt, Firmin n'est jamais en avance.

— Bonjour, mademoiselle Connie ! claironne-t-il comme à son habitude. Comment allez-vous aujourd'hui ? Il fait froid, n'est-ce pas ? D'aucuns prétendent qu'il devrait neiger le jour de Noël. Ne serait-ce pas fabuleux ?

— Vraiment ? marmonne Connie tout en débarrassant Firmin de quelques contenants dans l'atelier. Vous avez ajouté les poinsettias supplémentaires ? Il en est parti plus que prévu, je me suis aperçue que je n'en aurai pas assez.

— Poinsettias en nombre, amaryllis, œillets, crocus, roses de Noël… Tout est là pour vous satisfaire, vous et vos clients, gente dame.

— Firmin, soyez gentil, arrêtez votre badinage.

— Quel badinage, mademoiselle Connie ? On ne badine pas avec les fleurs !

Connie le considère un instant d'un œil circonspect. Elle remarque la barbe de trois jours qui s'étale sur ses joues et son cou d'ordinaire glabres. Cela masque le double menton qui lui donne des airs de Guillaume Gallienne.

— Trêve de plaisanterie, ma chère dame. J'ai vu que vous recherchiez toujours quelqu'un pour remplacer votre assistante, reprend Firmin tandis que tous deux s'activent à pointer les articles en vue de valider la livraison.

— Vous avez vu l'annonce sur la porte ?

— Oui. Avez-vous quelques pistes pour des prétendants ?

— Les prétendants, comme vous les appelez, ne courent pas les rues. Ceux que j'ai rencontrés, soit ne veulent pas travailler le week-end – vous avez déjà vu un fleuriste fermé le samedi, vous ? –, soit ont des prétentions salariales bien au-dessus de mes moyens. Ceux qui acceptent toutes les conditions ne font malheureusement pas l'affaire. C'est désespérant.

— Comme je vous comprends, ma chère.

— Dans deux mois, Julie sera arrêtée. Avec la route qu'elle fait tous les jours pour venir travailler, son médecin compte bien la faire profiter de son congé pathologique. J'ai encore le temps de trouver, restons positifs.

— Prenez-moi.

— Je vous demande pardon ?

— J'ai l'honneur de vous présenter ma candidature.

Connie ne sait que répondre. Phil entrouvre la porte de l'atelier à ce moment-là.

— Excuse-moi de te déranger, mais Mme Jacquemart vient chercher son bouquet.

— Il est là, j'arrive ! s'exclame Connie, trop heureuse de sauter sur l'occasion de se débarrasser de Firmin.

— Tu es occupée. Donne, je m'en charge.

Phil n'attend pas que Connie réagisse, il se saisit des fleurs et disparaît aussi vite qu'il est apparu.

— Écoutez, Firmin, reprend Connie, agacée, j'ai du travail. Il faut que je range tout ça et que je retourne dans la boutique.

— Ne vous excusez pas, ma chère Connie. Le travail en boutique, je sais ce que c'est. Je suis sérieux. Vous ne voyez en moi qu'un livreur, débutant qui plus est, mais je ne suis pas du tout à l'aise dans ce rôle. Ce que j'aime, c'est manier les fleurs, les assembler pour en exprimer la beauté, l'harmonie parfaite. J'aime être en contact avec les clients, leur faire comprendre que mélanger des roses avec des fleurs exotiques, ce n'est pas l'idée la plus florissante qui soit, leur expliquer la différence entre les fleurs calmes et celles mouvementées et pourquoi on n'accorde pas les variétés ensemble n'importe comment. Bref, j'ai travaillé quinze ans en boutique et vous n'imaginez pas à quel point cela me manque. Je vous enverrai mes références par e-mail. Et je solliciterai un entretien avec vous. J'y tiens, ma chère Connie. Travailler avec vous serait un grand honneur.

Connie en reste coite. Elle est partagée. Elle a senti dans le discours de Firmin une passion bien réelle doublée d'une expérience certaine, mais cette sensation qu'il lui fait la cour en même temps, comme on le faisait autrefois, la met mal à l'aise.

Tandis qu'ils traversent tous deux la boutique, elle plus pour lui indiquer la sortie que pour le raccompagner, il lance avant de partir :

— Au revoir, ma chère Julie, au revoir, monsieur Legrand.

Puis, ancrant ses yeux noisette dans ceux de Connie :

— Au revoir, ma très chère Connie. Je compte sur vous pour m'accorder bien vite ce rendez-vous.

Les joues de Connie s'empourprent lorsqu'elle se figure ce que doivent penser les témoins de cette scène. Les yeux de Julie se sont arrondis comme des soucoupes. Phil fait semblant de regarder ailleurs.

— Il postule, annonce Connie une fois que Firmin est parti, pour couper court à tout fantasme.

Julie part d'un grand rire.

— Moi, je l'aime bien, ce grand gars un peu bizarre. Mais alors toi ! Comment vas-tu faire pour t'en débarrasser quand je serai partie pouponner ?

Connie se déride à la seule perspective de constater la réaction de Mat lorsqu'elle lui racontera cette nouvelle anecdote.

14

Papouillours

Mardi 18 juin 1991

Helen attrapa l'un des grands sacs en plastique déposés à la hâte sur la table de la cuisine et se mit à ranger son contenu dans les placards. Ses gestes frénétiques trahissaient son énervement. Depuis plusieurs jours déjà, elle devait remplir le frigo, mais elle n'avait trouvé ni le temps ni le courage de sortir. Mat s'était montré plutôt calme la veille, elle en avait profité pour se mettre à jour dans les tâches ménagères. Ce matin-là, à contrecœur, elle avait dû se résoudre à se rendre au supermarché, si elle voulait cuisiner autre chose que des pâtes. Cela n'était pas pour déplaire à Connie, mais Phil ne manquait pas de lui faire remarquer qu'elle ne variait pas assez les repas. Dans les allées de la grande surface, Mat s'était mis à lancer quelques cris. Helen avait tenté de le calmer, mais le souffle entre ses dents serrées sifflait trop fort. Mat s'était raidi, les cris s'étaient transformés en pleurs, puis en hurlements. Quiconque jetait des regards dans leur direction ne voyait qu'une mère impassible, certes déposant les produits dans le caddie plus prestement qu'il n'était d'usage de le faire, mais déterminée à finir ses courses coûte que coûte. Helen, elle, était désemparée, horrifiée de constater qu'ils étaient l'attraction du magasin. Connie, qui d'ordinaire savait calmer son frère, était à l'école. Cette sortie serait la dernière sans elle, songeait Helen tout en déposant les articles sur le tapis roulant. Une bouffée de reconnaissance avait envahi la jeune mère quand la caissière lui avait adressé un petit sourire compréhensif, aussitôt évanouie lorsqu'elle avait lu ensuite sur son visage le soulagement d'en avoir fini avec sa cliente, pour ne plus avoir à subir les cris du bébé.

C'en était ainsi avec Mat : Helen était incapable d'anticiper ses réactions.

Elle venait seulement de le coucher. Il s'était tellement épuisé à pleurer qu'il n'avait pas opposé de résistance à son lit. Helen sentit les muscles de ses épaules se relâcher à mesure que les sacs de courses se vidaient. Alors qu'elle s'apprêtait à jeter les emballages dans la poubelle du garage, la sonnerie du téléphone retentit dans la salle à manger. Helen sursauta et se précipita pour décrocher avant que Mat ne se réveille.

— Allô ?

— Salut, Helen !

— José ?

— Comment tu vas ?

José Delgado avait cette voix chaude qui vous enveloppait avec douceur. Helen ferma les yeux, à la fois rassurée par ce ton familier et angoissée à l'idée du tour que pourrait prendre la conversation.

— Et toi ? demanda-t-elle, éludant sa propre réponse.

— Ça va… Alors ? Tu as avancé ?

— Avancé sur quoi ?

— Comment sur quoi ? Sur ton ménage, tiens ! reprit-il sur le ton de la blague. As-tu bien passé la serpillière ce matin ? Ne fais pas celle qui ne comprend pas, Helen, cela ne te ressemble pas.

Elle poussa un long soupir.

— Ne sois pas si pressé, Jo. J'ai un bébé, je te le rappelle.

— Ton fils a cinq mois, ma belle. Il ne me semble pas que la reprise ait été si longue avec Connie. Et puis, un bébé, ça dort. Tu as le temps d'écrire pendant ses siestes, non ?

— Ce n'est pas si simple...

— Tu n'es pas faite pour rester femme au foyer ! Reprends ta nourrice. Elle peut te le garder pendant que tu travailles, elle serait même payée pour ça.

— Justement...

— Si tu n'écris plus, tu n'auras pas de rentrée d'argent, c'est mathématique.

Helen se retint de répondre. José ne comprenait pas. Cela semblait si simple, vu de l'extérieur. Mais comment pouvait-elle reprendre sa vie là où elle l'avait laissée ? Comment écrire les aventures de Papouillours, ce petit ours si doux et si tendre, avec cette tristesse qui ne la quittait pas ? « On ne peut pas être triste quand on a deux beaux enfants comme les tiens. » Les mots d'Annie, la nourrice de Connie qui était aussi la voisine, s'insinuèrent dans sa tête, avec leur lot de culpabilité. Qui pouvait la comprendre ? Elle n'en parlait même pas à son propre mari. Elle-même ne trouvait pas les mots pour expliquer ses sombres pensées et sa lassitude. Mat était certes plus difficile que Connie, mais il n'était qu'un bébé. Un tout petit bébé qui avait seulement besoin d'amour. Elle était incapable de lui en donner. Elle n'était pas une bonne mère. Elle ne méritait pas la vie qu'on lui avait offerte.

Si elle se confiait à José, ce grand gaillard poilu parisien sans enfant, elle ne récolterait que gêne et incompréhension. José et elle s'étaient aimés, un soir, juste après qu'elle avait quitté l'Angleterre. Elle gardait de son dépucelage un souvenir un peu brutal, maladroit et en même temps rempli de tendresse, à l'image de José. S'ils n'avaient pas continué à coucher ensemble, ils étaient devenus des collaborateurs productifs. Une trentaine de livres pour enfants avaient vu le jour, sous la plume d'Helen et les coups de crayon de José.

L'illustrateur avait une patte si douce qu'elle avait donné l'idée à Helen d'un ours aux longs poils cotonneux. Les histoires de Papouillours captivaient des milliers d'enfants, dont les parents attendaient de nouveaux ouvrages. Mais voilà, Helen était en panne. En panne d'inspiration, d'envie. En panne de vivre. Mais elle n'avait personne à qui le dire.

— Helen ? Tu es là ?

— Oui…

— Écoute. Si je suis insistant, c'est parce qu'on m'a fait une proposition. Les éditions Mille et Une Images voudraient que j'illustre toute une série de livres pour les deux-trois ans.

— Génial !

— Il y en a vraiment beaucoup. Si je m'engage, j'en ai au moins pour deux ans avant de sortir la tête de l'eau. Toi et moi, on travaille ensemble depuis longtemps… Je ne veux pas te donner l'impression que je te fais des infidélités. Si tu as un projet pour bientôt, on y va ensemble et je ne commencerai qu'après.

— Accepte ce job.

— J'ai besoin d'argent, Hel.

— Je te répète d'accepter.

— Ce que tu ne comprends pas, c'est qu'après je n'aurai plus de temps pour le petit.

Helen ne put s'empêcher de sourire. Il parlait toujours de Papouillours comme s'il s'agissait de leur bébé.

Flocon vint se frotter contre ses jambes, elle se retint de se pencher pour le caresser.

— Vas-y, je te dis. Ne t'occupe pas de moi.

— Qu'est-ce qui t'arrive ?

Elle entendit soudain les bruits étouffés de la rue, elle comprit que José venait d'ouvrir la fenêtre. Quand ils auraient raccroché, il irait certainement au café juste en face de son appartement, pour boire son petit noir bien serré. José continuait sa vie, telle qu'il l'avait toujours menée, libre et indépendant. Et elle, elle était là, enfermée dans une existence qu'elle avait aimée, mais dans laquelle elle ne se retrouvait plus. Le costume était étriqué, elle avait l'impression qu'elle allait exploser. L'image était si réelle qu'elle porta une main à l'encolure de sa robe pour en ouvrir les premiers boutons. Elle recula et buta dans le meuble bas de la salle à manger, sur lequel était posé le téléphone. Elle tendit le bras pour prendre appui dans son dos, mais son coude rencontra un vase, qui tomba au sol et se brisa en mille morceaux.

— Helen ? répéta José d'une voix inquiète.

— Rien. Rien. Tout va bien.

Et Helen raccrocha tandis que les pleurs de Mat s'élevaient dans la maison.

15

L'esprit de Noël

Dimanche 30 décembre 2018

Connie vient d'arriver au Phénix.

À ce moment-là, elle ne sait pas encore qu'un incident va se produire.

C'est aujourd'hui qu'avec Mat et Phil, ils fêtent Noël. Le 25 tombant cette année un mardi, et étant donné qu'elle travaille même ce matin-là, il a été difficile d'organiser le repas plus près du jour J.

Phil a dressé une table dans le salon de Mat. Sur la nappe blanche, quelques bougies rouges ont été disposées, agrémentées de feuilles de houx. Connie songe que cette attention ne doit pas venir de son père. Il est déjà quatorze heures passées, Babeth a donné un fruit à Mat pour lui couper la faim. Connie espère qu'elle ne va pas convulser parce que Mat ne fera pas de sieste. Heureusement, la table ne compte que trois assiettes, Babeth n'a pas poussé le vice jusqu'à s'inviter. Phil a commandé le repas au service traiteur de la grande surface où il a ses habitudes et entreposé les mets dans la kitchenette de la salle de repos réservée au personnel du Phénix, à l'autre bout du couloir.

Mat porte un pull de Noël avec une tête de renne à pompon rouge en guise de nez.

— J'adore ton pull ! s'exclame Connie.

Tout en enlevant son manteau, elle révèle à son frère les flocons de neige qui ornent le sien. Cela fait rire Mat.

— C'est drôle, vous n'êtes pas frère et sœur pour rien ! s'étonne Phil.

— C'est moi qui nous ai acheté ces pulls, répond Connie, surprise de constater que son père est crédule au point de croire qu'il s'agit d'un pur hasard. Je vois que Babeth s'est souvenue qu'il devait le porter aujourd'hui.

— Babeth se souvient toujours de ce genre de chose.

Le fait que Phil mette cette femme sur un piédestal a le don d'irriter Connie. À en croire son père, Babeth fait toujours tout bien.

Ce repas revêt des allures bien étranges lorsqu'elle y pense. Cela fait tout juste deux mois qu'elle est au courant de l'existence de ce frère handicapé, et les voilà tous trois réunis pour Noël, comme si de rien n'était. Si Mat n'a pas envie d'être ici, il ne peut rien en dire. Aurait-elle dû refuser ce repas de famille peut-être un peu prématuré ? En même temps, elle veut être ici. Elle veut profiter de ces moments, se construire des petits bonheurs avec eux deux, même si son père ne le mérite pas tout à fait. Après tout, qui est-elle pour juger, pour présumer de ce qu'elle aurait fait si elle avait été à sa place ? L'esprit de Noël flotte encore dans l'air, avec ses effluves de pardon. Et puis Mat sourit. S'il n'avait pas envie d'être ici, même s'il ne peut pas le dire, il n'aurait pas l'air aussi heureux.

Passées ces premières pensées hésitantes, Connie se dit qu'elle doit profiter de chaque instant. Elle se saisit du verre de Mat, du sien, et les fait tinter l'un contre l'autre en invitant son père à en faire autant.

— À nous. Et à Maman !

— À nous, et à Helen.

Les yeux de Phil se mettent à scintiller. Connie se tourne vers son frère pour lui faire boire le fond de vin que Phil lui a servi. Il n'y a droit que pour les grandes occasions. Connie sort ensuite deux paquets du grand sac qu'elle a apporté : un pour Mat et un pour Phil. Comme elle remet son cadeau à son père, elle se place à côté de Mat et ouvre le sien, de sorte qu'il soit le premier à le voir lorsqu'il sera déballé. Les deux cadeaux sont identiques : il s'agit d'un pêle-mêle de photos. Sur la première, deux petites têtes blondes, accompagnées d'un vélo rouge, posent, dans les années quatre-vingt-dix. Sur la deuxième, deux jeunes adultes se dévorent des yeux, amoureux. Enfin, les visages de Connie et Mat rayonnent sur le troisième cliché pris en selfie par la jeune femme le mois dernier. Phil sourit en observant les visages.

— C'est très beau. Je le mettrai dans la salle à manger. Il aurait tellement plu à Helen…

Connie éprouve un petit pincement au cœur en entendant ces paroles. Quant à Mat, sa réaction n'est pas du tout celle escomptée. Après avoir détaillé les portraits en silence, il se met à grogner d'une voix sourde, la tête immobile. Connie lance un regard inquiet en direction de son père, lequel est lui aussi surpris.

— Qu'est-ce qui se passe ? C'est parce que Papa et Maman sont trop jeunes sur la photo, c'est ça ? Tu ne les reconnais pas ?

Un son grave sort sans discontinuer de la bouche de Mat. Il ne s'arrête que pour reprendre sa respiration. Cette fois, Connie commence à paniquer.

— Il est contrarié, annonce Phil, autant résigné que gêné. Quelque chose ne lui plaît pas.

— Il fait souvent ça quand il est contrarié ?

— Disons que… tu ne connaissais pas encore cette facette de sa personnalité.

— OK. Alors je reprends ce cadre et je le remets dans le sac ! s'exclame Connie d'un ton sans réplique tout en s'exécutant.

Mat se tait brusquement, mais ancre ses yeux dans ceux de sa sœur, l'air dur. C'est comme s'il la défiait. Le malaise la gagne, pourtant Connie ne détourne pas le regard. Les deux jeunes gens restent ainsi à se toiser de longues secondes, chacun mesurant la force de caractère de l'autre. Connie est la première à briser le duel, sentant son père trépigner sur sa droite.

— On est là pour passer un bon moment ensemble autour d'un repas. Puisque quelque chose ne te plaît pas, nous reprendrons cette discussion plus tard, dit-elle.

Les traits de Mat se déforment en une grimace, avant qu'il ne se remette à grogner de cette manière si désagréable. Une veine palpite sur sa tempe. Connie se rend compte qu'il ne lâchera pas tant qu'elle ne l'aura pas compris. Elle pourrait lui poser des questions jusqu'à ce qu'il lui fasse signe qu'elle a enfin saisi ce qui le tracasse, mais elle a le sentiment qu'elle pourrait y passer des heures. Elle n'a pas envie de chercher. Elle repense à ses pleurs incessants lorsqu'il n'était qu'un bébé. Tout à coup, elle comprend ce que sa mère a dû parfois ressentir. Lorsqu'on s'est juste dit qu'on allait passer un bon moment et que la situation dégénère au point de se retrouver totalement impuissant, on ne peut pas se montrer patient indéfiniment. Alors, sans même avoir pris le temps de réfléchir, Connie élève la voix pour grogner comme Mat. Elle ne fait pas cela pour se moquer de lui, mais pour qu'il comprenne que cela ne sert à rien, à part énerver tout le monde. Si cette situation n'avait rien d'agaçant, elle rirait de les voir ainsi. C'est à son tour de le défier. Elle peut être têtue quand elle veut. Phil hausse les épaules, paumes ouvertes vers le ciel en signe de capitulation.

Tout à coup, la porte s'ouvre sur une dame au chignon quelque peu défait et à l'air pincé. Babeth.

— Vous attendiez derrière la porte ? ne peut s'empêcher de maugréer Connie.

— Non, je n'attendais pas derrière la porte, comme vous dites. Je vous signale qu'on vous entend jusqu'à l'autre bout du bâtiment.

Connie s'apprête à répliquer que ça l'étonnerait, mais son père est le plus rapide :

— Babeth ! Vous tombez bien. Nous ne comprenons pas la réaction de Mat à l'ouverture du cadeau de sa sœur. Connie, tu veux bien lui montrer ?

— Non.

— Enfin, Connie… Tu sais que Babeth peut nous aider à comprendre Mat.

— Tout ce que je sais, c'est qu'elle n'a rien à faire ici. C'est un repas de famille.

Mat se remet à grogner, tandis que Phil marmonne un vague « Justement ! ». Tout à coup, une révélation s'impose à l'esprit de Connie.

— Babeth, vous avez une photo de vous ? Ou une photo de Mat et vous ?

— Euh… il y en a sûrement une ou deux dans sa chambre… Mais enfin…

— Vous voulez bien aller en chercher une, s'il vous plaît ?

Babeth hésite entre obéir au doigt et à l'œil à celle qui la rembarre depuis son entrée dans la chambre, et tenter de réconforter Mat.

— Babeth, s'il vous plaît.

Sans un mot et dans un silence collégial, Babeth s'exécute enfin. Lorsqu'elle revient, elle tend à Connie une photo d'elle, plus jeune, enlaçant les épaules de Mat, âgé d'environ dix ans, assis dans son fauteuil. Connie extirpe du sac le cadre qu'elle a réalisé et positionne la dernière photo en bas de l'ensemble tout en le tendant à bout de bras vers son frère.

— C'est ça que tu voulais ?

Mat sourit, visiblement soulagé.

— Alors, c'était ça ? Il manquait quelqu'un dans le cadre et Mat l'a fait comprendre !

Phil s'extasie comme s'il s'agissait d'un nouvel exploit de son fils. Ou bien parce que c'est Connie qui a finalement compris avant tout le monde.

Babeth envoie un sourire à Mat, de ceux qui éclosent sur les lèvres spontanément, parce que le plaisir est trop immense. Puis elle dépose un baiser sur les cheveux du jeune homme.

— On dirait que ça va aller, maintenant. Je vais vous laisser.

Connie attend qu'elle ait refermé la porte avant de murmurer à son frère :

— Puisque c'est ce que tu veux, je tâcherai de m'en souvenir. Mais bon sang… quel caractère !

16

Entretien d'embauche

Mardi 8 janvier 2019

Cela fait plus d'une semaine que l'incident avec Mat a eu lieu et il ne s'est pas reproduit. Mais Connie sait que son frère recommencera, quoi qu'elle fasse pour éviter de le froisser. Alors elle lui fera comprendre qu'il y a d'autres moyens plus doux pour se faire entendre. Phil lui a raconté que ce genre de crises le prend de temps à autre. Il a d'ailleurs été surpris qu'il ne se manifeste pas plus tôt devant sa sœur. Peut-être certaines douleurs pouvaient-elles expliquer ces manifestations d'humeur ? a demandé Connie. Il lui arrive d'en ressentir à cause de positions prolongées sans mouvement, a répondu son père. Babeth fait son maximum pour les éviter. Elle le change régulièrement de posture, le masse et stimule ses membres plusieurs fois par jour. Mat est également pris en charge quotidiennement par la kiné du centre pour que ses muscles travaillent un minimum.

Mat est un tétraplégique C5, sa chute lui a causé une lésion cervicale engendrant l'absence totale de sensibilité et de motricité en dessous du cou. Si ses membres sont touchés, il en va de même pour ses organes. La vessie et le tube digestif, notamment, ne fonctionnent pas tout seuls, si bien qu'il est sondé. Il n'a pas besoin d'appareil pour l'aider à respirer, mais ses muscles intercostaux et abdominaux ne sont pas assez forts pour lui permettre de tousser correctement. Mat risque donc à tout moment des complications pulmonaires. En plus de cela, il a beau ne plus sentir son corps, les douleurs existent bel et bien, surtout dans les jambes, les fesses et le dos, à cause de son immobilité. Il est la proie facile des escarres, qu'il faut éviter à tout prix.

Lorsque Connie pense à tout cela, elle se dit qu'à la place de Mat, elle passerait ses journées à crier. Alors s'il a envie de grogner tout son soûl pour lui faire remarquer qu'elle n'a rien compris et qu'il manque sur le pêle-mêle l'une des personnes les plus importantes de sa vie, il a bien le droit de le faire.

C'est sur ces pensées lancinantes et coupables, que la clochette de la boutique tinte joyeusement pour faire apparaître un Firmin sur son trente-et-un. Il est en avance de dix minutes pour son entretien d'embauche, c'est plutôt mal engagé…

— Bonjour, chère Connie. Comment allez-vous aujourd'hui ?

— Bien bien… Avancez, Firmin. Nous allons nous installer dans l'arrière-boutique. Julie, tu salueras Mme Martin pour moi si elle vient ce matin.

Julie jette un regard entendu à sa patronne tandis que celle-ci referme la porte de l'atelier derrière Firmin.

— Asseyez-vous, dit Connie en désignant la chaise qu'elle a installée face à la sienne autour de la table qui sert autant à la préparation des bouquets qu'aux pauses déjeuner ou café.

Firmin ôte son pardessus beige et le dépose soigneusement sur le dossier de sa chaise avant de prendre place. Rasé de frais, il semble soudain plus jeune que les quarante et un ans révélés dans son C.V. Ses traits rayonnants ne parviennent cependant pas à masquer une certaine lassitude, comme si le poids du monde pesait sur ses épaules. Connie se demande si c'est à cause de l'entretien. Une fois qu'elle l'a invité à présenter son parcours professionnel, Firmin se met à parler avec enthousiasme de ses quinze années d'expérience au sein d'une boutique de fleurs à Luçon. Il raconte la relation de confiance avec la gérante du magasin et avec les clients, les gerbes, bouquets et compositions qu'il adorait concevoir. Ses yeux pétillent. Intarissable, il se penche pour ramasser son cartable et en extirpe quelques impressions plastifiées de ses œuvres. Qu'ils soient blancs, pastel ou aux couleurs éclatantes, exotiques ou traditionnels, de lys, de roses ou d'amaryllis, les bouquets de Firmin sont d'une beauté exquise, à la fois par leur naturel, leur élégance et leur authenticité. Connie est sous le charme. Le regard que pose Firmin sur les fleurs est semblable au sien. Firmin attend d'être absolument certain qu'elle soit captivée pour abattre sa dernière carte. La photo arrache une exclamation de surprise à Connie.

— C'est magnifique, murmure-t-elle en s'en saisissant.

Dans un support de noix de coco, quelques coquelicots majestueux disséminés au sein de discrètes herbes vertes et d'épis de blé s'élèvent vers le ciel à différentes hauteurs de tiges. L'ensemble est épuré et raffiné.

Firmin savoure son petit effet avant d'expliquer :

— L'une de mes clientes adorait les coquelicots. Pour son anniversaire, son mari m'a demandé de lui réaliser une création avec des pavots rouges. J'ai utilisé des fleurs factices. Je crois bien qu'elle m'en a parlé chaque fois qu'elle est revenue ensuite à la boutique. C'est dire si elle lui a plu ! Oh, j'allais oublier. J'ai également une lettre de recommandation de mon ancien employeur. Si vous voulez vous donner la peine, ajoute-t-il en tendant le courrier à Connie d'un air formel.

Celle-ci le parcourt des yeux plus qu'elle ne le lit vraiment.

— Mmmm. Mais dites-moi, Firmin, si vous aimiez tellement travailler en magasin et puisque votre patronne avait l'air d'apprécier votre collaboration, comment se fait-il que vous soyez parti ?

Firmin baisse la tête. A-t-il réellement cru qu'elle ne lui poserait pas la question, ou aime-t-il en rajouter ?

— Voyez-vous, Connie, j'ai une mère qui m'a eu à quarante-trois ans. Vu mon âge, faites le calcul, elle n'est plus toute jeune. Je vivais avec elle à Fontenay, mais elle n'était plus très autonome ces derniers temps, il m'était difficile de la laisser seule. Autour de moi, tout le monde me disait que je ferais mieux de la placer en maison de retraite. Mais déjà il y a ce mot, « placer ». Comment peut-on prendre la décision de « mettre » quelqu'un où que ce soit, contre sa volonté ? J'avais beau savoir que je n'avais pas d'autre solution, j'ai voulu essayer d'être un fils exemplaire. J'ai démissionné et me suis occupé d'elle du mieux que j'ai pu. Nuit et jour. Devenir aidant, Connie, est une chose bien difficile. C'est même ingrat. Imaginez, Connie, quand vous avez des enfants, vous vous occupez d'eux. Vous faites tout ce qui est en votre pouvoir pour les éduquer, les aider à grandir, leur faciliter la vie. En contrepartie, ils font des bêtises, n'écoutent rien à ce que vous leur dites, râlent parce que le pantalon qu'ils voulaient absolument mettre aujourd'hui n'est pas propre, sont greffés à leur téléphone portable, mais ne répondent pas quand vous leur envoyez un message. Des décennies plus tard, devenue sénile, vous tenez votre vengeance en aboyant sur vos enfants, alors même que ceux-ci font à leur tour tout ce qui est en leur pouvoir pour vous aider. De mon temps j'ai fait des bêtises, comme tout le monde. J'ai eu des… travers. Et ma mère ne m'a pas non plus épargné à son grand âge. Je m'en rendais compte, mais je ne voulais pas lâcher. Ce n'est que le jour où, en voulant l'asseoir dans son fauteuil, j'ai manqué de me ramasser avec elle dans les bras, que j'ai compris. J'aurais pu la tuer, Connie. Je ne suis pas un professionnel, je ne suis pas fait pour ça. Et en plus, c'est ma mère. Alors je l'ai placée. La mort dans l'âme, je m'y suis résolu. Elle est entrée en maison de retraite l'été dernier et moi, je me suis trouvé un boulot plus près pour pouvoir aller la voir souvent.

Bien après que Firmin s'est tu, le mot « aidant » résonne encore dans la tête de Connie avec force. Quelques semaines plus tôt, ce discours n'aurait pas trouvé le même écho en elle. Mat apparaît dans son esprit. Elle s'empresse de le chasser, ce n'est vraiment pas le moment. Elle échange encore quelques mots avec Firmin, masquant son indécision derrière une distance pouvant la laisser paraître froide, voire hautaine. Cet entretien, elle l'a accepté par simple correction. À présent qu'elle a fait plus ample connaissance avec lui, son avis n'est plus aussi catégorique. Elle adore les compositions qu'il lui a présentées, et elle admire l'abnégation dont il a fait preuve envers sa famille.

— Vous vous souvenez qu'il s'agit d'un remplacement provisoire, Firmin ? Une fois le congé maternité de Julie terminé, je n'aurai pas les moyens de vous garder.

— J'en suis parfaitement conscient, ma chère. J'ai cependant envie, et même besoin, de cette bouffée d'oxygène.

— Bien, merci Firmin. Nous en avons fini. Je vous tiens au courant très vite.

— Merci, douce Connie. Ce fut un réel plaisir.

Connie sent ses poils se hérisser, pourquoi ce « douce » ? Être ainsi courtisée la rend mal à l'aise. Non, vraiment, elle n'est pas certaine de pouvoir l'embaucher. Elle fait toutefois bonne figure et, après lui avoir serré la main, retourne dans la boutique. Benoît est en train de discuter avec Julie. Il salue Connie en la voyant s'approcher.

— J'ai une fuite d'eau dans la boulangerie. Je venais voir si c'était pareil ici.

Connie vérifie l'endroit de la boutique et de l'atelier se trouvant juste derrière la cloison mitoyenne et revient, soulagée de ne pas partager ce dégât des eaux. En considérant Firmin, toujours maladroitement planté là où elle l'avait laissé, elle le présente brièvement au boulanger, avant que celui-ci ne s'éclipse. Firmin échange quelques banalités avec Julie, auxquelles Connie ne prête qu'une oreille distraite, occupée à inspecter la boutique pour juger de ce qui s'est passé durant son absence.

— Je suis sous le charme, poursuit Firmin. Je me sens tout émoustillé, rien qu'après cette courte entrevue...

Cette fois, c'en est trop. Connie, qui a tout entendu, est bien décidée à couper court à toute tergiversation.

— Écoutez, Firmin, ce n'est vraiment pas possible.

— Je vous demande pardon ?

— Je ne peux pas vous embaucher. Je n'ai aucune envie d'« émoustiller » mon employé. Restons-en là, vous comprendrez que je n'ai pas le choix.

Les yeux de Firmin se sont tellement arrondis qu'ils menacent de lui sortir de la tête. Personne ne pipe mot dans la boutique et cela semble durer des heures. Jusqu'à ce que Firmin éclate de rire. Un vrai rire libérateur qui surprend Connie autant qu'il l'agace. Elle se tourne vers Julie, mais celle-ci pouffe discrètement, le regard rivé sur Firmin, visiblement dans la confidence.

— Qu'y a-t-il de si drôle ?

Firmin se ressaisit, alerté par le ton impatient de Connie.

— C'est que... voyez-vous, ma chère Connie, c'est la première fois de ma vie que j'entends une chose pareille. D'ordinaire, cela se voit comme le nez au milieu de la figure. Ma vie durant, j'ai dû essuyer les quolibets d'adolescents moqueurs, d'hommes et de femmes railleurs et méprisants. Comme il est bon de ne pas exister qu'à travers ma différence ! Connie, les mots que vous venez de prononcer me touchent parce que vous ne m'avez pas jugé. À vos yeux, je suis un homme comme les autres. Vous n'avez rien à craindre, Connie. Ce n'est pas vous qui m'émoustillez, mais votre voisin le boulanger. À présent, vous savez vraiment tout de moi.

Le silence flotte de nouveau, tandis que cette vérité et tout ce qu'elle implique se fraient un chemin dans l'esprit de Connie. En considérant cette nouvelle information, sa méprise lui semble d'autant plus énorme qu'elle ne comprend pas comment elle a pu imaginer Firmin hétérosexuel. Tant de sensibilité, de préciosité... Si les apparences sont souvent trompeuses, avec lui, n'importe qui peut se trouver confirmé dans ses préjugés... Il faut avoir entendu les commérages pour savoir que Benoît préfère les hommes, mais avec Firmin, c'est une évidence. Elle ne trouve d'autre parade à sa stupidité que de se mettre à rire de bon cœur, comme Firmin avant elle.

— Vous avez le poste, Firmin. Vous commencez dès la fin de votre préavis.

17

Une petite fille audacieuse

Vendredi 26 juillet 1991

Connie courait dans le grand jardin à la poursuite d'un joli papillon jaune. Elle l'avait vu, posé sur l'une des roses trémières dont Tonton Mimi aimait tant prendre soin tout l'été. La petite fille s'était approchée à pas de loup et n'avait ouvert les bras qu'au dernier moment, mais le papillon avait été le plus rapide et s'était envolé pour se mettre hors d'atteinte, plus haut sur la plante. Connie s'était mise à sauter pour le faire partir et le pourchasser dans tout le jardin. Elle ne voulait pas lui faire de mal, seulement le garder au creux de ses mains en coupe, avant qu'il ne s'envole vers d'autres horizons. À bout de souffle, elle se laissa tomber à la renverse dans l'herbe, les bras écartés, riant aux éclats. Tata Ninie était dans la maison en train de discuter avec la maman de Julien, le bébé qu'elle gardait. Bientôt, Connie aurait sa tata pour elle toute seule. Cet après-midi-là, Helen avait rendez-vous chez le pédiatre pour Mat, et Connie avait réclamé sa nourrice. Sa mère avait fini par accepter qu'elle passe la journée chez elle. La fillette avait une affinité particulière avec cette femme qui l'avait vue grandir.

Annie apparut à la fenêtre de la cuisine, cherchant Connie du regard. Sa Ninie. Elles s'amusaient toutes les deux de la consonance proche de leurs prénoms, l'une appelant « Tata Ninie », et l'autre « Ma Ninie ».

— Ça va, ma Ninie ? Qu'est-ce que tu fais ?

— Je cours !

— Tu es plutôt affalée dans l'herbe, non ?

— Je me repose parce que j'ai trop couru.

— Viens goûter, j'ai préparé des crêpes.

Connie ne se fit pas prier. Elle déboula dans la cuisine comme une tornade et fit glisser le tabouret devant l'évier de la cuisine pour se laver les mains. Elle connaissait les règles de la maison. Annie répandit du sucre sur une crêpe avant de la rouler et de la tendre à la petite fille, assise sur une chaise.

— Tiens, ma jolie. J'en ai fait trop. Je te préparerai une boîte pour que tu en rapportes ce soir chez toi. Tu veux ?

— Oh oui !

— Comme ça, Papa et Maman pourront en manger. Mat aussi.

— Nan, Mat il mange pas de crêpes !

— Tu pourras lui faire goûter un tout petit morceau sur le bout de ton doigt. Il ne risquera pas de s'étouffer.

Connie haussa les épaules. Michel, le mari d'Annie, entra dans la cuisine. Connie pensa qu'il avait dû sentir les crêpes. À cinquante ans passés, il était déjà à la retraite, après une carrière dans l'armée. Le couple représentait pour la fillette ces grands-parents qu'elle n'avait jamais eus.

— Comment va Maman ? demanda Annie d'un ton hésitant.

— Elle est partie chez le docteur avec Mat.

— Oui, ça, je sais, chérie. Est-ce qu'elle sourit de temps en temps ?

— Quelques fois.

— Vous avez recommencé à peindre, toutes les deux ?

— Non, elle dit qu'elle a pas le temps.

Annie venait de lui tartiner une crêpe de chocolat fondu et la bouche de Connie était déjà maculée de taches marron. Avec ses deux couettes blondes et ses yeux verts, elle était à croquer.

— Est-ce que ça te rend triste ? Ou en colère ?

La fillette haussa de nouveau les épaules.

— Qu'est-ce que vous faites à la place de la peinture ?

— Je joue avec Steffie. Ou je regarde la télé.

Annie jeta un regard à son mari resté silencieux.

— Papa, il a dit que quand il sera en vacances, il m'apprendra à faire du vélo sans roulettes.

— C'est très bien, ça. Tu ne veux plus de crêpes ? Alors tu vas aller jouer dans le jardin, ça va te faire le plus grand bien. Tonton Mimi doit ranger la cabane. N'est-ce pas, Michel ? Il te surveillera pendant que je range la table et que j'étends le linge dehors. D'accord, ma Ninie ?

Connie hocha la tête et sortit en sautillant. Elle aimait bien passer du temps avec Tonton Mimi. Il lui apprenait toujours un tas de choses sur la nature, sur les animaux. La dernière fois qu'elle était venue ici, ils étaient allés tout au bout de la route, là où un petit ruisseau serpente entre les fourrés, surmonté d'un pont minuscule. Tonton avait jeté une branche au creux du courant, lui montrant comment elle passait sous le pont et s'éloignait. Il lui avait expliqué qu'elle poursuivrait son chemin jusqu'à atteindre la Dordogne et que si rien n'arrêtait sa route, elle pourrait même plonger dans l'océan. Connie avait souhaité bon voyage à la branche et s'était dit qu'elle était bien chanceuse d'aller voir la mer.

Un vacarme de pelles et de râteaux qui s'entrechoquent puis qui tombent par terre se fit entendre, suivi d'une bordée de jurons. Connie se dit que Tonton Mimi n'avait pas besoin d'aide et se dirigea vers le grand chêne sur lequel était fixée la balançoire qu'elle ne savait pas encore utiliser seule. Connie avait toujours rêvé de grimper dans l'arbre. Tonton l'avait quelquefois assise sur la branche la plus basse, mais il était hors de question qu'elle s'aventure plus haut toute seule. La fillette glissa un œil vers la maison. Tata n'était pas encore sortie avec son linge. Tonton était bien trop occupé à ranger la cabane. Elle avait le champ libre. Le jardin des Gérard était délimité par un muret de pierre, qui longeait la propriété juste sous le grand chêne. Connie avait déjà étudié la situation : en montant sur le mur, elle pouvait se hisser sur la première branche sans aide. Le muret était bas, elle fut rapidement debout. Elle attendit quelques secondes, au cas où des cris d'affolement lui parviendraient de la maison. Rien. La petite fille leva les bras pour les enrouler autour de la branche et prit appui avec ses pieds sur le large tronc. Ainsi suspendue en l'air, elle avança ses jambes l'une après l'autre, comme si elle marchait sur le tronc à l'horizontale. La dernière étape était la plus périlleuse, puisqu'elle devait utiliser toute sa force pour escalader la branche puis se redresser. C'était difficile, mais elle n'était pas bien lourde et sa souplesse jouait en sa faveur. Elle se lança – et hop ! se retrouva assise sur la première branche. Connie ressentit un brin de fierté. Elle attendit une réaction. Aucun cri ne vint troubler le calme de ce chaud après-midi. Alors, la fillette fit exactement la même chose pour atteindre la branche suivante. Cette fois, la distance était plus courte, c'était presque facile. Une porte claqua dans la maison. Elle reconnut celle de la buanderie qui menait dehors, mais elle ne pouvait la voir de là où elle se trouvait. Elle présuma que Tata sortait pour étendre son linge. Connie voulut atteindre une autre branche avant qu'on ne vienne la descendre de son arbre. Ce n'était plus qu'une question de temps. Elle dut ce coup-ci se pencher légèrement en avant pour enrouler ses bras autour, la branche était un peu décalée. Elle avait pris le pli, à présent, elle progressait vite. Une fois qu'elle fût assise sur la troisième branche, le cri retentit.

— Mon Dieu, Michel ! Viens vite ! Ma Ninie, ne bouge pas !

Bien qu'elle s'y soit attendue, ces grandes exclamations surprirent Connie, qui vacilla. Elle réussit à maintenir son équilibre et se cramponna au tronc. Comme, malgré sa hardiesse, elle était une petite fille sage, elle resta assise jusqu'à ce que Tonton vienne la chercher. La branche était trop haute pour que Michel l'atteigne. Il lui proposa de se laisser tomber dans ses bras, mais Connie refusa, soudain affolée. Maladroitement, Michel monta sur le muret à son tour et grimpa sur la première, puis sur la deuxième branche. Il n'était plus très souple ni sportif – heureusement il avait des restes de l'armée. Au pied de l'arbre, Annie poussait de petits cris de panique. Pour sûr, Connie allait se faire gronder une fois qu'elle toucherait terre. Elle prit peur, mais elle n'avait pas d'autre choix que d'obéir, sinon elle aggraverait son cas. Tonton se pencha en avant pour l'attraper et elle tendit ses bras vers lui. Il était bien plus facile de se déplacer tout seul dans un arbre que de chercher à porter quelqu'un. Michel n'était pas à son aise pour tenir la petite, l'une de ses mains la lâcha, si bien qu'il se retrouva, une main agrippant le tronc de l'arbre, et l'autre enserrant le bras de Connie, qui était suspendue dans le vide. Annie cria, les bras grands ouverts pour la recueillir en cas de chute. Michel utilisa toutes ses forces pour la remonter sur la branche, puis la faire descendre. La douleur qui irradiait dans le bras de Connie était si intense que la fillette dut serrer les dents. Lorsque ses pieds touchèrent le sol après que Michel l'eut relâchée en soufflant bruyamment, Annie la serra très fort contre elle. Connie hurla. La nourrice sursauta, alertée par cette réaction inhabituelle. Connie porta la main à son bras gauche en gémissant et Annie comprit.

— Mon Dieu, Michel ! Tu lui as déboîté l'épaule !

18

Si on sortait ?

Dimanche 10 février 2019

Phil regarde la télévision en sourdine d'un œil distrait tandis que Connie lit un livre à Mat. Ce dernier n'a jamais découvert autant d'histoires que depuis que sa sœur a fait irruption dans sa vie. Elle lui dit souvent qu'il doit s'évader, que c'est important pour son équilibre. Quand un récit l'ennuie, Mat fait semblant de s'endormir. Au moment où Connie s'apprête à ranger le livre, il rouvre les yeux, reproduisant le manège jusqu'à ce qu'elle comprenne et change d'histoire. Mat aime ou il n'aime pas. Il veut ou il ne veut pas. Avec lui, on ne perd pas son temps.

Phil coupe le téléviseur et s'étire bruyamment. Son polo rayé se soulève, révélant un ventre légèrement bedonnant, alors que le reste de sa silhouette est plutôt resté svelte malgré les années.

— Allez, j'y vais. Je dois retrouver un collègue, on s'est donné rendez-vous pour aller voir un match de foot.

Connie termine la fin de son paragraphe avant de rétorquer :

— Pourquoi tu n'emmènes jamais Mat ?

— Ce n'est pas un temps pour lui. Avec ce crachin, il pourrait attraper du mal et ce n'est pas bon pour ses poumons.

— Il ne pleut pas tous les jours de l'année, si ?

Sa question reste en suspens. Le visage de Mat est inexpressif, comme chaque fois qu'ils discutent de sujets sérieux le concernant. Parfois, ce calme apparent est annonciateur de tempête. Connie craint soudain le début d'une crise, alors elle change de sujet.

— Sais-tu que depuis que j'ai revu Mat, des souvenirs de notre vie à Sarlat me reviennent ?

Son père enroule son écharpe autour de son cou tout en la fixant avec surprise. Connie jurerait qu'elle a même eu le temps de déceler au fond des prunelles vertes aux éclats noisette une étincelle de trouble.

— Ah oui ?

— La dernière scène qui m'est revenue est celle d'une journée d'été chez Tata Ninie, quand j'avais cinq ans. Je suis grimpée à l'arbre en cachette, Tonton a voulu m'en faire descendre, mais sa poigne m'a luxé l'épaule gauche. Tu t'en souviens ?

— Ah ! Cette fois où ta mère m'a appelé en pleurs parce que tu étais aux urgences ! Si je m'en souviens… Et ton mois avec le bras en écharpe, ce qui t'a un peu gâché les vacances… En revanche, ça ne s'est pas vraiment passé ainsi. Tu es tombée de la première branche de l'arbre et tu t'es luxé l'épaule.

Connie fronce les sourcils. Elle était tellement certaine que ses souvenirs étaient justes, ils semblaient si… réels. L'angoisse la saisit à la gorge, lui laissant un goût amer de bile. Depuis quelques mois, elle a l'impression de retrouver des pans entiers de vie qui lui manquaient. Son père et elle échangent peu au sujet du passé, elle confronte rarement ses souvenirs à la réalité… Elle fait peut-être erreur. Peut-être ces souvenirs sont-ils orientés par sa mémoire plus récente, par ses lectures ou tout simplement par ce qu'elle souhaiterait ?

Comment se faire confiance quand on ne sait pas distinguer la réalité de sa déformation ?

— Cette version-là, c'est celle que tu as racontée à ta mère quand tu étais gamine, poursuit son père. Elle t'a crue, mais moi je dois avouer que j'étais partagé. On a fini par en parler avec Annie et Michel, qui nous ont assuré que tu étais tombée toute seule. Ils n'ont pas compris où tu étais allée chercher tout ça. On en a déduit que tu avais un cerveau débordant d'imagination.

En effet, réfléchit Connie, peut-être était-ce simplement son cerveau qui avait choisi d'imaginer autre chose, plutôt que d'assumer le fait qu'elle avait désobéi et s'était mise en danger toute seule.

Phil embrasse ses enfants avant de se retirer.

— Qu'est-ce que tu veux faire ? demande Connie à son frère, après un silence.

Elle sait parfaitement qu'il ne pourra pas répondre à cette question, mais elle n'a soudain pas la force d'en faire plus. Ils se sont promenés dans le parc quand elle est arrivée tout à l'heure, à présent le temps n'est plus de la partie. Mat est prudent avec elle, il ressent son soudain malaise. Elle lui explique alors sa déception quant à cette mémoire qui la trahit. Calme, Mat garde les yeux rivés sur sa sœur. Tout à coup, elle ne sait ni comment ni pourquoi, sa propre voix s'élève dans la chambre :

— *Doucement, doucement, doucement s'en va le jour. Doucement, doucement, à pas de velours...*

Une lueur de surprise traverse le regard de Mat. Puis il se laisse guider par sa voix et ferme les paupières. Lui qui aime tant la musique...

— *La rainette dit sa chanson de pluie et le lièvre fuit sans un bruit...*

Elle lui chante cette berceuse que maintes et maintes fois elle a entonné pour lui. S'en souvient-il ? Peut-on garder dans son cœur des fragments d'amour reçus avant l'âge de deux ans ? Connie se plaît à penser que oui, que cette chanson les relie à leur enfance, qu'elle représente leur trait d'union avec leur vie d'avant. Alors elle la chante à deux reprises, les yeux fermés. Lorsqu'elle se tait, une larme a roulé le long de sa joue. Elle s'empresse de l'essuyer avant que Mat ne rouvre les yeux. Pourquoi cette berceuse qu'elle utilisait pour rassurer son frère lui est-elle revenue ? Ne serait-ce pas pour se calmer elle-même ?

— Tu veux bien que je continue la lecture ? demande-t-elle au bout d'un moment.

Mat grogne en acquiesçant. Connie a choisi *Le Vieil Homme et la Mer*, d'Hemingway. Cette idée de l'effort, défendue dans le roman, lui est chère, de même que celle de déceler une victoire dans chaque défaite. « *Un homme, ça peut être détruit, mais pas vaincu.* » Évidemment, elle pense à Mat en lisant cette phrase. Elle n'a de cesse de cultiver chez lui un esprit positif. Mat n'est jamais abattu, mais il lui semble important de lui rappeler qu'il peut dépasser la tétraplégie. Quitte à en faire un peu trop parfois.

— Un jour, je t'emmènerai voir la mer, annonce-t-elle sans réfléchir après avoir reposé le livre dans son sac à main.

Le regard de Mat s'illumine tandis qu'il grogne de satisfaction. Elle regrette presque aussitôt ses mots. Elle ne pourra pas revenir en arrière. Elle devra honorer sa promesse et pourtant, en cet instant, elle lui paraît difficile à réaliser.

Ce soir-là, en quittant Mat, Connie fait un détour par la pièce commune à la recherche de Babeth. Samantha, sa collègue, lui indique qu'elle se trouve en salle de repos. En voyant le visage de Connie apparaître dans l'entrebâillement, Babeth sent l'inquiétude monter. Qu'est-il arrivé à Mat ? Son visage exprime si bien ce qu'elle ne dit pas que Connie annonce sans préambule :

— Mat veut voir la mer.

— Comment ça, Mat veut voir la mer ? Il ne vous a pas demandé ça de lui-même. Je suis sûre que c'est vous qui lui avez mis cette idée en tête.

— Voyons, Babeth, il n'est jamais sorti du Phénix. Vous ne pouvez pas lui en vouloir d'avoir envie de découvrir le monde.

— Le monde, en plus de ça ? C'est insensé, Connie. Vous l'avez vu. Mat n'est pas capable de sortir.

— Quelqu'un m'a dit un jour que nos différences ne doivent pas nous définir. Mat est tétraplégique, certes. Mais il est aussi un jeune homme audacieux qui a envie de vivre. On ne peut pas lui infliger une double peine à cause de son handicap.

Le regard de Babeth, troublé, vacille. Connie a su trouver les mots justes ; elle le comprend avant que l'infirmière ne s'en rende compte.

— Soit. Mais par pitié, soyez raisonnable pour une fois. Prenez le temps d'organiser cette sortie et trouvez quelqu'un de confiance pour vous accompagner.

Connie a pesé le pour et le contre au fil de leur conversation et, même si elle ne voit que des inconvénients dans l'idée qu'elle vient d'avoir, elle considère qu'il s'agit de la seule solution :

— Vous, vous pouvez nous accompagner.

— Moi ? Je suis totalement contre l'idée que Mat aille voir la mer, alors vous n'allez pas non plus m'impliquer dans cette histoire !

L'une pense qu'elle a eu raison de craindre un malheur, et la proposition de la jeune femme de l'inclure dans ce projet accroît son inquiétude.

L'autre se dit que la harpie a beau se prendre pour sa mère, elle ne se met pas à la place de Mat. Mais Connie n'abandonnera pas. Elle a lu cette joie immense dans les yeux de son frère. Quoi qu'il lui en coûte, elle l'emmènera voir la mer.

19

Les trois singes

Jeudi 14 février 2019

Si Connie et la Saint-Valentin ne font pas bon ménage d'un point de vue personnel, c'est une date que la fleuriste affectionne parce que les commandes vont bon train. Exceptionnellement, ce jeudi-là, elle a séché le marché de Nantes et ouvert la boutique toute la journée. En général, comme à Noël, son père vient les aider à la boutique, elle et Julie. Cette année, elle s'était dit qu'ils seraient trois, puisque Firmin a rejoint l'équipe. Mais le médecin a arrêté Julie depuis le début de la semaine, à cause des contractions actives du précédent week-end, qui mettent en péril la grossesse et le bébé. Phil n'avait pas prévu ce changement de programme, si bien qu'il n'a pu se libérer de son travail. C'est Janelle, en vacances depuis la veille au soir, qui s'est proposée pour prendre le relais. La pauvre n'y connaît rien en fleurs, pas plus que dans l'art de l'emballage ou de la composition, elle fait simplement ce qu'elle peut. Emmitouflée dans sa doudoune sans manches sous laquelle elle a enfilé deux pulls épais, elle a l'impression de ressembler à un bibendum. Elle n'a pas l'habitude de travailler dans ces conditions, elle qui reçoit ses patients accros dans son petit bureau surchauffé. Elle est à présent occupée avec un client qui veut faire livrer deux bouquets pour la Saint-Valentin. Comme il s'agit de fleurs à composer, Janelle se dirige vers Firmin pour lui demander de l'aide.

— Ce monsieur souhaite qu'on lui prépare deux bouquets : un dans les tons blancs et l'autre rouge. Comme c'est charmant de votre part, ajoute-t-elle à l'attention de l'homme à la carrure impressionnante. Votre femme sera ravie de recevoir autant de fleurs !

Firmin sourit au client.

— Ma très chère Janelle, je vous propose de voir avec ce monsieur pour les cartes pendant que je réalise les compositions.

Janelle acquiesce avant de faire choisir au cinquantenaire deux cartes joliment décorées. Il griffonne quelques mots sur chacune d'elles, puis les tend à Janelle. Il a préféré les faire agrafer sans enveloppe au papier qui entoure les bouquets. Elle ne voulait pas les lire, mais son regard a été comme attiré. Sur la carte bordée de fleurs, il a écrit :

Pour Sylvie. Joyeuse Saint-Valentin. Je t'aime.

Et sur celle avec les cœurs entrelacés :

À Laurence, avec toute mon affection. Hâte de te retrouver ce soir…

Janelle se raidit, Firmin l'observe, un sourire en coin. Une fois l'homme parti, il éclate de rire. Janelle, une moue écœurée sur le visage, s'exclame :

— Quelle horreur ! Et vous saviez ?

— Chère Janelle, c'est à mourir de rire ! Il y a une chose que vous apprenez lorsque vous travaillez dans une boutique de fleurs : pour la Saint-Valentin, vous ne posez aucune question. Vous ne voyez rien, vous n'entendez rien, vous ne dites rien. Il vaut mieux être comme les trois singes de la sagesse chinois qui se cachent les oreilles, les yeux et la bouche, si vous ne voulez pas finir chèvre !

— Mon Dieu, répète Janelle, abasourdie.

Connie, occupée avec d'autres clients, n'a cependant rien perdu de la scène et adresse un clin d'œil complice à son amie.

Au moment de la pause, Connie, Janelle et Firmin déjeunent dans l'arrière-boutique. Connie a décidé de fermer le magasin pendant une heure. Janelle ne s'est toujours pas remise de l'anecdote des deux bouquets du matin.

— Et dire que je voyais la Saint-Valentin parmi les fleurs d'un œil romantique !

— Ça l'est, rétorque Firmin d'un ton enthousiaste.

— Ce mec qui trompe sa femme et envoie un bouquet aux deux... On est plus proche du romanesque que du romantisme !

— Les trois singes, lui répète Firmin en mimant leurs gestes.

— J'ai appris moi aussi à fermer les yeux sur tout ce qui se passe. Et pourtant j'en ai vu..., dit Connie.

— Des gens qu'on connaît ? interroge Janelle, choquée.

— Bien sûr...

— Ne me dis pas que...

— Secret professionnel !

— Secret professionnel ou pas, j'espère que tu me le dirais, si mon Ludo me faisait un coup pareil !

— Tu finirais par le savoir puisqu'il ne franchirait pas le seuil de L'Amapola vivant.

Le trio éclate de rire.

Firmin raconte des anecdotes de la Saint-Valentin. Dans son ancienne boutique à Luçon, il en a vu passer ! Entre ce cascadeur qui faisait livrer au moins quatre ou cinq bouquets selon les années ; cette femme qui appelait pour commander et envoyait l'argent en espèces pour que son mari ne puisse pas lire l'objet de la dépense sur les relevés de comptes ; ceux qui demandaient des livraisons à des heures bien précises pour éviter que l'autre soit déjà rentré, et ceux qui dictaient des mots cochons à écrire sur les cartes d'accompagnement… Bref, tous les ans, les clients leur en faisaient voir des vertes et des pas mûres.

— Je comprends ton dégoût pour la gent masculine, après ça ! s'exclame Janelle à l'attention de Connie.

Firmin se redresse sur sa chaise tout en se coupant un morceau du pain acheté le matin même à Benoît.

— Alors comme ça, mademoiselle Connie est dégoûtée par les hommes ?

Connie lance un regard noir à son amie.

— Ce n'est pas ça… Je n'ai pas trouvé le bon, c'est tout.

— Je vous comprends.

Connie change de sujet :

— Et toi, Firmin, où en es-tu avec Benoît ?

— On avance, on avance, réplique l'intéressé avec une moue pleine de mystère. Vous serez la première avertie lorsque nous publierons les bans.

Ils éclatent de rire, puis Connie reprend ;

— Tu sais que tu peux me tutoyer, Firmin ?

— Je ne le pourrai pas, chère Connie.

— Et pourquoi ça ? Je te tutoie bien, moi !

— Vous, c'est différent. Vous êtes ma patronne. Comme dirait feu mon père, ma religion me l'interdit.

Le silence plane un instant avant que Connie ne lance de but en blanc :

— J'ai promis à Mat de l'emmener voir la mer.

— Excellente idée ! s'écrie Janelle.

— Ça lui fera du bien, enchérit Firmin.

— L'ennui, c'est qu'il faut que je trouve quelqu'un pour m'accompagner. Babeth ne veut pas me laisser y aller seule et encore moins venir avec nous, puisqu'elle ne cautionne pas cette initiative. J'ai demandé à mon père, mais c'est pire que si nous devions partir en expédition au pôle Nord.

Il ne veut pas prendre de risques. Mat n'est pas en sucre, tout de même !

— Ils ont raison de ne pas vouloir que tu y ailles seule, je pense, rétorque Janelle. S'occuper d'un tétraplégique est une lourde responsabilité, surtout lorsqu'il s'agit de se rendre dans un endroit où il n'est jamais allé.

— Tu pourrais venir avec nous ? demande Connie d'une petite voix.

Janelle hésite.

— Tu sais très bien que je ferais tout pour toi. Mais là, je ne me sentirais pas à l'aise... Mat ne m'a vue qu'une seule fois. Et puis je ne saurais pas quoi faire s'il devait y avoir un souci...

— Il n'y aura pas de souci.

— Connie, tu dois penser à tout ce qui peut se passer quand tu as la charge entière d'une personne.

— Arrête, on dirait Babeth !

— Tut tut tut, mesdames ! Calmons-nous, calmons-nous !

Firmin lève les bras en signe de trêve, puis les croise devant son ventre, repu.

— Je vous accompagnerais bien moi, mais je ne suis pas certain que ce soit ma place.

— J'aurais bien aimé, Firmin, mais si déjà tu n'es pas capable de me tutoyer... Et puis, je me disais qu'il serait préférable que nous évitions le dimanche, il risque d'y avoir trop de monde. Un lundi serait parfait, puisque nous sommes fermés. Mais si nous devons choisir un autre jour en semaine, cela m'obligerait à te confier L'Amapola. Tu serais d'accord pour tenir la boutique en mon absence ?

— Ce serait un honneur pour moi de vous aider de cette façon, chère patronne !

— Mais qui t'accompagnerait ? demande Janelle.

— Ta mère ?

— Elle ne voudra jamais, elle aurait bien trop peur de commettre une bêtise.

— Ludo ?

— Non ! Tu le connais…

Connie hausse les épaules. C'est bien joli d'avoir résolu le problème de la boutique, mais cela ne lui servira pas à grand-chose si elle ne peut pas s'échapper le temps d'une journée.

— Je crois que j'ai une idée…, réfléchit Janelle. Mais il va falloir me faire confiance.

La confiance de Connie à l'égard de sa meilleure amie est absolue et Janelle le sait bien. Connie ne peut donc s'empêcher de penser que si Janelle l'évoque, cela sous-entend que la solution pourrait ne pas lui plaire.

20

Le petit vélo rouge

Vendredi 20 septembre 1991

Helen, assise sur une chaise de la cuisine, une main sur chaque genou, observait son fils, qu'elle avait déposé dans le parc. Elle pensa à la semaine qui venait de s'écouler. L'école avait repris depuis peu, il lui avait fallu affronter les autres parents quand elle emmenait Connie ou venait la chercher. Cela ne lui pesait pas avant, bien au contraire. Elle avait même sympathisé avec un groupe de mamans qui venaient un peu plus tôt pour avoir le temps de discuter avant de partir travailler. Ces derniers mois, elle arrivait trop tard pour participer à ces conversations. Le faisait-elle exprès, inconsciemment ? Depuis la rentrée, elle se rendait compte qu'elle freinait des quatre fers à l'heure de sortir de la maison, à tel point qu'ils arrivaient à l'école quand la cloche sonnait et que tous les parents étaient partis. Connie râlait parce qu'elle n'avait plus de récréation avant l'école. Ce matin, Maryline, l'une des mamans du groupe, était en retard elle aussi. Helen s'était retrouvée face aux interrogations de cette dernière, auxquelles elle avait répondu en désignant Mat et en expliquant que le rythme était assez soutenu. Maman de trois enfants, Maryline avait peut-être eu du mal à la comprendre, elle n'en avait toutefois rien laissé paraître.

— Je t'appellerai pour qu'on se retrouve bientôt autour d'un café, avait-elle décrété.

Helen avait acquiescé, tout en se demandant si elle aurait envie de décrocher.

À présent, elle regardait Mat et attendait le moment où il se mettrait à pleurer. Il avait beau être calme, elle n'osait pas se lever et vaquer à une quelconque occupation, de peur que cela ne déclenche une crise. S'il l'avait oubliée et qu'elle avait le malheur de se rappeler à son bon souvenir, il la réclamait à cor et à cri.

Le petit garçon s'était saisi d'un livre en plastique et le mordillait pour calmer ses gencives en feu. La girafe Sophie lui faisait davantage de bien, mais de là où Mat se trouvait, il ne pouvait l'atteindre. Prise de compassion pour ses douleurs de bébé, Helen se pencha pour attraper le jouet et le tendit à Mat. Celui-ci battit des mains en babillant, mais comme Helen faisait demi-tour pour commencer à préparer le repas du soir, le petit cria pour manifester son impatience. Helen remplit une casserole d'eau. Mat se mit à pleurer.

— Mais chut ! s'exclama Connie depuis le salon où elle regardait un dessin animé.

Lorsque Phil rentra, il trouva Mat en pleurs, Connie en train de s'énerver parce qu'elle n'entendait rien et Helen qui criait pour calmer tout le monde. Son arrivée fit retomber la tension comme un soufflé. Mat tendit les bras et Phil le fit tournoyer, déclenchant les rires de son fils. Connie se leva pour éteindre la télé et se précipiter dans les bras de son père. Helen se tourna vers l'évier, les épaules basses, retenant les larmes de colère qui perlaient à ses yeux.

— J'ai une surprise pour toi, ma puce, annonça Phil.

— Une surprise ? Pour moi ?

Les yeux de Connie pétillaient. Helen se retourna, piquée par la curiosité.

— Tu l'as trouvé ? demanda-t-elle.

— Un collègue vendait celui de sa fille.

Il se rendit dans le garage, Mat dans les bras, et revint avec un vélo rouge.

— Tu vas m'apprendre à faire du vélo !

Connie se mit à sautiller dans la maison, folle de joie. Phil tendit Mat à sa mère pour recevoir les câlins de Connie, qui n'en finissait pas de s'extasier.

— Il est beau ! J'adore le rouge !

— Il est en bon état ? demanda Helen.

— Jean-Paul prend soin de ses affaires comme personne, il est comme neuf.

Le repas fut joyeux. Connie posait beaucoup de questions pour tout connaître de l'apprentissage du vélo. Son épaule était à présent parfaitement remise après sa chute de l'arbre, elle allait pouvoir commencer la pratique dès le lendemain. Helen se détendait à vue d'œil. Le week-end lui ramenait son mari à la maison, les deux jours qui se profilaient promettaient d'être plus faciles. Elle alla coucher Mat après son biberon et son changement de couche et comme il pleurait, Phil passa quelques minutes à l'endormir. Connie aussi avait rejoint son lit après l'histoire du soir.

Phil et Helen étaient à présent seuls dans le salon. Helen se remémora toutes ces soirées en amoureux, lovés sur le canapé, à regarder la télévision ou le feu de cheminée. À faire l'amour, parfois. Cela devait aussi rappeler des souvenirs à Phil, qui se mit à embrasser sa femme dans le cou. Ses mains commençèrent à se faire plus aventureuses. Cela n'arrivait plus si souvent. Helen était fatiguée et Phil n'insistait pas. Certaines fois, il n'osait même pas venir vers elle, de peur d'essuyer un refus. Il était épuisé lui aussi par le travail, par les pleurs de Mat qui déchiraient encore chaque nuit. Cela passerait. Lorsque les mains de Phil caressèrent ses seins,

Helen se raidit. Elle avait envie de romantisme, elle avait besoin de parler. Le souffle de Phil se fit plus court et son sexe durcit contre son ventre. Helen le repoussa doucement avant qu'il ne se maîtrise plus.

— On aurait pu parler du vélo avant que tu ne lui offres, non ?

Elle avait murmuré ces mots si bas qu'ils se trouvaient dénués de tout reproche.

— C'est vrai, excuse-moi, répondit Phil tout en continuant ses caresses.

Helen pensa qu'il disait cela pour clore la conversation et passer à l'étape suivante. Elle lui en voulait d'être ce papa absent la semaine, loin de tout conflit, puis adoré le week-end, jouant par-dessus le marché le beau rôle de celui qui rapporte des cadeaux. C'était ce qu'elle s'apprêtait à lui répondre, mais les caresses de Phil se firent exquises, son corps se relâcha et un soupir franchit ses lèvres malgré elle.

Alors qu'ils reposaient l'un contre l'autre, Phil étreignit sa femme avec force. Ils n'avaient pas fait l'amour ainsi depuis des mois.

— Nous devrions recommencer à sortir tous les deux. Au restaurant par exemple. Ou au cinéma. En week-end, pourquoi pas. Tu me manques.

Il respira l'odeur de sa peau, comme s'il l'avait oubliée.

— Et les enfants ?

— Nous pourrions les laisser en garde à Annie. Elle le faisait bien pour Connie.

— Elle n'a jamais gardé Mat.

— Je ne crois pas qu'elle serait perdue.

— Elle non, mais lui ? Et il nous faudrait payer notre sortie et la garde de deux enfants. C'est beaucoup.

— N'oublie pas qu'avec ma promotion, je gagne davantage. Nous avons bien le droit d'en profiter.

Helen garda le silence.

— Tu me promets d'y réfléchir ? insista Phil.

— D'accord, répondit Helen d'un ton mal assuré, avant de savoir si elle en avait vraiment envie. Nous le ferons.

21

Le dîner

Samedi 2 mars 2019

Connie a fait son maximum pour ne pas perdre de temps. Elle s'est hâtée de chasser les derniers clients sans en avoir l'air, a rangé le trottoir et la boutique en blaguant avec Firmin, a frotté avec vigueur ses ongles à l'eau de Javel et s'est jetée sous une micro-douche brûlante avant d'enfiler une tenue correcte et de faire caler son vieux Transit à cause d'une accélération trop brutale.

Malgré tous ses efforts, il est vingt et une heures trente passées lorsqu'elle sonne à la porte de la maison de Janelle. Son amie l'a appelée le matin même pour l'inviter à dîner chez elle. Il y aura le copain d'enfance de Ludo, Romain, avec sa femme Agathe et leur bébé. Connie a accepté pour faire plaisir à Janelle, car se retrouver à parler couches et biberons ne l'a jamais fait rêver. En pénétrant dans la salle à manger, elle remarque que la table comprend plus d'assiettes que prévu. C'est en s'approchant du salon, là où tout le monde est encore assis pour l'apéritif, qu'elle l'aperçoit : Xavier, cet autre copain d'enfance de Ludo, qu'elle n'a jamais pu voir en peinture. Elle cherche le regard de Janelle pour obtenir une explication, mais celle-ci l'ignore délibérément.

— Voilà celle qu'on n'attendait plus ! lance Xavier sur le ton de la boutade.

— Tiens, voilà le plus sympa de la bande…

Connie ayant rejeté plusieurs fois les avances de Xavier, celui-ci ne fait plus d'efforts pour tenter de la séduire. À moins qu'il ne s'essaie à une autre approche en jouant au chat et à la souris avec elle. Connie jette un regard à l'assemblée et salue tout le monde. Ses yeux s'attardent sur un autre invité qu'elle n'avait pas non plus remarqué à son arrivée. Ce type lui dit quelque chose. Elle est certaine de l'avoir déjà vu, mais où ? Quand elle lui fait la bise, il lui murmure son prénom à l'oreille :

— David.

Ça lui revient ! Il s'agit du collègue de Janelle, dernièrement embauché au centre d'addictologie, avec lequel son amie a déjà voulu la caser. Mais elle ne l'avait jamais rappelé, et comme elle a interdit à Janelle de donner son numéro…

Ludo sert un verre de vin à Connie, qui a pris place entre Janelle et Agathe. La chaleur de l'alcool qui descend dans sa gorge la détend. Si la voix de Xavier ne possédait pas cette intonation irritante, elle se sentirait presque à l'aise.

— Comme David a échangé sa garde de ce week-end avec le prochain, il était libre ce soir, c'est pour ça que je l'ai invité, explique Janelle.

Connie fronce les sourcils. Elle ne comprend pas, Janelle ne travaille jamais le week-end.

— Tu te souviens que David est aussi pompier ?

C'est vrai, elle s'en souvient. Elle avait même songé que c'était terriblement sexy d'être pompier. Rougissante à l'idée que David, face à elle, devine ses pensées, elle sourit avant de se cacher derrière son verre, le remontant jusqu'à ses lèvres pour prendre une gorgée.

Romain est revenu après avoir changé son fils. Le bébé gigote dans ses bras, souriant.

— Voici Léandre, annonce l'heureux papa en le présentant à Connie, qui s'émerveille devant le nourrisson tout en se saisissant du verre de vin qu'elle avait reposé. Tu veux le prendre ?

Connie sourit d'un petit air contrit, dévoilant ses cacahuètes dans une main et son verre dans l'autre.

— Peut-être tout à l'heure, s'excuse-t-elle.

Xavier l'observe en coin, un rictus sur les lèvres.

— Connie et les enfants. Une grande histoire d'amour. Moi, j'ai horreur des mioches, mais j'ai la franchise de le dire.

— Lâche-la, Xavier, la défend Janelle.

— On passe à table ? propose Ludo.

Tout le monde se lève, heureux de clore le débat qui s'annonçait houleux.

— Comment on s'installe ? demande Agathe.

— En Vendée, c'est les filles d'un côté, les garçons de l'autre, déclare Xavier sans demander leur avis à leurs hôtes.

— C'est ridicule, rétorque Connie.

Elle prend place à un bout de la table.

— Ah, c'est ridicule ?

Xavier s'assied face à elle. Heureusement, Janelle vole une nouvelle fois à son secours, arguant que de ce côté, c'est Ludo et elle, il n'a qu'à se mettre à leur suite. Connie craint soudain qu'il ne fasse le tour de la table pour s'installer à ses côtés, mais David est le plus rapide.

— Je peux ?

— Bien sûr.

— Alors, qu'est-ce que tu deviens, Connie ? demande Xavier. Toujours célibataire ?

Elle aimerait lui répondre « Et toi, toujours aussi arrogant ? », mais elle ne veut ni gâcher le dîner de Janelle, ni apparaître comme une sauvage aux yeux de David.

— Toi aussi, Xavier ?

— C'est parce que je t'attends, moi.

Ludo éclate de rire.

— Tu peux attendre longtemps !

Les assiettes se garnissent des délicieux plats élaborés par Janelle, qui tient de sa mère le goût de la cuisine. Les verres se remplissent et les rires fusent.

David entame la discussion avec Connie en demandant des nouvelles de L'Amapola. Il se souvient du nom de sa boutique, elle se trouve ridicule d'avoir cherché qui il était. Lorsqu'il l'écoute parler, il possède cette empathie sincère qui caractérise aussi Janelle. Connie ne peut s'empêcher de se demander s'il s'agit d'un critère de recrutement pour travailler en centre d'addictologie.

Les conversations dévient. Agathe en vient à parler de sport. Elle aimerait reprendre une activité maintenant que Léandre vient d'avoir quatre mois, mais elle ne trouve pas le temps, entre son travail, la maison et le basket de Romain.

— C'est difficile pour une femme de tout concilier, compatit Janelle. Reprendre le sport, cela voudrait dire t'astreindre à un horaire auquel tout le monde devrait se plier.

— Je ne vois pas quand…

Connie enchérit :

— La différence entre un homme et une femme, c'est qu'une femme va garder du temps pour elle quand tout le reste sera fait, alors qu'un homme s'occupe du reste quand son temps pour lui est écoulé.

Xavier éclate de rire.

— Notre chère féministe préférée ! La vérité, c'est que les femmes ont voulu l'égalité. À présent qu'elles l'ont, elles n'arrivent plus à tout assumer. Vous pouvez dire merci à vos grand-mères soixante-huitardes, les filles ! Grâce à elles, vous êtes des femmes libres, indépendantes, vous portez même parfois la culotte et vous trimez comme des mecs. Mais vous faites tout ça en plus de gérer les mêmes choses qu'avant.

— Ce n'est pas vrai. Les tâches ménagères se partagent, de même que l'éducation des enfants, rétorque Janelle.

— Tu parles ! Dans certains couples, peut-être. Mais à quoi bon vouloir être les mêmes puisque nous sommes nés différents ? Nous ne nous ressemblons pas, je n'ai jamais couché avec une fille qui avait une queue entre les jambes. Alors pourquoi faire semblant ? J'ai lu dans un bouquin très intéressant que les hommes voient sur une plus longue distance, alors que les femmes ont un angle de vue plus large, c'est pour ça que vous trouvez tout de suite le beurre dans le frigo[1]. Que voulez-vous que je vous dise ? Vous êtes sans doute meilleures pour les tâches ménagères que nous, vous auriez dû vous y cantonner. Comme ça, Agathe aurait eu le temps, par exemple, d'aller faire du sport.

La tablée se fait silencieuse. On n'entend que les voix de Léa et Cléo, qui jouent avec leurs poupées. Connie, la fourchette suspendue en l'air, a du mal à se taire.

— Tu préférerais donc que ta copine ne travaille pas ?

— Chérie, tu connais mon job. Avec moi, tu pourrais fermer ta boutique et garder tes ongles propres.

Et Xavier ponctue sa réplique d'un clin d'œil, tout sourires. Janelle lui a dit un jour qu'il en fait toujours trop pour masquer ses faiblesses, qu'il n'est pas aussi mauvais qu'il le laisse penser. Janelle trouve des excuses à tout le monde. Concernant Xavier, Connie ne parvient pas à le voir sous un bon jour. Elle jette un regard à ses ongles qu'elle avait crus blancs et, son assiette terminée, glisse ses mains sous la table. Avant qu'on ne débarrasse pour servir le fromage puis le dessert, elle glisse tout bas à son amie :

— J'ai besoin de prendre l'air quelques minutes.

1. *Pourquoi les hommes n'écoutent jamais rien et les femmes ne savent pas lire les cartes routières*, Allan et Barbara Pease, First Éditions, 1999.

22

La belle étoile

Samedi 2 mars 2019

L'air frais de cette soirée de mars la ragaillardit aussitôt qu'elle franchit le seuil de la porte. Elle inspire à grandes goulées. Pourquoi son amie lui a-t-elle fait ce coup-là ? Elle se promet que plus jamais elle ne passera une soirée avec Xavier. Si ce fumier a encore envie de la voir atterrir dans son lit, c'est plus une question de fierté que de sentiments. Quel goujat !

Connie ouvre son sac et se met à la recherche du paquet. Elle en extirpe la seule cigarette qu'il contient et se juche sur le muret devant la maison, à la lumière des lampadaires. Tout à coup, elle entend la porte d'entrée s'ouvrir et se refermer. Par pitié ! Pourvu que ce ne soit pas ce tordu de Xavier ! Elle n'a pas le temps de se retourner que David prend déjà place à ses côtés. Elle croise son regard. Sa profondeur est intense. Des yeux noirs, aussi pénétrants que cette nuit d'hiver. On dirait qu'ils tentent de l'avaler tout entière.

— Tu fumes ? demande-t-il en désignant la cigarette éteinte.

— Non.

Les sourcils de David se soulèvent en une interrogation muette tandis qu'un sourire amusé naît sur ses lèvres.

— J'en ai toujours une, au cas où.

— Au cas où quoi ?

— C'est depuis mon adolescence. Ça doit faire quinze ans que je sors la même cigarette de ce paquet quand j'ai peur de déraper… Les autres, je les ai fumées quand j'avais dix-sept ans. Les neuf autres. Pas une de plus. Celle-ci, elle me sert quand ça ne va pas. Ma mère était une grande dépressive. Elle n'a pas toujours été comme ça, mais elle a sombré. Je me dis qu'un jour, moi aussi ça m'arrivera. J'attends la chute. Ce point de non-retour. Cette plongée dans les ténèbres.

— Pourquoi ça t'arriverait ? Tu n'es pas ta mère.

— Je suis sa fille.

— Et ton père ? Il est dépressif, lui aussi ?

— Non.

— Alors pourquoi tu ne ressemblerais pas plutôt à ton père ?

Les lèvres de Connie s'étirent. Ses yeux verts sondent avec curiosité ceux de David, tandis qu'il poursuit :

— Et puis, tous les enfants de meurtriers ne deviennent pas des serial killers. Les fils et filles de génies n'ont pas tous un QI hors norme. Bref, on n'est pas censés tout hériter de ses parents, le bon comme le mauvais.

Connie baisse les yeux sur la cigarette, réfléchit un instant et la range dans son paquet. La froideur humide du muret lui mord les fesses.

— Je n'en parle jamais d'habitude.

— De quoi ne parles-tu jamais ? De ta cigarette ou de ta mère ?

— Les deux. Pas même à Janelle.

— Alors laisse-moi réfléchir.

— À quoi ?

— À quelque chose dont je ne parle moi non plus à personne.

Connie le détaille alors que, la tête levée vers le ciel étoilé, il cherche dans ses souvenirs.

— J'ai fait pipi au lit jusqu'à mes neuf ans.

Il rit, et Connie l'imite.

— Ce n'est pas pareil, ça ne te suit plus aujourd'hui.

— C'est vrai. Quoique… tu n'en sais rien !

Les deux jeunes gens gloussent à nouveau. Puis David retrouve son sérieux et se remet à observer le ciel.

— Là-haut, il y a ma Mélissa. Je pense à elle tous les jours.

Connie retient un cri de stupeur. Elle n'a pas envie d'entendre la suite.

— C'est ma fille. Celle que je n'ai jamais connue. Celle à laquelle j'ai rêvé, sans vraiment y penser, car l'idée de son existence me paraissait floue. Elle est morte dans le ventre de sa mère au bout de cinq mois de grossesse. Comme ça, sans prévenir. Je suis pompier, je sauve des vies. Mais là, je n'ai rien vu venir. Je pense à elle car j'ai pu la voir. Je mets un visage sur son prénom, sur l'idée même de mon enfant.

Connie ne sait pas quoi dire. À tâtons, elle cherche sa main à côté de la sienne et la serre fort. Il répond à sa pression, le regard toujours rivé à la nuit étoilée. Quand Connie lâche sa main, il poursuit :

— Avec sa mère, nous nous sommes éloignés à cause de notre peine. Cela fait quatre ans. Aujourd'hui, je vais bien.

En disant ces mots, il plante son regard dans le sien. Il est brûlant, comme si au-delà de la douleur, il voulait la convaincre qu'il est un homme solide sur lequel elle pourrait s'appuyer, si elle voulait. Connie ne parvient plus à penser, cette révélation l'a bouleversée. Avant même qu'elle se soit rendu compte qu'elle pleurait, une larme roule le long de sa joue. David s'en aperçoit et lève lentement le bras vers son visage, mais Connie l'essuie d'un revers de main.

— Excuse-moi, je ne voulais pas plomber l'ambiance. Je ne parle plus à personne de cette blessure, parce que le temps a passé. Quand j'y pense, j'ai juste besoin de lever la tête vers les étoiles et je sais qu'elle est là. Je la vois.

— C'est beau ce que tu dis.

David hausse les épaules.

— Chacun sa façon. Tu as ta cigarette, j'ai mes étoiles.

Une voix s'élève derrière eux, sans qu'ils aient entendu la porte :

— On passe au dessert, vous venez ?

— On arrive, s'écrie Connie avec un entrain feint, sans se retourner.

Elle a bien trop peur que Janelle ne lise toute l'émotion sur son visage. Alors elle saurait.

— Tu es prête ? demande David.

— Je ne suis pas sûre de l'être pour écouter les railleries de Xavier, mais je suppose que je n'ai pas le choix.

— Tu n'as pas d'autre option que de les entendre, mais tu peux choisir d'y prêter attention ou non.

— Comment fais-tu pour le supporter ?

— Je te rassure, je ne le supporte pas du tout !

La soirée s'étire tranquillement. Après avoir lancé un « Tiens, les amoureux » moqueur, et s'être fait moucher, gentiment mais sûrement, par David, Xavier ne s'est pas aventuré sur d'autres terrains glissants. Connie est soulagée d'apprendre en fin de repas qu'il est venu avec Agathe et Romain, et ne peut faire autrement que de repartir en même temps qu'eux. David ne s'éternise pas non plus, sous prétexte qu'il doit se lever tôt pour aller courir le lendemain matin. Connie sourit en repensant à son aventure sportive dans les bois, quelques mois auparavant.

— Ça me ferait plaisir que tu m'appelles, lui murmure-t-il à l'oreille en lui disant au revoir.

Connie se souvient qu'il lui avait donné son numéro, après leur première rencontre. L'a-t-elle gardé ? Elle n'ose pas lui dire, elle n'aura qu'à demander à Janelle.

— Alors, c'était comment, votre petit tête-à-tête ? lui demande celle-ci, à peine la porte refermée derrière David.

— Peux-tu me dire ce qui t'a pris d'inviter cette enflure de Xavier ? demande Connie.

Janelle sourit et ses yeux pétillent de malice quand elle répond :

— C'était pour que tu te rendes davantage compte de la chance que tu aurais à être avec un mec comme David ! Et on dirait bien que j'ai réussi !

23

Goûter d'anniversaire

Samedi 18 janvier 1992

Cet après-midi-là, Helen organisa un goûter à l'occasion de la première bougie de Mat. Elle avait accordé un soin particulier à la décoration de la salle à manger : banderole d'anniversaire, grappes de ballons qu'elle avait fait gonfler à Phil, accrochées dans différents coins. Mat et Connie s'extasiaient de toutes ces couleurs, de toute cette gaieté. Helen avait préparé un gâteau qu'elle avait recouvert de Smarties disposés de manière à créer un arc-en-ciel. Elle avait pris du plaisir à tout orchestrer comme elle le faisait avant pour Connie, ce qui avait rosi ses joues. La maison respirait la bonne humeur, cela n'était pas arrivé depuis fort longtemps. Helen culpabilisa lorsqu'elle songea que c'était depuis Mat.

La journée était belle, mais glaciale. Le feu de cheminée avalait les bûches les unes après les autres avec voracité, comme un ogre affamé. Helen inspira l'odeur du bois et se dit qu'elle était bien. À seize heures, on sonna à la porte. C'était Annie et Michel. Connie avait insisté pour qu'ils fassent également partie de la fête, elle avait toujours eu l'habitude de les voir pour son anniversaire.

— Brrr, comme il fait froid ! s'exclama Annie en frissonnant. Ça va ?

Tout le monde s'embrassa et Mat eut droit à quelques tours dans les bras. Ses voisins n'avaient pas eu beaucoup d'occasions de voir le petit garçon, Annie ne se priva pas pour le faire remarquer. Michel, qui adorait les bébés, le fit sauter sur ses genoux. Mat riait comme rarement. Helen se dit que le lien social devait lui manquer. Il passait le plus clair de son temps seul avec elle et elle n'était pas un modèle de joie de vivre. Phil passa un bras autour des épaules d'Helen, ravi de voir son fils épanoui. De nouveau, une pointe de culpabilité transperça Helen. Avant, ils étaient comme ça tous les jours. Rien n'aurait dû changer. Elle chassa ces pensées en passant une main dans le dos de Phil. Il tourna son visage vers elle, surpris. Même ces gestes n'étaient plus si simples. Helen secoua la tête. Vite, il était temps de se changer les idées. Elle alla jusqu'à sa chambre chercher le cadeau pour Mat, qu'elle avait caché. Aidé de sa sœur, il arracha le papier cadeau et découvrit un joli ours en peluche, semblable à Papouillours. Il pencha sa tête dessus et se mit à le câliner pour signifier qu'il le trouvait doux. Tout le monde s'extasia, puis ce fut au tour d'Annie d'offrir son paquet à Mat. Elle lui avait acheté un gros camion en plastique. Mat parut l'adorer. Helen le fit descendre de sa chaise haute pour qu'il puisse jouer avec par terre. Connie s'empara du jouet pour montrer à son frère tout ce qu'il pouvait faire avec sa benne, mais il ne l'entendit pas de cette oreille et se mit à hurler.

— Ma Ninie, laisse ton frère découvrir son jeu, intervint Annie doucement.

La petite fille vint se jucher à table et observa sa mère couper le gâteau.

Après le goûter, Connie voulut montrer à sa nourrice comme elle savait bien faire du vélo sans roulettes à présent. Elle prit son gros manteau et les hommes l'accompagnèrent dehors. Annie regarderait de la maison, il faisait bien trop froid. Par la baie vitrée, Connie fit de grands signes à Annie, postée juste derrière. Helen s'activait à ranger la table. Lorsque Mat vit sa sœur dehors, il délaissa son camion et se mit à ramper vers la porte en geignant. Annie l'attrapa dans ses bras et lui fit regarder Connie qui roulait sur la pelouse. Mat se débattit en pleurant. Il voulait sortir.

— Il fait trop froid, mon chaton, expliqua Annie doucement.

Elle était vive et habituée aux enfants, elle se mit à tournoyer et à chanter avec Mat dans les bras. Quand Connie lui envoyait de petits signes de la main pour s'assurer qu'elle la regardait toujours, Annie lui répondait. Helen, qui l'observait du coin de l'œil, se dit qu'elle s'en sortait haut la main. Il était possible de ne pas plonger dans les crises de Mat, de diluer la colère avant qu'elle ne s'installe et ne grignote tout autour d'elle. Mais cela demandait une énergie qu'Helen n'avait plus.

Mat oublia sa sœur qui jouait à l'extérieur et se remit à s'occuper de son camion. Annie leva la main en direction de Connie et se dirigea vers Helen.

— Tu vas bien ? lui demanda-t-elle.

— Ça va.

— Tu as meilleure mine aujourd'hui.

Helen ne répondit pas.

— Mais tu as quand même l'air fatiguée.

Devant le silence d'Helen, elle ajouta :

— As-tu recommencé à écrire ?

— Oh non, je n'ai pas le temps !

— Tu devrais me confier Mat de temps en temps. Ça te permettrait de le trouver.

— C'est gentil, Annie, mais… mon illustrateur n'est pas disponible en ce moment, alors ça ne me servirait pas à grand-chose…

— Ton éditeur devrait bien pouvoir t'en trouver un autre, non ?

— Dans une même série, on ne change pas la patte du dessinateur si facilement.

— Tu n'es pas obligée d'écrire les aventures de cet ours. Tu pourrais changer.

— Je ne sais pas…

Helen ne lui dit pas que son éditeur l'avait appelée plusieurs fois pour savoir où elle en était et lui avait dit la même chose. Elle se tourna vers la table, mais il n'y avait plus rien à débarrasser.

— En tout cas, tu as des enfants adorables, reprit Annie.

— Merci.

— On n'a pas le droit d'être triste, quand on a une si jolie famille. N'est-ce pas ? Que penserait-on de toi ? insista-t-elle en posant une main sur le bras d'Helen.

Helen sourit tout en se demandant qui était ce « on » employé par Annie. Elle savait qu'elle disait cela pour la réconforter. De quoi, d'ailleurs ? Elle ne s'était jamais confiée à elle. Annie semblait deviner sa détresse, mais jusqu'à quel point ? Helen reçut ces mots comme un coup de poignard. Cette tristesse qui s'était insinuée en elle et dont elle ne parvenait pas à se libérer était entièrement sa faute.

Celle de personne d'autre. *Sa faute.*

24

Robin des Bois

Jeudi 14 mars 2019

L'Amapola est calme aujourd'hui. Les clients se font rares et Connie reste silencieuse. Firmin n'a pas réussi à lui tirer les vers du nez, mais il se doute qu'il a dû se passer quelque chose ce matin. La veille, elle était plus joyeuse. Firmin soupçonne que les commandes Interflora tombées tout à l'heure l'arrangent bien : elle en a profité pour s'enfermer dans l'arrière-boutique afin de réaliser les compositions. C'est lui qui se chargera de la livraison quand elle aura terminé.

D'un geste nerveux, Connie enroule le scotch vert autour de quelques tiges fragiles pour les *floratape*r. Heureusement qu'elle connaît son métier par cœur, car son esprit est ailleurs. Ce matin, elle a dû faire face à une crise monumentale de Mat. Elle lui a annoncé que son idée d'aller voir la mer n'avançait pas et qu'il lui faudrait patienter encore. Elle n'avait pas envie de faire comme son père, de prétendre que tout allait bien en évitant de parler de l'essentiel. Elle savait que Mat tenait à ce projet, elle lui devait des comptes. Il s'était mis à grogner sourdement puis à crier d'une voix désordonnée. Elle s'était excusée, lui avait dit qu'elle trouverait une solution, que tout n'était pas perdu, mais il ne l'écoutait pas. Elle s'était mise à crier comme lui, ça n'avait rien changé. Évidemment, Babeth avait fait irruption dans la pièce, le regard noir. Même elle, elle ne l'avait pas calmé. Elle avait ordonné à Connie de sortir. Désemparée, elle s'était exécutée. Babeth avait finalement trouvé le moyen de faire cesser la crise, mais il était hors de question de lui téléphoner pour prendre des nouvelles, malgré son inquiétude. Babeth se ferait un malin plaisir de lui rappeler qu'elle avait été contre cette sortie au bord de la mer depuis le début. Mat lui avait donné raison aujourd'hui. Enfin, si la harpie avait daigné accepter de les accompagner, ils n'en seraient pas là... Son père devait déjà être au courant de la situation, il ne tarderait pas à lui faire des reproches. Connie soupire.

— Aïe !

Une goutte de sang perle sur la pulpe de son doigt. Elle vient d'y enfoncer l'une des épingles qui servent à maintenir le bouquet.

— Tiens, j'ai fini !

Elle tend les trois bouquets à Firmin, qui termine de passer le balai.

— Eh bien, mademoiselle Connie ! On peut dire que vous avez l'art floral dans le sang, ces compositions sont superbes. Allez, je m'empresse d'aller les livrer à leurs heureux propriétaires. Et promettez-moi qu'en rentrant, si je vous trouve avec ce même petit air renfrogné, vous passerez aux aveux.

Le ton jovial et sans réplique de Firmin arrache un sourire à Connie. Elle a tant besoin de ce genre de personne à ses côtés...

La sonnette tinte quand il sort. Une demi-heure plus tard, elle retentit de nouveau. Penchée au-dessus d'un pot de fleurs, elle se redresse... et se retrouve nez à nez avec...

— David ?

Elle ne l'a jamais rappelé. Elle n'a pas osé et puis le temps a passé...

— Bonjour.

— Bonjour.

Le temps s'étire tandis qu'ils s'observent en silence. Même en plein jour, le regard de David est toujours aussi pénétrant. Il hésite, puis baisse la tête et contemple ses pieds.

— Je me suis dit que tu avais peut-être perdu mon numéro...

Il y a une pointe d'ironie dans sa voix. Il attend qu'elle s'explique. Soudain, elle en a assez de devoir rendre des comptes à tout le monde. Elle soupire.

— Je ne sais pas... Je n'ai pas eu le temps.

David semble percevoir son agacement. Il tourne les talons. Elle pense qu'il va partir sans demander son reste. C'est bien fait pour elle. Il a dit ça pour faire la conversation, il ne savait sans doute pas comment elle allait réagir à sa visite.

Mais au lieu de sortir de la boutique, David en fait le tour en prenant son temps. Il touche les fleurs du bout des doigts, plonge son nez dans l'immense vase rempli de roses et s'arrête devant un tableau.

— J'aime beaucoup ces coquelicots.

— C'est une peintre vouvantaise qui les a réalisés.

— *Amapola* signifie « coquelicot », il me semble ?

— Oui, en espagnol. J'aime cette fleur. Belle, sauvage. Fragile et forte.

— Comme toi, non ?

Connie baisse les yeux en rougissant tandis qu'elle sent son regard sur elle.

— Je t'offre quelque chose à boire ? demande-t-elle.

— Tu n'as peut-être pas le temps...

Connie n'arrive pas à déterminer s'il se moque de son excuse de tout à l'heure.

— Il n'y a pas de clients pour l'instant, ça devrait aller. Un café ?

David acquiesce et elle revient dans la boutique avec deux tasses fumantes. Ils s'installent à la caisse et se mettent à discuter. David lui explique qu'on lui a donné son après-midi, il avait des heures à récupérer.

— Je me suis dit que c'était l'occasion de venir te voir.

Après quelques secondes de silence, il reprend :

— Janelle m'a parlé de ton frère.

La bouche de Connie s'entrouvre, puis elle met ses mains sur son front en écarquillant les yeux.

— Elle n'aurait pas dû ? demande David, soudain mal à l'aise.

— Ce n'est pas ça. Je n'ai rien à cacher en ce qui concerne mon frère. C'est juste que je viens de comprendre quelque chose.

— Tu viens de comprendre que Janelle avait de la suite dans les idées ?

— Elle t'en a parlé ?

— Elle m'a juste expliqué la situation : l'existence de ton frère tétraplégique découverte depuis peu, ton envie de l'emmener au bord de la mer. Ton problème pour trouver quelqu'un pour t'y accompagner. Elle a ajouté que comme je suis pompier, j'aurais peut-être envie de t'aider…

— Elle a fait ça ? Mon Dieu !

Connie se tient la tête entre les mains, terriblement honteuse. Elle se souvient des paroles de Janelle : « Il va falloir me faire confiance. » Tu parles !

— Tu n'étais pas au courant ? demande David.

— Parce que… tu t'imagines… que j'aurais fomenté ce plan avec elle ? Non, jamais de la vie ! Je n'aurais pas accepté qu'elle invite un inconnu pour que je me serve de lui pour aider mon frère.

— Je n'étais pas vraiment un inconnu, nous avions déjà dîné ensemble… Et puis, je n'avais pas vu les choses sous cet angle, je dois dire… En tout cas, je suis venu pour te proposer de vous accompagner. J'ai travaillé quelque temps dans un centre pour personnes handicapées mentales. Je devrais pouvoir m'en sortir.

Connie considère David d'un œil circonspect. Ce type a tout pour lui. Il a un charme fou, il est dévoué, sensible. Il ne peut pas être parfait. Que cache-t-il ? Puis elle s'interroge sur la raison de sa venue : est-ce qu'il a eu envie de la revoir, comme elle aurait pu le penser à son arrivée, ou bien son âme de Robin des Bois a-t-elle pris le dessus ? David ne vole certes pas les riches pour donner aux pauvres, mais dans l'esprit de Connie, l'image du héros légendaire altruiste et bienveillant se juxtapose parfaitement à celle de David. Elle s'apprête à lui poser la question, quand la clochette tinte joyeusement. C'est Firmin qui revient de sa tournée. En voyant le bel inconnu et les tasses vides sur le comptoir, il ne peut s'empêcher de lancer un regard lourd de sous-entendus à Connie. Elle soupire en songeant à l'interrogatoire qui l'attend, puis fait les présentations :

— David, je te présente Firmin, mon employé. Firmin, voici David, le collègue de Janelle.

— *LE* collègue ? s'exclame-t-il en serrant vigoureusement la main tendue.

Connie lui fait les gros yeux. Pourquoi insiste-t-il autant ? C'est vrai qu'elle lui a vaguement parlé de la soirée chez Janelle, mais elle pensait s'être davantage attardée sur le cas de Xavier. Il a sûrement entendu Janelle quand elle est venue à la boutique le samedi précédent et qu'elle lui a demandé si elle avait rappelé David.

— *LE* collègue, répond David en souriant.

À en croire l'expression malicieuse de Firmin, il n'a pas fini de lui rebattre les oreilles avec « *le* collègue ». Connie se maudit. Elle n'aurait jamais dû proposer un café à David, il ne se serait pas éternisé. Soudain, il se tourne vers elle. Ses yeux noirs sont comme deux charbons ardents qui la dévisagent et menacent de la consumer entièrement. Le reste autour perd toute consistance.

— Alors, c'est d'accord ?

— Ce n'est pas à moi de décider. C'est à Mat. Tu n'as qu'à venir nous rejoindre au Phénix dimanche après-midi.

— Très bien. À dimanche alors. Au revoir, lance-t-il par-dessus son épaule en direction de Firmin.

Quand le tintement de la clochette s'éteint, Firmin pousse un soupir exagérément béat. Connie lui assène une tape sur l'épaule.

25

La poésie

Dimanche 17 mars 2019

« Il faut lui dire, Phil.

— Enfin, Babeth, je ne peux pas… J'ai essayé, mais je n'y arrive pas. Elle vient à peine de le retrouver.

— Elle doit savoir que c'est *elle* qui l'a fait tomber. »

Ces mots, Connie aurait pu les entendre en passant devant la porte du salon avant de pénétrer dans la chambre de Mat. Mais elle est tellement chamboulée à l'idée de l'après-midi qui s'annonce, qu'elle n'y prête pas attention.

— Salut, p'tit frère !

Mat grogne et sourit. La crise d'il y a trois jours est manifestement oubliée. Connie a annoncé à Isabelle, la dame de l'accueil qui travaille le dimanche, qu'un jeune homme devrait se présenter dans l'après-midi pour Mat. Elle a bien réfléchi et doit admettre que David lui a enlevé une belle épine du pied en lui proposant son aide. Elle espère qu'il ne se défilera pas, sinon elle entendra parler du pays… et lui aussi !

Phil pénètre dans la chambre au moment où elle s'apprêtait à expliquer la situation à Mat. Elle l'annonce donc en même temps à son père, en parlant de David comme d'un ami.

Il ne pose pas de question. Quant à Mat, il semble ravi que le projet avance.

Malgré le temps maussade, ils vont faire un tour dans le parc. Prendre l'air fait du bien à Mat, et Connie est certaine que Babeth ne lui permet pas de sortir tous les jours. Un ciel bas, même sans pluie, et Mat risque la pneumonie, d'après la harpie. Il faut être prudent, Connie en convient, mais avec une bonne écharpe et un gros manteau, tout est possible.

C'est quand ils font demi-tour qu'elle l'aperçoit. Debout devant la grande baie vitrée de la pièce principale, il les observe.

Il est venu.

Elle aurait presque envie de crier de joie. Mat a perçu les bonds dans sa poitrine. Il est beaucoup plus doué que n'importe qui pour ça. Il ressent quand l'air se charge en électricité ou lorsqu'une émotion violente vient troubler le calme ambiant. Il tourne la tête vers sa sœur et grogne.

— C'est lui, souffle-t-elle en posant sa main sur celle de Mat.

Phil, qui pousse le fauteuil roulant, n'a pas su sentir le changement qui s'est opéré en Connie, et n'a pas remarqué le jeune homme brun qui les attend. Ce n'est que lorsque David s'avance vers eux qu'il réagit :

— Ne serait-ce pas ton ami pompier ?

Cela fait rire Mat.

— Qu'y a-t-il de si drôle ?

— C'est ce que je venais de dire, explique Connie.

— Bonjour, dit David.

Connie le présente à sa famille. Jamais aucun homme n'a rencontré son père. C'est drôle que le premier ne soit pas encore son amoureux ! *Encore ?* Elle ferait mieux de faire taire ses pensées, il ne se passera probablement rien avec lui, c'est un ami, point. Ses idées la dépassent, elle cafouille un peu avant de se ressaisir. Pour saluer Mat, David prend sa main longuement au creux des siennes. Il dégage une sérénité qui calmerait même une Léa aux prises avec une araignée. Ensemble ils reprennent le chemin du salon de Mat. Chacun s'assied dans un fauteuil et Connie leur sert un chocolat chaud comme elle seule en a le secret : avec de vrais carrés de chocolat et du sucre vanillé. Puis elle approche les mains de Mat de la tasse pour qu'il puisse ressentir sa chaleur. Il grogne de plaisir, elle en fait autant. Les yeux de David vont de Mat à Connie. Elle, elle n'ose pas le regarder. Phil survole le journal en silence.

— J'ai dit à Mat que tu t'étais proposé pour venir avec nous.

Elle lui tend la perche, c'est à lui de jouer maintenant. À lui de faire ses preuves auprès de Mat.

— Tu n'as jamais vu la mer, Mat ?

Mat secoue la tête.

— J'aime bien y aller de temps en temps, reprend David. La mer est si belle. Même quand elle est en colère, elle est splendide. Elle nous fait tout oublier, on se sent si petit devant elle. Tu verras, tu vas l'adorer. Je me souviens d'une poésie qui disait à propos de la mer : « *Et puis sous les cieux Qui s'y rient plus clairs, Elle a des airs bleus, roses, gris et verts… Plus belle que tous, Meilleure que nous*[1] *!* »

Phil a relevé la tête de son journal et applaudit.

— Quelle mémoire !

Connie écoute en silence, se demandant s'il parle aussi bien des femmes. Un poète, donc ? Un peu trop romantique à ses yeux… Il a néanmoins le don de faire apparaître un large sourire sur le visage de son frère, c'est un point positif.

— Mat n'est jamais sorti du Phénix, déclare-t-elle.

— Jamais ?

— Il y a tout ce dont il a besoin ici.

1. « La mer est plus belle », Paul Verlaine, *Sagesse* (1881).

— Je présume que tu n'es jamais monté dans une voiture ?

Mat lui fait signe que non. Il reste silencieux, on dirait que, malgré son enthousiasme, il garde une certaine crainte face à cette aventure qui lui tend les bras.

— Si tu es d'accord pour que je vienne avec vous à la mer, je veux bien m'occuper de ton initiation. Il faudra t'habituer à la voiture. Le centre peut fournir un véhicule spécialisé ?

Il adresse cette dernière question à Connie. Celle-ci regarde son père, interrogative. Elle n'avait pas pensé à cela. Comme il hésite, elle répond :

— On pourrait utiliser mon Transit. Je m'en sers pour livrer les fleurs. Les places à l'avant ne sont pas séparées de l'espace de chargement, alors Mat pourra voir la route. On fixerait son fauteuil à l'arrière avec des sangles.

— Le véhicule dont tu te sers pour livrer les fleurs ? Il n'est pas réfrigéré ?

Connie rit.

— Je ne compte pas mettre Mat dans un frigo. Mon Transit est vieux, il n'est pas aussi bien équipé. L'hiver, il me suffit de ne pas mettre de chauffage pour conserver les fleurs. L'été, Papa m'a bricolé une cloison que je déplie pour séparer l'avant de l'arrière, et j'installe une clim à fond pour mes fleurs. Pour transporter Mat, j'allumerai le chauffage. J'ai vérifié, il fonctionne encore.

— Est-ce que ton Transit a une rampe d'accès ?

— Non…

— Ce n'est pas grave, ça peut facilement se trouver.

— Ou se fabriquer, intervient Phil.

— Papa est bricoleur.

— Je peux en faire une, s'il n'y a que ça.

Connie sourit de voir son père finalement emballé par le projet. David hoche la tête.

— D'accord. Vous pensez pouvoir le faire rapidement ?

Mat se met à grogner, exalté, tout en agitant sa tête de haut en bas.

— Doucement, tu vas te faire mal ! le rabroue gentiment Connie. Tu m'as l'air pressé !

— Je devrais avoir le temps cette semaine. Disons que ce sera prêt pour dimanche prochain.

— Parfait. Alors, Mat : je te propose qu'on se revoie dimanche prochain. Tu essaieras le Transit et si besoin, on recommencera jusqu'à ce que tu te sentes suffisamment à l'aise pour faire une heure de route. Tu es d'accord ?

Mat acquiesce si vivement que cela fait rire les autres. David annonce qu'il doit s'en aller, Connie propose de le raccompagner. Dans le couloir, elle pense croiser Babeth, mais aucun signe d'elle. Elle se dit que c'est dommage, David aurait su éloigner ses doutes, mais elle n'a pas envie de la chercher. Quand Babeth apprendra qu'il est parti sans qu'elle ait pu le rencontrer, elle fera sans doute ce qu'il faut pour tomber sur lui la semaine prochaine.

David s'arrête devant une 208 noire.

— Merci pour Mat, dit-elle avant que le silence s'installe.

— Ça me fait plaisir. Il a l'air cool.

Connie émet un petit rire.

— Pas toujours. Il a son petit caractère… La vie n'est pas facile pour lui.

— Il faudra que tu me parles de lui. De ton histoire…

Elle hoche la tête, pas très convaincue.

— On peut peut-être se voir avant dimanche ? propose David d'un ton rempli d'espoir.

— Je ne sais pas si je vais avoir le temps…

— Ah oui, ce fichu temps, grimace-t-il, un sourire flottant sur les lèvres.

— Entre L'Amapola et Mat…

— Je comprends.

Puis il lui tend un papier.

— Si tu changes d'avis, je t'ai noté mon numéro. Comme ça, tu n'auras plus l'excuse de l'avoir perdu.

— Je ne l'ai pas perdu.

— Je préfère penser que si.

Dans ses yeux, elle lit une profonde tendresse. Une attirance qu'elle ne comprend pas la pousse vers lui. Elle aurait envie de se blottir dans ses bras sécurisants sans réfléchir. Mettre de côté cette carapace, forgée depuis si longtemps pour ne pas tomber quand elle marche seule. Mais elle se dit que s'il lui adresse un tel regard, c'est parce qu'ils ne sont pas ensemble. Il ne faut rien gâcher et éviter la déception.

— À dimanche, lance-t-elle avant de l'embrasser sur la joue.

Il accuse le coup et la regarde s'éloigner sans se retourner.

26

Les promesses

Vendredi 25 décembre 1992

Phil ajouta quelques marrons autour de la dinde, avant d'enfourner le large plat. Il régla le temps de cuisson sur deux heures, puis se ravisa et tourna le bouton sur trente minutes, pour être sûr de penser à arroser la viande régulièrement, comme l'indiquait la recette.

La veille au soir, ils n'avaient rien fait de spécial pour le réveillon. En général, même tous les quatre, ils s'accordaient un repas festif, mais Helen avait une migraine épouvantable qui l'avait clouée au lit. Phil s'était dit que le jour de Noël, il se devait de faire l'effort de marquer le coup, au moins pour les enfants. Et puis, Helen avait tout de même fait des courses en prévision…

— Papa ! appela une petite voix.

Mat commençait sérieusement à s'impatienter. Il était déjà levé depuis plus d'une heure. Après qu'il avait découvert les cadeaux au pied du sapin, il avait fallu que Phil trouve de multiples stratagèmes pour que le petit garçon consente à attendre les filles qui dormaient encore. Phil n'avait ni l'envie de les réveiller, ni celle d'écoper d'une colère de Mat. Il sortit le panier de jouets qui restait dans le salon et se mit à faire rouler une voiture. Mat le rejoignit. Le jeu dura jusqu'à ce que Connie se lève à son tour. Les yeux ensommeillés, étouffant un bâillement, elle était passée devant le sapin sans voir les cadeaux. C'était la première fois qu'elle ne trépignait pas d'impatience à l'idée de découvrir ce que le Père Noël avait apporté. Phil se demanda si c'était parce qu'elle n'y croyait plus. Puis elle réalisa. Les paquets accrochèrent son regard, elle se mit à sauter de joie.

— Tu as vu, Mat ? Le Père Noël est passé !

— Chut ! intima son père. Maman dort encore.

Le four de la cuisine bipa. Il était temps de retourner dans la cuisine et d'arroser la dinde. Quand il revint dans le salon, Helen était là, le teint pâle et les traits fatigués. Phil alla embrasser sa femme et autorisa les enfants à ouvrir leurs cadeaux. Eux ne s'en étaient pas acheté, cette année. Ils ne savaient pas quoi s'offrir et Helen n'avait pas envie de courir les magasins.

— De la peinture et une poupée ! Super !

Connie se dit que si sa mère avait choisi une mallette de peinture, c'était bien parce qu'elle comptait reprendre cette activité avec elle. La petite rayonnait. Sa poupée était moins jolie que Steffie, mais c'était parce que aucune poupée ne pouvait rivaliser avec elle. Celle-ci s'appellerait Carole, ce prénom lui allait bien.

Mat venait de déballer son puzzle et son coffret de voitures. Il joua à peine avec et tendit les mains vers la mallette de Connie.

— Veux 'ture !

— Tu es trop petit, expliqua Phil.

Mais Mat ne voulait pas admettre qu'il était trop petit. Il voulait faire comme sa sœur.

— Veux 'ture ! Veux 'ture, Ninie !

— Non, Mat !

Helen regardait les frêles rayons du soleil se faufiler à travers les branches des arbres. Mat commençait à trépigner d'impatience.

— Non, Mat. Je te prêterai ma peinture, c'est promis. Mais j'aimerais qu'on joue à tes voitures d'abord. Et tiens, regarde, je te présente Carole.

Connie lui tendit sa poupée. Mat regarda le visage poupin, souriant, et l'approcha de sa joue pour lui faire un câlin.

— 'Ole ! dit-il.

Après le repas, ils sortirent se promener tous les quatre. Il y avait des voitures garées dans l'allée menant chez Annie et Michel. Comme tous les ans, ils avaient réuni leurs enfants. Quand Connie était petite, Annie les avait invités à se joindre à eux. Elle éprouvait un pincement au cœur à les imaginer seuls en cette journée de partage, mais Helen avait répondu qu'ils n'avaient pas à s'immiscer dans leur famille. Leur place était chez eux, tout simplement. Annie avait réitéré l'invitation l'année suivante, mais essuyant un nouveau refus, elle n'avait pas insisté.

Juchée sur son vélo rouge, Connie allait et venait à la rencontre de ses parents. Mat était dans sa poussette, mais avait de plus en plus de mal à y rester. Il voulait courir aux côtés de sa sœur, même si ses petites jambes ne pouvaient pas le porter tout le trajet. En le voyant gigoter comme un asticot, s'évertuant à se glisser hors des ceintures de sécurité qu'il ne parvenait pas encore à ouvrir, Phil le prit dans ses bras et le hissa sur ses épaules. Satisfait, Mat poussa un cri de joie. Helen sentit les muscles de son dos se détendre. Elle expira lentement, Phil se tourna vers elle et lui sourit.

— J'ai pensé à une chose…

— Oui ?

— Comme nous ne nous sommes pas fait de cadeaux cette année, nous pourrions nous offrir une petite semaine de vacances tous les quatre ?

Phil revenait à la charge. Après qu'Helen lui avait promis de réfléchir à la possibilité de sortir de nouveau à deux, il y avait déjà plus d'un an, il lui avait fait plusieurs propositions. Mais *JFK* au cinéma ne disait rien à Helen, ils le regarderaient à la télévision quand il serait diffusé. Le soir de la Saint-Valentin, Mat avait une otite, il était hors de question qu'elle le confie malade, et pour aller boire un verre en ville, ils n'avaient qu'à s'en servir un à la maison, le vin y était meilleur. Phil avait fini par s'épuiser.

À présent, il était question de partir tous les quatre. Helen considéra la suggestion avec circonspection d'abord, puis avec un enthousiasme grandissant. Elle s'imagina en famille, au bord de la mer, le vent jouant avec leurs cheveux et l'écume des vagues leur léchant les orteils. Connie et Mat n'avaient jamais vu l'océan, Phil avait raison. Il était temps de partir, de s'offrir une bouffée d'oxygène. Elle n'en pouvait plus de la vie qu'elle s'infligeait, de la torpeur qui l'envahissait à longueur de journée, des douleurs qui la tiraillaient de toutes parts, de ce corps qui la lâchait. Et cette mélancolie permanente. Ce puits sans fond qu'elle ne savait pas nommer. Elle n'en parlait à personne, elle avait bien trop honte. Devant le médecin, elle faisait bonne figure. Elle ne voulait pas risquer de finir internée ou abrutie de médicaments. Elle devait s'en sortir toute seule, puisque c'était elle-même qui s'était mise dans cette situation. Elle fit part de son exaltation à Phil et tous deux discutèrent de leurs projets de voyage. Ils finirent par conclure que le mieux serait de partir début mai, quand l'eau de l'océan aurait gagné quelques degrés pour permettre d'y tremper les pieds. Ils ne pouvaient attendre l'été, cela leur semblait trop loin.

Connie revint dans leur direction, elle savait qu'elle ne devait pas s'éloigner du champ de vision de ses parents. Le sourire jusqu'aux oreilles, les joues rosies par la morsure du froid, elle freina avant d'arriver à leur hauteur.

— Dis-donc, jeune fille. Il faudra que je vérifie tes freins, ils font un drôle de bruit, dit Phil.

Quand ils rentrèrent à la maison, ils étaient bien trop pressés d'organiser leur voyage, en commençant par vérifier sur le calendrier de La Poste la semaine de vacances que Phil devrait poser, pour que celui-ci se souvienne de ses paroles.

27

La seconde vie du vieux Transit

Dimanche 24 mars 2019

Phil et David tiennent chacun un côté du fauteuil de Mat et le hissent dans le Transit. Phil a travaillé d'arrache-pied toute la semaine pour fabriquer la rampe. Il a pris les cotes du véhicule dès le dimanche. Puis avec l'accord de sa hiérarchie, il est resté certains soirs dans l'atelier pour couper la tôle aux dimensions adaptées. Comme il aime le travail bien fait, il a même imaginé un système pour que la rampe se replie et qu'elle reste fixée au véhicule. Il l'a essayée à maintes reprises avec de lourdes charges afin de s'assurer de la solidité de sa construction. Il a aussi conduit le Transit à son atelier pour demander l'avis de ses collègues. Connie a été surprise de ce nouvel élan, lui qui restait jusqu'alors si secret concernant sa vie privée.

Babeth se tient sur le parking, droite comme un I. Elle observe en silence Mat prendre son envol. À ses côtés, Paco assiste à la scène, la mine réjouie.

— Allez, gamin ! Bon baptême de la route. Amuse-toi, il n'y a que ça qui compte.

Trois jours plus tôt, quand Connie l'a croisé au Phénix, il lui a confié qu'il trouvait Mat radieux, comme il ne l'avait jamais vu, l'impatience couvant dans son regard. Il avait enfin un but dans la vie.

Connie s'installe au volant du Transit et se tourne vers son frère, que David finit d'attacher soigneusement.

— Tu te sens bien ? demande-t-elle.

Mat acquiesce, le sourire jusqu'aux oreilles. Quand David prend place à ses côtés, Connie allume le moteur et tandis que la voix de The Weeknd s'élève du vieil autoradio en grésillant, elle esquisse un signe de main à l'attention de son père, qui va les suivre en voiture. Babeth affiche un sourire crispé, Paco hoche la tête d'un air entendu.

Connie veut emmener son frère à L'Amapola. Depuis le temps qu'elle lui en parle, elle a envie qu'il voie la boutique de ses propres yeux. Tout le monde est briefé : si Mat montre le moindre signe de claustrophobie ou d'angoisse, ils font demi-tour. Connie lui a rappelé maintes fois qu'il a le droit de vouloir aller moins loin pour commencer, mais Mat a insisté, à sa façon, pour rouler jusqu'à Vouvant. Connie lance régulièrement des regards inquiets dans le rétroviseur. David parle pour trois. Il joue les guides, n'oubliant pas d'ajouter à ses explications touristiques des anecdotes vécues durant ses interventions. Mat écoute et observe avec avidité, en riant parfois. Peu à peu, Connie se détend. Ils vont y arriver.

À Vouvant, c'est elle qui prend le relais. Elle se gare sur la place du Bail et raconte à Mat la légende de la fée Mélusine. Il a tant de choses à rattraper. Elle a envie de l'emmener partout. Il faudra qu'il voie la maison de leur père. Pas aujourd'hui, cela va faire trop. Elle ne pourra pas lui montrer son propre appartement, le petit escalier d'accès n'est pas praticable pour lui.

Phil les a rejoints et aide David à faire descendre Mat du Transit. Il faut y aller en douceur, la rampe est inclinée, il risquerait de rouler jusqu'en bas de la place. Phil regrette de ne pas avoir réalisé une plate-forme élévatrice, mais il doute de ses capacités pour un tel projet. Il faudrait qu'il demande l'aide de ses collègues. David le rassure, c'est parfait. Il aura tout le temps de se perfectionner à l'avenir.

Tandis qu'ils se dirigent vers la boutique, Connie prend conscience de toutes ces difficultés qu'elle ne voit pas au quotidien. Le parking est situé sur une butte, il faut se servir des freins pour que le fauteuil ne dévale pas la pente. Laisser Mat utiliser la télécommande serait dangereux, non seulement à cause de la dénivellation, mais aussi parce que son fauteuil est un modèle ancien, conçu pour une utilisation principalement en intérieur. Ses quatre roues ne favorisent pas son agilité. L'enrobé non plus ne date pas d'hier, Phil fait bien attention à éviter les nids-de-poule. Et le petit trottoir devant L'Amapola n'est guère pratique. Mais Mat semble s'en moquer. Pour la première fois de sa vie de tétraplégique, il voit autre chose que le centre. La boutique le ravit, il s'extasie devant pendant que Connie fait le tour par l'arrière pour leur ouvrir le rideau de fer. Le fauteuil ne pourra pas passer par là, le dégagement n'est pas assez large. Et puis, pour cette première fois, Connie veut mettre les petits plats dans les grands. Qu'il entre par la grande porte.

Connie pousse le fauteuil. L'espace de vente n'est pas immense, mais elle s'occupe d'animer la visite, lui faisant sentir les fleurs, nommant chaque variété, désignant les tableaux réalisés par Madeleine Charrier. Mat a droit à un tour du propriétaire détaillé. Pendant ce temps, Phil offre un café à David.

— Quand ce sera Pâques, j'installerai ici mon petit coin « Déco de saison ». J'y mettrai des coquilles d'œufs entrouvertes remplies de terre, dans lesquelles je planterai des primevères jaunes, rappelant un poussin sortant de son œuf. Je vois bien aussi un peu de paille et ma famille de lapins jardiniers. Quelques poules, pourquoi pas… Je vais te montrer l'arrière-boutique. C'est l'endroit où je travaille les fleurs et là où on mange, aussi.

Connie prépare un chocolat chaud à Mat, puis Phil fait sa Babeth et joue les rabat-joie. Il a peur que son fils n'attrape froid, il déclare qu'il est temps de rentrer. Avant de refermer la porte derrière eux, Connie se saisit d'un gros bouquet Mélusine qu'elle dépose sur la couverture de Mat.

— C'est pour Babeth. Tu lui offriras.

De retour au Phénix, Babeth ne peut que s'incliner devant l'allégresse générale, surtout quand Mat lui désigne le bouquet posé sur ses genoux. Elle l'embrasse pour le remercier, puis hoche la tête d'un air entendu en direction de Connie. Elle ne sourit pas encore, mais c'est un début. Dans la chambre, elle allonge Mat dans son lit pour le changer de position.

— Je vais y aller, annonce David.

— Je te raccompagne, propose Connie.

— Reste avec ta famille, ne t'en fais pas pour moi. Je connais le chemin, à présent.

Décontenancée, Connie ne sait pas quoi répondre. Elle fouille son regard, mais il l'évite.

— Nous ne savons même pas comment nous nous organisons pour la suite…

— Ça tombe bien. Tu pourras m'appeler.

Cette fois, il la toise d'un air de défi. Il ne lui laisse pas le choix.

28

Le défaut

Jeudi 28 mars 2019

On frappe au carreau de la vitrine. Firmin va ouvrir, un balai à la main.

— Bonsoir, preux chevalier. Elle termine de ranger l'arrière-boutique, annonce-t-il tout en lançant un clin d'œil à l'arrivant.

Ce dernier, les bras chargés, avance à l'intérieur du magasin. Connie l'aperçoit. Il est là. Elle savait qu'il viendrait, mais elle ne peut empêcher son cœur de s'emballer. Tout en le saluant, elle se demande s'il ne peut pas entendre les battements qui pulsent jusque dans ses tempes. Un raclement de gorge pour penser à autre chose.

Janelle et Firmin ont insisté tous les deux pour que Connie invite David à dîner ou à prendre un café. Peu importe, pourvu qu'elle lui accorde enfin un rendez-vous. Connie a un peu de mal à y voir clair. Ce dont elle se rend compte, c'est qu'elle est piégée. Elle n'a plus d'autre choix que d'inviter David. Elle s'est engagée vis-à-vis de Mat, elle ne peut pas le décevoir. D'un autre côté, ce n'est pas non plus une corvée de passer quelques heures avec David. Cette idée la séduit même, mais à quel point ? Cette pensée la fait frémir.

— Excuse-moi, nous sommes en retard. J'ai bientôt fini.

— Pas de souci. Dis-moi ce qu'il vous reste à faire et je vous donne un coup de main.

— Rien du tout, tu en as assez fait.

— À part aller chercher notre dîner chez le traiteur, je ne vois pas ce que j'ai fait.

— C'est déjà beaucoup, crois-moi. J'ai une faim de loup et pas assez de temps pour préparer à manger.

La tête de Firmin apparaît dans l'entrebâillement de la porte. Il jette son regard habituel de fin de journée à sa patronne.

— C'est bon pour moi, Firmin.

— Parfait. Alors à demain, ma chère Connie. Bonne soirée, les louveteaux. N'abusez pas du vin !

Le sourire est équivoque, et l'allusion directe à la bouteille de vin qui dépasse de l'un des sacs que David a apportés.

— Mets-toi à l'aise, je file sous la douche.

Connie ôte toutes ses épaisseurs de vêtements avant de se glisser sous le jet brûlant. Puis elle enfile le jean et le T-shirt bleu à manches longues qu'elle avait mis de côté dans la salle de bains. Avant d'en sortir, elle se brosse les ongles. Il lui semble entendre de la musique en provenance du salon.

Quand elle ouvre la porte, une nappe de vapeur sort en même temps qu'elle. Elle frissonne, puis s'arrête sur le seuil du salon, peu habituée au spectacle qui l'attend. David a fait comme chez lui. Il a dressé le couvert sur la petite table du salon et servi deux verres de vin. Il a même allumé les grosses bougies qui décorent la pièce. De son téléphone posé sur la table basse s'échappent les notes d'une musique qu'elle ne reconnaît pas. Sentant sa présence dans son dos, David se retourne. Un sourire étire ses lèvres quand leurs regards se croisent, révélant une fossette sur chacune de ses joues. Il passe une main dans ses cheveux bruns.

— Tu viens trinquer ? demande-t-il en lui tendant son verre.

— À Mat !

— Et à la mer !

Leurs verres s'entrechoquent, leurs yeux s'entremêlent.

— Attends !

David pose son verre et pianote sur son téléphone. La musique précédente s'arrête, pour laisser place à de nouveaux accords. Dès les premières notes, le corps de Connie se met à vibrer.

Connie rit. Comme David lui jette un regard interrogateur, elle explique :

— *Despacito*. J'adore cette chanson, je l'écoute tout le temps.

Enhardi, David se décale au centre de la pièce et se met à danser. Il balance son corps au rythme langoureux de la chanson, transporté par la voix enveloppante du chanteur portoricain.

David tend la main en direction de Connie. Elle secoue la tête en riant, encore intimidée par leur complicité naissante. Lui semble s'en moquer. Il danse sans aucune peur du ridicule et elle trouve cela touchant. Il insiste un peu, elle finit par le rejoindre. Si elle était seule en ce moment, elle le ferait, alors pourquoi pas avec lui ? Ils restent ainsi à danser pendant toute la chanson, face à face, ne se quittant pas du regard. Puis Luis Fonsi se tait et la voix de Mat Pokora emplit la pièce.

Connie se demande s'il s'agit de la playlist qu'il a l'habitude d'écouter. Elle aime bien, mais ce n'est pas le genre de chanson qu'on imagine un homme en train d'écouter. Poète… et amateur de chansons d'amour ? Toujours un peu trop romantique à ses yeux.

David s'assied sur le canapé. Elle en fait autant, à distance raisonnable.

— Tu penses que Mat est prêt à aller au bord de la mer, ou faut-il encore l'emmener quelques fois dans des lieux plus proches ?

— Il a très bien réagi. Je pense qu'il est prêt.

— Tu te souviens que je préfère éviter le dimanche ?

— J'ai des jours à poser, ce n'est pas un problème. J'ai déjà pensé au lundi dans dix jours, le 1er avril… Et ce n'est pas une blague.

— Si tôt ?

— Tu crois qu'il vaut mieux attendre ?

— Non… Mat sera ravi ! Et puis, un lundi, ça m'arrange, je ne serai pas obligée de laisser Firmin seul à L'Amapola.

— Tu pourras emmener Mat ailleurs d'ici là, pour continuer de l'habituer. Moi, je serai d'astreinte ce week-end, mais si ton père veut t'accompagner…

Connie hoche la tête. Elle a si souvent imaginé cette sortie. Elle approche, enfin.

— Merci pour tout ce que tu fais pour nous.

— C'est un plaisir. J'aime beaucoup ta famille.

— Tu voulais en savoir plus sur Mat et sur notre histoire…, dit Connie en se levant pour aller réchauffer les plats.

— Seulement ce que tu as envie de me dire.

Et tandis que les effluves savoureux du riz cantonais accompagnent le dîner, Connie lui raconte comment une banale course à pied en forêt a tout déclenché.

— Depuis que j'ai retrouvé Mat, des souvenirs me reviennent, mais ma mémoire me joue des tours. Il me semble me souvenir d'une maman plus joyeuse avant la naissance de Mat, mais peut-être n'est-ce pas la réalité…

— Tu ne peux pas demander à ton père ?

— Nous n'en parlons jamais…

— C'est peut-être là la clé du problème.

— Tu as raison. Poète… et fin psychologue !

— D'où sors-tu que je suis poète ? se récrie David, un brin amusé.

— L'autre fois… avec Mat… quand tu lui parlais de la mer.

David rit.

— Je suis désolé de te décevoir, princesse, mais je n'ai rien d'un poète. Juste la mémoire des tortures… Avec un papa instituteur et une maman prof de français, ça n'a pas toujours été facile d'esquiver.

Interloquée, Connie éclate de rire à son tour. Un rire cristallin, qu'elle laisse se déployer sans retenue. Se méfier des préjugés, il va falloir qu'elle s'y fasse. Elle passe les doigts sur ses cernes, son mascara a coulé. David s'est approché d'elle et la regarde, une lueur espiègle dans ses yeux noirs. Après la crise de rire, Connie a l'impression de plonger dans un abîme sans fond. La chute vertigineuse la laisse pantelante. Il faut dire que les verres de vin que David lui sert commencent à lui faire tourner la tête. Il n'a même pas encore entamé son deuxième, lui, parce qu'il a de la route pour rentrer. Connie ressent une chaleur au fond de son ventre. Si elle n'était pas vêtue d'une seule épaisseur, elle enlèverait son haut. Éperdue, voilà comment elle se sent, rien qu'en plongeant son regard dans le sien. Ce ne sont pas tant ses prunelles qui la fascinent.

C'est *la façon* dont il la regarde.

Il y a une fièvre qui couve en lui, qui lui fait comprendre qu'elle est importante. Qu'elle est désirable. Ou bien est-ce son imagination ? Elle doit faire taire ce cerveau en ébullition. Elle s'approche de lui, tend son visage vers le sien.

Elle a envie qu'il l'embrasse jusqu'à ce qu'elle en perde haleine.

Ne pas penser à demain.

Juste l'instant présent.

Dans ses bras.

C'est à ce moment-là qu'une sonnerie retentit. L'air de musique qui continuait à s'égrener paisiblement vient de se couper net, laissant la place à un bruit strident qui ressemble à s'y méprendre à une sirène de pompier. David saute prestement sur ses pieds et attrape son portable. Quand il décroche, Connie entend l'angoisse dans sa voix.

— J'arrive, dit-il avant de couper court à la conversation.

Les bienfaits du rire, l'endorphine dans son corps suivis du feu qui a couvé en elle, tout cela retombe comme un soufflé. La soirée est finie. Il va falloir qu'elle en chasse le souvenir avant d'aller se coucher. Seule. Heureusement, Corneille sera là. Elle cherchait un défaut à cet homme si parfait, à présent elle l'a trouvé : son manque de disponibilité. C'est à cela que Connie pense tandis que David enfile son manteau à la hâte.

— L'un des collègues de permanence est au lit à cause d'une gastro, explique-t-il. Il y a eu un accident, ils ont besoin de renfort. Je suis désolé.

Le cœur de Connie se serre en entendant parler d'accident. Quelle égoïste elle fait !

— Je suis sincèrement désolé, ce genre de chose n'arrive jamais, ajoute David, sensible au désenchantement qui a envahi le salon. Je saurai me rattraper, ajoute-t-il en l'embrassant sur la joue, frôlant un coin de sa bouche.

— Sois prudent…, est tout ce qu'elle trouve à dire.

Connie reste longtemps assise sur le bord de son canapé, ses doigts effleurant l'endroit exact où il a déposé ses lèvres.

Ce n'est qu'au petit matin qu'elle découvre le message qu'il lui a envoyé dans la nuit :

« Je suis rentré chez moi, ça s'est bien terminé. Promets-moi que tu me montreras ce qui se serait passé si ce fichu téléphone n'avait pas sonné… »

Connie hésite à répondre, puis choisit de s'abstenir, le cœur toutefois ragaillardi pour la journée.

Sacré Robin des Bois…

29

Mondanités et cachotteries

Vendredi 8 janvier 1993

Ils venaient juste de déposer les enfants chez Annie et Michel. Mat avait pleuré : c'était la première fois de sa vie que ses parents le faisaient garder, et qu'il se trouvait séparé de sa mère. Helen avait éprouvé un pincement au cœur, mais bizarrement, le soulagement l'avait submergée quand elle avait rejoint la voiture. Laisser les pleurs et les cris à quelqu'un d'autre. S'accorder une pause.

Pourtant, le couple ne s'offrait pas une soirée en amoureux : ils se rendaient au repas de présentation des vœux que le patron de Phil organisait tous les ans. Cela faisait plusieurs années qu'Helen s'arrangeait pour ne pas y aller. Ce genre de soirée ne l'enthousiasmait guère. Mais parfois, il fallait savoir prendre sur soi. Elle avait bien compris que cette fois, cela ferait plaisir à son mari qu'elle puisse l'accompagner. Depuis le jour de Noël, elle allait mieux. Tout du moins, elle s'obligeait à avoir un meilleur moral. Elle s'était dit qu'à force de faire des efforts, ceux-ci finiraient par devenir naturels et que son humeur serait de nouveau celle qu'elle avait toujours connue. Elle devait masquer sa fragilité, dissimuler ses failles à l'aide d'une bonne couche de vernis. Empêcher que les fissures ne s'ouvrent davantage pour faire tout craquer. Il fallait de la volonté, elle en avait. Elle s'était trouvé un nouveau but. Ce n'était certes pas grand-chose, mais avait-elle besoin de grands projets ? Un simple petit rien, suivi d'un deuxième et plus tard d'encore un autre. Un chemin de petits bonheurs qui illuminent la vie et guident les âmes sensibles vers un destin lumineux. Voilà ce qu'il lui fallait et cela commençait par cette idée de vacances.

Lorsqu'ils arrivèrent à l'entreprise, bon nombre de convives étaient déjà présents, à en juger par toutes les voitures garées sur le parking. En bas de la volée de marches qui dirigeaient les visiteurs vers l'entrée du bâtiment, Phil posa une main dans le dos d'Helen en signe d'encouragement. Depuis plus de quinze ans que M. Faure, le patron de la société, organisait ces repas, invitant tous ses salariés et leurs conjoints, il dressait les tables au milieu de l'atelier et engageait toujours le même traiteur, un gars du coin en qui il avait une entière confiance. Mme Faure étant un brin frileuse, son mari faisait monter le chauffage au maximum dès le milieu d'après-midi. Au fil de la soirée, la cinquantaine d'invités, rassemblés au milieu des machines de l'atelier, dînait dans une ambiance des plus festives, mais également des plus brûlantes. La chaleur, sous le toit de tôle, atteignait son paroxysme quand l'alcool coulait déjà à flots et que les conversations s'animaient. Pour cette raison, Helen s'était peu couverte. Elle avait revêtu sa robe de soirée noire toute simple, qui retombait avec légèreté sur ses courbes menues. Depuis la naissance de Mat, elle avait perdu du poids, cela se voyait d'abord sur ses joues émaciées. Elle était tout de même jolie, avec cet éclat naturel qui inspirait confiance. Pour l'occasion, elle avait pris soin d'ourler ses yeux marron de crayon noir et de recouvrir ses lèvres d'une fine couche de rose poudré. Colmater les brèches. Masquer la tristesse. À sa grande surprise, ce n'était pas si difficile. Avec les sourires qu'elle envoyait ici et là, l'intonation chaude de sa voix qu'elle maniait avec agilité pour demander des nouvelles des enfants, qui aurait pu imaginer qu'elle était en train de se noyer dans un puits sans fond ? Les longues rides qui encadraient ses yeux, creusées par des heures passées à laisser couler son mal-être, elle les faisait oublier en se fendant d'un sourire. Ses épaules plus voûtées qu'à l'accoutumée, elle les redressait un instant en posant une main bienveillante sur le bras de son interlocutrice. Contre toute attente, ce moment lui faisait du bien, elle redevenait femme pour une soirée. Phil l'observait du coin de l'œil. Il discutait avec ses collègues, mais ne perdait jamais sa femme du regard, non seulement conscient du changement qui s'était opéré en elle, mais aussi grâce à cela, de la situation de détresse dans laquelle Helen se trouvait jusque-là. Cette révélation venait de le percuter de plein fouet. Ils s'étaient laissés enliser dans le quotidien, tandis qu'autrefois, il n'y avait pas une poussière dans leur vie, le sol était lisse et propre.

Son cœur se serra lorsqu'il pensa qu'il ne lui avait pas encore dit la vérité.

M. Faure vint les saluer. Il avait toujours un mot gentil et se rappelait le prénom des conjoints de tous ses salariés. Puis il se plia au traditionnel discours dans lequel il remerciait ses collaborateurs, parlait chiffre d'affaires, nouveaux marchés, futurs projets. Il exposait les pièces d'usinage les plus complexes, désignait les machines spéciales qui se montaient dans l'atelier. Puis il conclut par ses vœux et les invita à passer à table. Phil s'assit face à Patrick, son homologue en montage, avec lequel il s'entendait bien. Helen se retrouva en face de Monique, son épouse.

— Ça va être tendu cette année, de pouvoir tout sortir dans les temps ! s'exclama Patrick.

— C'est bon signe, c'est qu'il y a du boulot. Tant qu'il y en a, on ne va pas se plaindre, répondit Phil.

— Ouais, m'enfin ! C'est parti pour qu'on trinque quand même… Montrer l'exemple, d'accord, mais on reste des hommes.

Phil se racla la gorge. Il aimait bien Patrick, mais son esprit belliqueux l'agaçait parfois.

— C'est vrai, ça, enchérit Monique à l'attention d'Helen. On avait prévu de partir au ski, nous, cette année.

— Vous annulez ?

— Phil ne t'a pas dit ? Les congés sont limités pour le premier semestre à cause des grosses commandes qui sont tombées. Évidemment, les responsables de service ne peuvent pas en poser. Montrer l'exemple, ajouta-t-elle en mimant des guillemets avec ses doigts.

Helen réfléchit à toute vitesse. Et leurs vacances de mai ? Elle se tourna vers Phil, qui l'observait en silence, l'air navré. Elle aurait aimé qu'il lui dise que Monique se trompait, ou que d'autres consignes étaient passées pour son service, mais son regard ne faisait que confirmer la nouvelle. Helen sentit le vernis craqueler. Elle devait à tout prix se contenir. Au prix d'un effort incommensurable, elle mit une main sur le bras de Phil, et répondit à Monique :

— Si, bien sûr, Phil m'avait dit.

Sauver la face, alors même qu'elle avait envie de prendre ses cliques et ses claques.

À minuit, elle annonça à Phil qu'elle était fatiguée et qu'elle voulait rentrer. Le retour se fit dans un silence glacial. Les enfants dormaient chez Annie, ils devaient les récupérer le lendemain matin.

Allongée dans le lit, Helen gardait les yeux grands ouverts, fixant l'obscurité.

— J'ai appris aujourd'hui le coup des congés, je n'ai pas eu le temps de te prévenir. Il y en aura d'autres...

La voix de Phil brisa le silence. Helen lui en voulait terriblement. S'il ne lui avait rien dit, c'était par peur qu'elle refuse de se rendre à la soirée. Montrer l'exemple. Elle ne trouvait pas ça juste. Elle n'avait pas demandé la lune. Une semaine de vacances en famille, était-ce si compliqué ?

Comme elle ne réagissait pas, Phil se tourna vers elle et l'embrassa sur la joue. Puis sa main se posa sur son ventre et se mit à la caresser. Elle était en colère, elle n'avait aucune envie de faire l'amour.

— Bonne nuit, souffla-t-elle avant de tourner le dos à son mari.

Il n'insista pas. Bientôt, sa respiration devint lente et régulière. Elle fut longue à s'endormir. Les larmes, silencieuses, roulaient sur son visage et mouillaient l'oreiller. Des vacances, ils en auraient d'autres. Si ce n'était pas en mai, ce serait plus tard. Elle pouvait se sortir du puits, la soirée lui avait prouvé qu'elle en était capable. Mais tout à coup, elle n'en avait plus envie. Il en fallait si peu pour qu'elle s'éteigne à nouveau. Elle fanait, comme les fleurs qu'aimait sa fille. Elle se sentait flétrir. Bientôt, elle ne serait plus rien d'autre qu'une peau de chagrin. Elle était vide. Ses parents lui manquaient. Elle n'avait plus personne. Elle était seule. Seule et plus assez forte pour tenir debout.

Il fallait pourtant trouver un moyen de se sortir de là. Elle le devait, sinon elle allait sombrer définitivement.

30

La mer

Lundi 1er avril 2019

Tout le monde est réuni sur le parking du Phénix. Seul Phil manque à l'appel, coincé au travail. Élise et Paco, bien emmitouflés dans leur fauteuil, ont tenu également à être présents pour souhaiter une bonne promenade à leur compagnon.

David et Connie hissent Mat dans le Transit. Les gestes sont plus assurés que la première fois. Connie, qui avait laissé faire son père, s'est entraînée avec lui la veille. Sur le visage de Babeth, quand Mat ne la regarde pas, se lit toute l'inquiétude du monde. Alors que Connie nettoyait la vaisselle du déjeuner pendant que Mat s'octroyait une sieste d'une demi-heure, elle a insisté : « Il n'est pas question que Mat attrape un rhume. Vous savez qu'il risque sa vie. »

Oui, Connie le sait, elle n'a aucune envie de mettre son frère en danger. Cette rabat-joie semble la considérer comme une égoïste qui ne pense qu'à passer de bons moments avec Mat, sans prévoir les conséquences. Heureusement qu'Élise et Paco sont là pour la féliciter et l'encourager dans sa démarche. Selon eux, Mat est plus sociable depuis qu'il entrevoit la perspective de sortir du Phénix. Même les filles de l'accueil, Amandine et Isabelle, soutiennent le projet à cent pour cent. Après tout, Mat a le droit d'en avoir assez du centre. Si une personne valide devait passer ses journées cloîtrée dans le même endroit, n'importe qui trouverait légitime qu'elle soit au bord de la rupture et ait besoin de prendre l'air. Connie songe à sa mère, mais s'empresse de chasser cette pensée.

David est arrivé dès treize heures trente, comme convenu. Depuis leur soirée écourtée, mis à part le message de David resté sans réponse, ils ne se sont contactés qu'une seule fois pour confirmer la date de la sortie. La glace des retrouvailles, empreinte de gêne et de regards fuyants, a finalement été brisée par l'engouement expressif de Mat. Les deux jeunes gens se sont laissés aller à un énorme fou rire à le voir agiter la tête en tous sens et à abuser de vocalises impatientes. Connie s'est même permis de poser une main sur celle de David, le remerciant en silence de leur permettre de vivre de tels moments. David a hoché la tête d'un air entendu, se grattant la joue pour se donner une contenance, quand la proximité de Connie semblait le troubler.

Un dernier signe de la main à ceux qui les observent devant l'entrée, puis Connie démarre. David et elle se mettent à parler de tout et de rien, de la fraîcheur de ce début de printemps, de ce ciel bas qui menace à chaque instant. Ils espèrent éviter la pluie. Le temps n'est pas meilleur sur la côte, à en croire la météo.

La Vendée compte plusieurs plages accessibles aux personnes en situation de handicap. Connie a dû effectuer quelques recherches sur Internet pour vérifier. Si elle connaît les plages de la région depuis longtemps, n'étant jusqu'à présent pas concernée par la mobilité réduite, elle n'a jamais prêté attention à leur facilité d'accès. Elle a finalement choisi la plage la plus proche : La Tranche-sur-Mer. Une heure de route à peine pour accéder à la mer, cela ne semble pas long, mais pour quelqu'un qui ne s'est jamais déplacé en voiture, c'est une autre paire de manches. Connie prend son temps, elle n'ose pas appuyer sur le champignon, elle s'en voudrait que les vibrations de la route fassent souffrir son frère. Depuis leur départ, il reste silencieux. Connie jette régulièrement des regards dans le rétroviseur intérieur, mais Mat est bien trop absorbé dans sa contemplation pour s'en apercevoir. Les villages, la nature qu'ils traversent, tout le fascine et le ramène à une réalité oubliée jusqu'alors. La vie n'était qu'à portée de livres ou de films ; à présent qu'elle s'étale sous ses yeux, il n'en perd pas une miette. Impossible de savoir si la conduite de sa sœur lui procure douleur ou inconfort, il reste obstinément muet. David et Connie échangent de temps à autre un regard inquiet. Alors David se tourne vers Mat pour lui demander si tout va bien. Celui-ci se contente de hocher la tête, concentré sur tout le reste.

Enfin, ils arrivent à destination. De rares voitures sont garées sur le parking, ils ont largement la place de stationner au plus près. Amandine a remis à Connie le macaron pour personne handicapée, qu'elle a collé sur le pare-brise du Transit. Lorsqu'elle sort de la voiture pour aller ouvrir les portes arrière du véhicule, elle reçoit en plein visage les froides bourrasques. Babeth leur a donné ce qu'il faut pour couvrir Mat, il ne faudra pas lésiner avec ça, s'il est malade elle entendra parler du pays et le pauvre Mat se retrouvera interdit de sortie pour les vingt-cinq prochaines années. David détache les sangles qui maintiennent le fauteuil en place, tout en discutant avec Mat. Il essaie de le mettre à l'aise, de banaliser leur sortie. Connie entoure son cou de la grosse écharpe qu'elle lui a achetée pour son anniversaire, lui ajoute gants et bonnet avant de lui étaler une couverture sur les épaules et deux autres sur les genoux. Elle a peur que cela ne fasse trop, mais Mat étant incapable de réguler sa température tout seul, le froid pourrait le pénétrer jusqu'aux os sans qu'il puisse se défendre. Sa chaudière est défectueuse, à défaut, il faut charger en combustibles. S'il a trop chaud, il saura le faire comprendre.

Quelques manœuvres plus tard, Mat est dehors. Son regard accroche d'emblée le paysage magnifique qui se profile au-delà de la dune. Les lourds nuages noirs qui assombrissent le ciel laissent entrevoir quelques rayons d'un timide soleil au-dessus de l'eau. La mer enfle aussi loin qu'il est possible de voir, juste avant la ligne de l'horizon, et forme de gros rouleaux qui viennent se briser près de la côte, entraînant dans leur sillage de pâles répliques de vagues qui meurent à leur tour sur le sable mouillé. L'écume blanchâtre mousse quelques instants avant que l'eau ne se retire pour créer de nouveau les puissantes lames au large. Le spectacle est fascinant, la beauté sauvage de la nature à couper le souffle. David et Connie respectent la communion de Mat avec les éléments et ne veulent pas précipiter cette entrée en matière. Connie attend qu'il tourne son visage dans sa direction pour faire signe à David d'avancer. Pour traverser le sable sec, ils utilisent le long tapis gris qui se déroule jusqu'à l'endroit où le sable est suffisamment dur pour que le fauteuil ne s'enlise pas. Élise a prêté à Mat ses « chaussons ». C'est ainsi qu'elle appelle les housses de protection pour les roues de son fauteuil, dont elle se sert parfois pour aller dehors en cas de mauvais temps. Cela évite à sa mère de nettoyer les pneus crottés de boue.

La plage est déserte. La mer gronde, ses vagues s'écrasent avec fracas, cela subjugue Mat. Il y a tout ce dont on peut parler, expliquer la nature, décrire le bruit des remous de la mer – et puis il y a ce qu'on ressent en vivant les choses. Ce sentiment de liberté absolue que Mat est en train d'expérimenter se lit sur son visage. David stoppe le fauteuil pile devant la mer, en évitant que l'eau ne vienne lécher les roues. Mat reste ainsi durant un long moment.

Puis Connie estime que le temps de la contemplation a assez duré. Elle se met à courir et à jouer avec les vagues. Elle rit et lance de petits cris quand la mer menace de tremper ses chaussures. David prend quelques photos, il explique à Mat qu'il les leur enverra. Il faudra se souvenir de cet instant, même s'il y en aura d'autres, le premier est magique. Mat se laisse prendre au jeu et rit aux éclats en même temps que sa sœur. Quand elle est rattrapée par surprise par une vague plus audacieuse, Mat pousse un grand cri et n'en peut plus de rire.

— Ah, ça t'amuse ! Tu ne perds rien pour attendre !

Elle pousse le fauteuil en direction des vagues et le jeu reprend, avec Mat cette fois. Hilare, il s'égosille quand l'écume s'écrase à quelques centimètres de ses roues. Connie court dans tous les sens tandis que David se tient un peu à l'écart et filme la scène. Il suppose que cela fera plaisir à leur père de voir à quel point cette sortie les rend heureux. À bout de souffle, Connie éloigne le fauteuil à distance raisonnable des vagues et le positionne dos au vent. Puis elle ôte l'un des gants de Mat. Sentant le regard interrogatif de son frère, elle lui demande de lui faire confiance. Elle court jusqu'au sable sec, en prend une poignée, et vient la laisser filer sur la main de Mat, qu'elle a ouverte vers le ciel. Il accueille la caresse des grains dans le creux de sa paume. La sensibilité de son corps s'est éteinte, mais s'il se concentre, il peut ressentir quelque chose. L'effleurement du sable est si subtil qu'il le perçoit à peine, mais si l'imagination fait une partie du travail, tout n'est-il pas possible ?

Connie réitère son geste plusieurs fois, puis elle remet le gant en place.

Tout à coup, sans réfléchir, elle se tourne vers l'océan et se met à crier de toutes ses forces. Ce cri-là n'est pas un cri de détresse, de désespoir ou d'angoisse. C'est un cri libérateur. Elle puise au plus profond de son corps pour en faire sortir tout ce qui doit être évacué. Pour laisser s'envoler au large la négativité qui l'emprisonne parfois, les doutes qui l'empêchent d'avancer. Le cri prend naissance au plus profond de ses entrailles, et le long du parcours jusqu'à sa bouche, il laisse un écho de bien-être. Il l'apaise.

Inquiet, Mat a tourné le visage vers David.

— Ne t'inquiète pas, Mat. Connie va bien. Elle se libère. L'endroit y est propice, tu devrais en faire autant.

Mat, aussi tête brûlée que sa sœur, ne se fait pas prier. Sa voix s'élève à son tour, un peu désordonnée au départ. Il reprend son souffle, il en a moins que les autres, mais son cri rejoint celui de sa sœur avec la même intensité. Bientôt, ils sont accompagnés par David. Sa clameur puissante couvre celle des deux autres. Chacun essaie de se faire entendre, de rivaliser avec le fracas des rouleaux, d'exorciser ses démons, d'expulser tout le noir qui l'habite pour laisser la lumière rayonner. Tournés vers le large, ils ne s'occupent pas des autres, éperdus dans un chant d'union inaltérable.

Puis les voix meurent doucement, l'une après l'autre. Combien de temps a duré ce moment, Connie n'en sait rien. Tout ce dont elle est certaine, c'est qu'il restera à jamais gravé dans leur mémoire. Elle se tourne vers ses compagnons. Le regard de Mat est rivé à l'océan, David passe une main sur sa barbe naissante. Elle ne veut pas laisser la gêne s'installer, cet instant de spontanéité est trop beau pour que la pudeur vienne tout gâcher. Alors, elle passe une main autour des épaules de David et le guide vers Mat. Tous deux s'agenouillent et enlacent Mat, front contre front, formant un cercle. Un cercle aussi uni que celui de leurs cris libérateurs.

Connie est trempée. Heureusement, elle a prévu des vêtements de rechange. Pendant qu'elle change de pantalon et de chaussures dans la voiture, Mat reste dehors en compagnie de David. Il leur a fait comprendre qu'il n'avait pas froid, Connie a tout de même vérifié la température de ses mains. Elle leur sert un chocolat chaud qu'elle avait pris soin d'emporter dans une Thermos. Mat ne détache plus son regard de la mer. Il faut lui promettre de revenir bientôt pour qu'il accepte enfin de rentrer dans le véhicule. Connie fait toujours en sorte de respecter ses choix et elle remarque que David agit de la même manière. Ils pourraient très bien pousser le fauteuil contre son gré dans le Transit et ne pas attendre que Mat soit décidé. Mais Connie estime qu'en tant qu'adulte, Mat a son mot à dire, même s'il ne peut pas mettre en œuvre ses décisions seul. Elle ne veut rien lui imposer.

Durant le trajet qui les ramène au Phénix, Mat s'endort. Cette première sortie aura eu raison de lui.

— Merci, dit David.

— Pour quoi ?

— Pour aujourd'hui.

— C'est à moi de te remercier. Sans toi, nous n'aurions jamais pu venir ici.

— Non, je crois que tu ne te rends pas compte. Tu peux être d'une telle spontanéité parfois. J'ai besoin de ces moments. Ça m'a fait du bien.

— Voilà ce que j'appelle un moment de petit bonheur.

— De grand bonheur, même, ajoute David avant de poser sa main sur la sienne.

31

La fièvre du lundi soir

Mardi 2 avril 2019

— Promettez-moi, chère Connie, que la prochaine fois que vous emmènerez votre frère en promenade, vous choisirez un jour où la boutique est ouverte. Il me tenait tellement à cœur de vous aider, à ma manière !

— David avait la possibilité de prendre son lundi, c'était plus simple ainsi.

— Ce ne sera pas toujours le cas.

— Il n'est pour l'instant pas prévu d'autres sorties avec Mat. Quant à David, il ne nous accompagnera pas à chaque fois.

— Si vous me le permettez, je vais vous dire deux choses : d'abord, je vous conseille de ne pas laisser votre frère enfermé au Phénix, à présent qu'il a goûté à la liberté, sinon je ne suis pas certain qu'il vous fiche la paix. Secundo, ce qui est entamé avec David ne doit pas s'arrêter en si bon chemin.

Connie hausse les sourcils en soupirant. Elle vient de raconter à Firmin la journée de la veille. Si son employé a raison concernant Mat, elle ne sait pas encore comment elle va s'y prendre pour les prochaines sorties. Quant à David, elle évite de penser à l'avenir…

La clochette de l'entrée se fait entendre tandis que la porte s'ouvre sur Aurélien Loizeau, sa fiancée Charlène… et leurs familles au grand complet. *Mon Dieu !* Connie prend son courage à deux mains. Ce rendez-vous de préparation de mariage promet d'être interminable. Il n'est jamais bon que les futurs mariés soient accompagnés de leurs parents, estime Connie. Tout le monde y va de son avis et ajoute son grain de sel, si bien que personne n'écoute ses conseils. Cela donne parfois des assemblages un peu étranges, voire des fautes de goût impardonnables. Une composition exotique accompagnée de bracelets ou de boutonnières de roses. Un bouquet rond sur une robe fourreau, ou au contraire un jeté sur une toilette façon meringue. Bref, les familles pinaillent, le temps s'étire à l'infini et les souhaits des mariés se retrouvent balayés d'un revers de main. Et la fleuriste ne gagne pas grand-chose au final. Non, les mariages, ce n'est pas ce qu'elle préfère.

Tout en écoutant les explications de la belle-mère du marié quant aux choix de sa fille, Connie surveille Chouquette du coin de l'œil.

Chouquette, c'est la nouvelle mascotte de L'Amapola. Connie essaie toujours d'apporter une touche d'originalité à chaque occasion, Firmin a donc eu l'idée pour Pâques de ramener sa lapine à la boutique. Le matin, il embauche avec Chouquette et le soir il rapporte la cage et son habitante chez lui. Les clients sont séduits par l'animal, qui se balade à loisir dans L'Amapola. Chouquette y a pris goût elle aussi. Elle ne fait pas de dégâts, mais il faut garder un œil sur elle et faire attention à ce que Corneille ne rentre pas dans la boutique. L'autre jour, elle a passé de longues minutes à la fenêtre, semblant se demander pourquoi elle n'avait pas le droit d'entrer alors que le lapin vagabondait en tous sens. Le péché mignon de Chouquette, ce sont les saintpaulias. La semaine précédente, alors qu'ils ne la surveillaient pas, elle a mangé toutes les fleurs bleues, dédaignant les roses. Firmin a ri tout son soûl, s'extasiant devant la fine bouche de Chouquette. Connie, d'abord fâchée de constater qu'aucune fleur bleue n'avait échappé au festin, s'est finalement mise à rire aussi tant la situation était cocasse.

Les futurs mariés et leurs familles sont partis sans avoir pris de décision, Firmin a eu le temps de vendre trois compositions et deux bouquets Mélusine, d'en préparer cinq autres, de noter quatre commandes téléphoniques et de houspiller Chouquette, qui a réussi à grimper sur un tabouret chargé de fleurs pour s'approcher du saintpaulia bleu mis en hauteur.

— Je vais m'occuper des livraisons en début d'après-midi et je passerai voir Mat au Phénix, annonce Connie.

Son téléphone clignote, elle a reçu un message.

Un dîner demain soir, ça te dit ?

Suivi d'un autre :

Tu te souviens que je dois me rattraper…

Accompagné d'un smiley en clin d'œil.

Connie sourit en découvrant les messages de David, mais elle hésite. Elle aime ces moments de séduction. Aller trop vite pourrait briser la magie entre eux. Pire, lui prouver qu'elle n'était que désillusion… Elle va prendre le temps de réfléchir avant de répondre.

— C'était ce cher David ? demande Firmin doucement.

Connie se rend compte que son sourire ne s'est pas effacé.

— Oui oui…, s'empresse-t-elle de répondre sans s'attarder. (Puis elle ajoute, comme souvent :) Et toi, où en es-tu avec Benoît ?

— Oh, je ne sais pas trop… C'est un homme qui ne laisse rien paraître. Je n'ose pas lui faire du rentre-dedans, mais je crains qu'il ne comprenne rien à la subtilité de la galanterie.

— Tu n'as qu'à lui dire, tout simplement.

— Il y a des choses qui ne se disent pas à brûle-pourpoint, mais se ressentent, non ?

Connie hausse les épaules. L'attirance se comprend-elle toujours aisément ? Ne risque-t-on pas parfois d'être aveuglé par nos propres sentiments ?

Après avoir avalé le sandwich que Firmin est allé acheter pour elle chez Benoît, Connie se met en route pour ses livraisons de fleurs.

Il est un peu plus de quinze heures lorsqu'elle arrive au Phénix. Des éclats de voix proviennent de la grande cuisine. Connie décide d'aller voir, Mat est peut-être là. Elle passe par la pièce commune. Paco, qui somnole devant la télé, se réveille en sursautant dès qu'il l'entend.

— Bonjour, ma jolie !

— Bonjour, Paco, comment allez-vous ?

— On fait aller !

— C'est quoi, ce vacarme ?

— Tu n'es pas au courant ? C'est l'échange avec la maison de retraite et la crèche d'à côté. Ils ont fait venir des petits groupes pour une activité cuisine. Des tout cassés, des vieux et des loupiots hauts comme trois pommes !

— J'adore l'idée !

— Elle vient de Babeth.

— Babeth ?

— Tu as l'air surprise ? Elle déborde de bonnes initiatives, notre Babeth.

— Et vous n'êtes pas avec eux ?

— Oh moi, tu sais, les marmots…

— Mat est avec le groupe ?

— Non, il a eu de la fièvre jusque tard dans la nuit, il se repose.

— Quoi ?

Connie s'affole, paniquée à l'idée que son frère ait pu être malade à cause de leur sortie de la veille. Paco la rassure, il s'agissait juste d'une petite hausse de température, il n'y a vraiment pas de quoi s'inquiéter. Connie pense à Babeth, qui ne la laissera probablement plus jamais emmener Mat où que ce soit.

Elle se hâte vers la chambre et entre sans faire de bruit. Les rideaux sont tirés, Mat dort paisiblement, recouvert d'un simple drap. Elle s'approche du lit et effleure d'une main hésitante le front tiède. Soucieuse de ne pas réveiller son frère, elle sort de la chambre, puis se met en quête de Babeth. Elle la trouve dans la cuisine avec les autres. Élise est là elle aussi, tout sourires, une fillette juchée sur les genoux, qui mélange des ingrédients dans un saladier tandis qu'un vieux monsieur y ajoute des œufs.

Dès qu'elle voit Connie, Babeth s'éclipse. Les deux femmes se retirent dans le couloir.

— Vous auriez pu me tenir au courant que mon frère ne va pas bien, annonce Connie d'un ton empreint de reproches.

— Mat va bien, maintenant. Il a été fiévreux hier soir et une partie de la nuit, car vous ne l'aviez pas assez découvert durant le trajet du retour. La température de son corps a mis du temps à se réguler.

Connie se souvient que lorsqu'ils ont ramené Mat au centre la veille, Babeth a d'emblée remarqué l'écharpe, laissée autour du cou de Mat, et la couverture sur ses genoux, malgré le chauffage du Transit. Devant le silence de la jeune femme, Babeth reprend :

— Vous avez encore beaucoup de choses à apprendre. À présent, il a besoin de se reposer. Ça tombe mal avec l'échange de l'atelier cuisine, quoiqu'il n'aurait sûrement pas voulu y participer, de toute façon.

Après avoir fait promettre à Babeth de lui envoyer des nouvelles de son frère, Connie repasse par le salon pour embrasser Paco.

— Prenez bien soin de Mat, n'est-ce pas ?

— Ne te préoccupe pas, ma jolie. Le gamin est fort, il a connu bien pire. Ses jours ne sont pas en danger.

— Babeth n'était pas très contente, elle ne me laissera pas recommencer de sitôt.

— Laisse la Babeth tranquille, va ! Pour sûr qu'en voyant la température du p'tit, elle n'a pas pu s'empêcher de marmonner qu'elle l'avait bien dit. Mais elle a compris que ce n'était qu'un simple coup de chaud et qu'il était heureux comme tout. Il ne lui manquait plus que la parole, au gamin, pour nous raconter son escapade ! Il faudra que tu nous expliques tout, ma jolie. Mat a souri toute la soirée et il a accepté de dîner en notre compagnie, c'est dire ! Alors Babeth a bien dû se rendre à l'évidence. Avant que j'aille me coucher, elle m'a même dit que tu avais eu raison d'insister.

Connie n'en revient pas. En rejoignant son vieux Transit, elle éprouve des sentiments mitigés : elle se sent à la fois coupable de ne pas avoir su prendre bien soin de son frère, et soulagée d'avoir réussi à rendre Mat si heureux que même Babeth est obligée de le reconnaître. Une victoire cependant douce-amère, qu'elle va devoir s'empresser de rattraper à la prochaine sortie.

32

Les jours d'après

Mardi 26 janvier 1993

Connie avait recouvré l'usage de la parole depuis quelques jours. Durant une semaine elle s'était murée dans un silence assourdissant. Elle ne répondait ni à son père, ni à sa mère, ni à sa Tata Ninie et pas non plus aux gendarmes qui lui avaient posé quelques questions. Enfermée dans sa torpeur, elle restait prostrée la journée entière dans sa chambre, Steffie au creux de ses bras. Le médecin venait de temps à autre et constatait l'état quasi inerte de la petite fille. Il fallait la forcer pour qu'elle accepte de manger, lui administrer des calmants pour qu'elle se laisse aller au sommeil. Le docteur avait même parlé d'hospitalisation si son état ne s'améliorait pas.

À présent qu'elle parlait de nouveau, elle n'avait plus qu'un nom à la bouche : Mat.

Cela faisait presque deux semaines que la vie du petit garçon de tout juste deux ans était suspendue à un fil. Mat était tombé de la terrasse, à l'angle qui surplombait l'entrée de la cave et qui se trouvait temporairement sans protection. Mat n'avait pas crié quand il s'était écrasé deux mètres plus bas. Sa vie s'était brisée sur le sol pavé, en même temps que sa nuque. Le traumatisme crânien avait plongé Mat dans un coma profond, dont il n'était toujours pas sorti. Les médecins lui avaient déjà fait subir plusieurs opérations, mais ils étaient formels : le pronostic vital de Mat était toujours engagé. Le temps qui passait jouait en leur défaveur, personne n'était capable de dire quand l'enfant sortirait du coma et, surtout, si cela arriverait un jour. Tous s'accordaient en revanche pour affirmer que la chute avait provoqué des lésions cérébrales irréversibles. En d'autres termes, si Mat se réveillait un jour, il ne serait plus jamais comme avant.

Helen ne dormait plus, ne mangeait plus. Elle errait dans la maison, hagarde, posant ses yeux, rouges et bouffis, au hasard, sans rien voir. Phil était dévasté, mais il se devait de rester debout pour porter le reste de la famille. Il n'allait plus au travail. Chaque jour, Annie venait chez eux pour s'occuper de Connie le temps que le couple se rende à l'hôpital au chevet de Mat.

Depuis que Connie avait recouvré l'usage de la parole, ses parents lui avaient expliqué la situation et la petite fille avait émis le souhait de les accompagner pour voir son frère. Le médecin de famille avait été interrogé, il trouvait que c'était une bonne chose, cela pouvait permettre à la fillette d'exorciser son traumatisme. Pour Helen, cette visite était à double tranchant. Elle risquait à l'inverse de bouleverser davantage Connie, déjà fragilisée. Aussi, elle avait pris soin de la préparer en lui expliquant que le petit corps de son frère était immobile, relié à des tuyaux pour respirer et se nourrir.

Lorsque Connie entra dans la chambre d'hôpital, entourée de ses parents, elle retint son souffle. Elle avait peur de ce qu'elle allait voir, que plus jamais elle ne parviendrait à chasser.

Comme le reste…

La première chose qu'elle vit fut le lit. Un lit simple qui lui paraissait tellement grand pour le corps de Mat. Le garçonnet était si petit, si frêle. Il ne ressemblait plus à son frère, il avait perdu beaucoup de poids. Le visage émacié ne reflétait pas d'expression particulière, c'était comme s'il dormait. Mat n'avait jamais dormi ailleurs que dans un lit à barreaux, Connie s'inquiéta. Il risquait de tomber si jamais il se réveillait. Les médecins n'avaient pas pensé à disposer un matelas au pied du lit pour amortir sa chute. Il était déjà tombé de très haut, on ne pouvait pas le laisser se blesser à nouveau. Mais on l'avait branché à tant de tuyaux, reliés à des machines un peu bruyantes, que même s'il bougeait, il ne pouvait pas aller trop loin. La gorge de Connie était si serrée qu'elle se sentait incapable de prononcer un seul mot. Elle essaya et entendit sa voix rauque :

— Mat ! Mat !

Le petit garçon ne bougea pas d'un cil. Son père se dirigea vers lui, l'embrassa et lui souffla quelques mots que Connie ne comprit pas. Helen restait figée aux côtés de sa fille. Connie appela de nouveau :

— Mat !

Comme il ne répondait pas, la fillette s'énerva et l'interpella un peu plus fort. Phil posa une main apaisante sur l'épaule de Connie. Elle décida qu'elle devait changer d'approche. Son frère aimait bien quand elle lui chantait une berceuse – toujours la même. Cela le calmait quand il pleurait. La chanson aurait forcément le pouvoir de le sortir de sa léthargie. La maison était vide et triste sans lui, il était temps qu'il rentre à la maison.

— *Doucement, doucement, doucement s'en va le jour, doucement, doucement, à pas de velours…*

La voix de Connie tremblait, elle ne parvenait pas à lui donner les mêmes accents qu'à l'accoutumée. Peut-être était-ce pour cela que Mat ne réagissait pas. Comme elle continuait à chanter, des sanglots s'échappèrent de la gorge d'Helen, qui quitta précipitamment la chambre. Phil sembla hésiter, mais ne la suivit pas. Connie ne put s'empêcher de songer qu'ils en étaient toujours au même point. Mat faisait des siennes et leur mère craquait.

— Tu peux lui parler, encouragea Phil. Mat est prisonnier de son corps, il ne peut pas te montrer qu'il est là. Mais il t'entend, alors parle-lui.

Connie fronça les sourcils. Elle n'y comprenait rien. Qui le retenait prisonnier ? Il était bien là devant elle, elle allait montrer à son père qu'il se trompait. Elle allait faire revenir son frère. Cela sécherait les larmes de sa mère, effacerait cette ride soucieuse sur le front de son père. Ils partiraient en vacances au bord de la mer tous les quatre. Rien n'avait changé.

— Allez, Mat, viens. C'est moi, Connie. Viens, il faut qu'on rentre.

Mais Mat ne bougeait pas.

— Si tu lui racontais simplement ce que tu as fait aujourd'hui ?

— Mais j'ai rien fait aujourd'hui ! Mat est pas là et moi je veux qu'il revienne ! Je veux Mat ! Mat !

Connie se mit à pleurer et à crier. Elle en avait marre de tout ce cinéma. Le petit garçon ne répondait pas à son prénom parce qu'ils s'étaient trompés d'enfant, voilà. Celui qui dormait dans ce lit trop grand relié à tout un tas de tuyaux n'était pas Mat. Mat avait les joues rebondies et s'il avait été là, avec tout le foin qu'elle faisait, il se serait mis à crier lui aussi.

Alertée par le tapage de la fillette, une infirmière entra dans la chambre. Connie hurlait à présent. Elle voulait son frère, suppliait qu'on lui rende. L'infirmière dit quelque chose à Phil, puis une seconde les rejoignit, suivie d'un médecin. Connie ne se calmait pas, malgré les paroles de son père, agenouillé à ses côtés pour la rassurer.

Connie criait toujours lorsque Phil la souleva pour l'emmener loin de là.

33

Qu'est-ce qu'elle a, ma gueule ?

Mercredi 3 avril 2019

Connie s'éveille avec une drôle de sensation. Elle a mal dormi et a l'impression que cela se voit jusque sur son visage encore bouffi par le manque de sommeil. Il est vrai que sa nuit a été entrecoupée de cauchemars. Les souvenirs de son enfance continuent à faire surface par moments. Les jours insupportables d'après l'accident de Mat lui sont revenus en mémoire. Bizarrement, elle se souvient de l'avant et de l'après. Mais pas de l'accident. Comme s'il manquait un épisode. Comme si le CD était rayé à cet endroit précis…

Connie éprouve encore ce sentiment de déchirement intense qui lui vrillait le corps tout entier alors qu'elle n'avait pas encore sept ans. Il lui faut sortir la cigarette de son paquet, elle a l'impression qu'elle va perdre pied.

Elle s'assied sur le tabouret de la cuisine, sa clope dans une main et l'autre autour de la tasse du chocolat chaud qu'elle avait préparé dans une Thermos la veille. Elle inspire et expire posément, se forçant à chasser les pensées négatives de son esprit. Ce soir, elle va voir David, à qui elle a fini par répondre oui. Le lendemain matin, elle devra se lever tôt pour se rendre au MIN, mais elle se reposera plus tard.

Corneille se frotte contre ses mollets en miaulant pour réclamer ses caresses du matin. Connie range la cigarette dans son étui et prend son chat dans ses bras. Elle ne connaît pas de meilleur remède à l'angoisse. Cependant, elle a toujours cette sensation d'être gonflée de sommeil. Instinctivement, elle porte une main à son visage pour palper ses cernes. Mon Dieu ! Ses doigts s'enfoncent dans sa chair et elle a mal quand elle appuie. Que lui arrive-t-il ? Elle dépose Corneille au sol et se précipite dans la salle de bains. Devant le miroir, elle pousse un grand cri.

— Au secours ! s'exclame-t-elle en se palpant de nouveau.

Elle est méconnaissable. Son visage semble avoir doublé de volume, tandis que de grandes plaques rouges s'étendent sur presque chaque centimètre de sa peau. Aussitôt, elle pense à une allergie et met un peu de temps avant de comprendre ce qui a bien pu se passer. Puis tout lui revient. La veille au soir, après la fermeture, elle a préparé de nouveaux bouquets ronds avec de l'euphorbe verte et blanche. Elle connaît la réputation allergisante du latex contenu dans la plante, mais elle n'a pas dû faire suffisamment attention. D'habitude, elle se lave toujours les mains après avoir manipulé les fleurs, mais là, qu'a-t-elle fait ? Elle a répondu à David, puis a réchauffé une part de pizza qu'elle s'est empressée d'engloutir tout en lisant la réponse de David. Elle fait une allergie à l'euphorbe ! Comment va-t-elle assurer le service à la boutique ? Elle ne peut tout de même pas se montrer ainsi devant les clients !

— Connie ? Vous êtes là ?

Firmin est surpris de ne pas voir sa patronne lorsqu'il arrive au magasin.

— Je suis dans l'atelier ! Mais avant d'entrer, Firmin, promets-moi de ne pas te moquer.

— Allons, bien sûr que non. Que vous arrive-t-il ?

— Bon, tu peux entrer.

Firmin pénètre précautionneusement dans la pièce, puis marque un temps d'arrêt en découvrant la figure déformée de Connie.

— Ne me regarde pas comme ça, Firmin, dis quelque chose !

— Ah oui, quand même !

— Tu m'aides, là !

— Bon écoutez, ne vous inquiétez pas. Vous pouvez compter sur Firmin dans des situations comme celle-là. Aujourd'hui, c'est moi qui m'occupe de la boutique, vous resterez ici pour gérer le ravitaillement.

— Et s'il devait y avoir des livraisons ?

— Vous pourriez toujours sortir avec une cagoule, ce n'est pas la chaleur qui nous étouffe.

— Firmin !

— Pour les livraisons, laissez-moi réfléchir, je n'ai pas encore toutes les idées claires. Par contre, vous filez tout de suite à la pharmacie.

— Il est absolument hors de question que je sorte dans cet état !

— Il faut bien vous montrer pour qu'on sache ce qui vous arrive.

— Je le sais, moi : allergie à l'euphorbe. Tu veux bien aller voir Mme Hébert pour moi ?

— Soit.

Cinq minutes plus tard, Firmin est de retour, mais suivi de la pharmacienne. Elle confirme l'allergie et lui remet un comprimé, en précisant qu'il faudra attendre le lendemain pour que le visage de Connie reprenne une apparence normale. Il va donc lui falloir être patiente et ce n'est pas son fort.

Dans la matinée, Firmin vient frapper à l'arrière-boutique.

— Une visite pour vous, mademoiselle Connie.

— Je ne veux voir personne, Firmin, est-ce que tu m'as regardée ?

— Même pas moi ?

Un visage souriant apparaît dans l'entrebâillement de la porte, suivi de deux autres un peu plus bas.

— Janelle !

— Alors, ma belle, qu'est-ce qui t'arrive ?

— Comme tu le vois, mon sex-appeal est à son apogée.

Léa et Cléo regardent Connie d'un air stupéfait.

— Pourquoi t'as mis un masque ? demande la plus grande.

— Ta marraine n'a pas mis de masque, elle fait une réaction allergique. Allez donc jouer avec Chouquette, toutes les deux. Mais pas de bêtises, d'accord ?

Janelle s'assied en face de son amie.

— Je suis en congés aujourd'hui et j'allais voir Maman. Je n'allais pas manquer de te rendre visite en chemin. Firmin m'a demandé si je pouvais gérer les livraisons après le déjeuner, tu peux compter sur moi.

— Merci. Qu'est-ce que je ferais sans vous deux…

Connie pose une main reconnaissante sur le bras de Janelle.

— J'avais rendez-vous avec David, ce soir. J'ai annulé.

— Allez-vous y arriver, tous les deux ?

— C'est peut-être un signe.

— Un signe de quoi ? Tu plaisantes ! Vous allez tellement bien ensemble.

— Nous ne sommes pas ensemble.

— Comment va ton frère ?

Connie lui raconte sa visite de la veille au Phénix et la fièvre de Mat. Babeth lui a donné des nouvelles rassurantes dans la soirée. Un simple coup de chaud, comme l'avait dit Paco. Elle s'en veut malgré tout et aurait bien voulu en discuter avec David, mais la voilà coincée ici, sans personne à qui parler au moins jusqu'au lendemain.

— Il ne faudra pas que cela t'empêche d'aller de l'avant avec Mat, comme tu le fais depuis le début. Tu vas apprendre de tes erreurs et puis, tu n'as pas mis sa vie en danger.

Connie est sceptique, elle a perdu confiance en elle, ses cauchemars et son allergie ont eu raison de ses élans de bonne humeur.

— J'ai une idée ! Tu as dit que Paco voulait que tu leur racontes comment s'est passée votre sortie ? Si tu organisais un après-midi au Phénix où tu réunirais tout le monde pour un visionnage des photos ? Un genre de fête en hommage à la liberté retrouvée de Mat. Cela marquerait ton initiative et lancerait le coup d'envoi pour la suite.

— Je ne sais pas trop...

— J'espère que tu nous inviteras, on se fera un plaisir de venir !

34

La petite fête

Dimanche 21 avril 2019

Dans la grande salle à manger du Phénix flotte une ambiance festive. Les rideaux de lin blancs virevoltent au gré du souffle un tantinet frais du vent, comme s'ils s'animaient pour participer à la fête, le soleil pénètre à flots au travers des grandes baies vitrées donnant sur le parc.

Une quinzaine de convives discutent gaiement. Connie, comme bien souvent, a fini par écouter les conseils de Janelle et a organisé une petite réception en l'honneur de Mat et de leur première sortie. Quelque chose de simple, sans chichis, juste un goûter animé où circulent les photos prises par David, qu'elle commente entre deux crises de rire. Elle a mis du temps avant de pouvoir réunir tout le monde en ce jour de Pâques. Elle a réussi, bien que David ait été d'astreinte, malgré la surcharge de travail dans les jours précédant ce dimanche pascal, et en dépit de certains résidents, habitués pour quelques-uns à fêter ça en famille. Sauf Paco qui reste toujours seul.

Pour les invitations, Connie a travaillé de concert avec Mat. Babeth et Phil sont bien entendu de la partie. Connie a invité Janelle, Ludo et les filles, ainsi que Huguette et Jean-Louis, les parents de Janelle chez lesquels Connie a passé presque tout son temps lorsqu'elle était adolescente. Elle aurait bien invité Julie, mais elle vient d'avoir son petit garçon, Gaspard. Cette dernière lui a d'ailleurs annoncé qu'elle va profiter d'un congé parental qui lui permettra de voir grandir son fils pendant un an. Cela n'a pas été pour déplaire à Firmin, qui s'est vu reconduire son contrat. Celui-ci n'était pas disponible pour la petite fête, il rend visite le dimanche à sa mère à la maison de retraite. Pour sa part, Mat a tenu à convier Paco, Élise et Antoine, un homme d'une quarantaine d'années arrivé depuis peu au Phénix, et qui est accompagné de sa famille. Amandine a accepté de revenir sur son lieu de travail exprès pour faire plaisir à Mat, tandis qu'Isabelle viendra manger un morceau pendant sa pause. Déborah, la kiné, n'était pas disponible, pas plus qu'Hervé, l'ergothérapeute, mais Samantha et Gérald, les deux infirmiers présents ce dimanche passeront à tour de rôle pendant leur temps de repos. Et bien sûr, il y a David.

David, Connie l'a seulement vu une fois entre deux clients depuis la sortie à la mer. Il est venu à L'Amapola la semaine passée, mais avant Pâques, il y a toujours beaucoup à faire, elle n'était pas vraiment disponible. Ils ont aussi échangé quelques messages au sujet de ce goûter, rien de plus. Connie a fini par se demander si la petite flamme qu'elle avait sentie lui réchauffer le cœur avait vraiment existé. Elle a décidé de ne pas en faire état. C'est un David enjoué qu'elle a salué tout à l'heure. Comme tous les autres, il est heureux d'être ici, un point c'est tout.

— Vous êtes beaux sur cette photo ! s'exclame Huguette avec son accent créole tout en désignant le cliché où Connie pousse le fauteuil de Mat près des vagues.

Les deux jeunes gens ont la bouche grande ouverte, figée dans une expression euphorique.

— Qu'est-ce qu'on a rigolé ! répond Connie.

— Fais voir, demande Amandine. Et celle-là, regardez : Mat de profil face à la mer. Très concentré, Mat !

Mat rayonne. Il sourit à tout le monde. Se retrouver ainsi au centre de l'attention semble lui convenir. *Cela ne lui est jamais arrivé*, se dit Connie, le cœur serré. Il en va de même pour elle, autant de personnes rassemblées autour d'elle, cela ne s'est pas produit souvent.

La veille au soir elle s'est couchée tard pour préparer des gâteaux : un nature et l'autre au chocolat. La cuisine n'est pas son fort, elle s'est contentée de desserts simples. Babeth a également préparé une tarte et des chouquettes et c'était sans compter Janelle et Huguette, qui sont venues toutes les deux avec des pâtisseries faites maison. Ils pourraient nourrir tout le Phénix. Connie et Babeth distribuent les parts de gâteau, tandis que Phil s'occupe des boissons.

— Tu avais l'air détendu sur ces photos, Mat, fait remarquer la douce Élise, tandis que Léa lui montre les clichés un par un.

Élise attire systématiquement les enfants. Mat lui rend son sourire.

— Il lui faut un vrai fauteuil, au gamin, maintenant ! s'exclame soudain Paco. Il faut qu'il sorte, qu'il profite de la vie. Je l'ai toujours dit. Il faut investir dans un bolide performant. Le p'tit gars qui vend nos charrettes l'a dit l'autre jour à Antoine, je l'ai entendu : il faut un six-roues pour aller dehors.

— C'est vrai, approuve Antoine. Ils sont plus agiles. Grégory m'a conseillé un TDX, ils sont hyper-polyvalents. Je dois recevoir le mien la semaine prochaine.

— Combien coûte-t-il, ton TDX ? demande Phil.

— Pas loin de 10 000 euros tout compris, remboursement Sécu déduit.

Phil se rembrunit. Il n'a pas les moyens de débourser tant d'argent, le loyer mensuel du Phénix lui prélève déjà une somme non négligeable sur son salaire, bien que la Sécurité sociale et sa mutuelle en prennent une partie à leur charge. En plus de tous les inconvénients qu'on peut imaginer, cela coûte cher d'être handicapé.

Un silence non équivoque emplit la pièce, à peine troublé par les cuillères raclant les assiettes.

— C'est pas une paille ! s'écrie Jean-Louis.

— Je suis sûre qu'il y a des solutions, intervient Connie.

— Si vous n'avez pas les moyens, vous pouvez en effet chercher des financements.

Les derniers mots d'Antoine ne parviennent pas à atténuer le sentiment d'échec qui se lit sur le visage de Phil. C'est bien beau d'avoir permis à Mat d'accéder à une forme de liberté. Son handicap n'évoluera jamais, il ne gagnera plus en autonomie. Par contre, s'il en perd en sortant parce que son fauteuil n'est pas adapté à l'extérieur, il se sentira vite bridé et cela ne l'encouragera pas à poursuivre.

— Quels genres de financements ? demande Ludo.

— Les cagnottes en ligne peuvent marcher. La solidarité face au handicap, c'est dans l'air du temps.

Connie et Phil grimacent. Plusieurs voix s'élèvent pour débattre du pour et du contre d'une telle démarche.

— Je sais ce que vous pensez. Vous ne voulez pas attirer la pitié des gens. Mais laissez-moi vous dire une chose. Je suis handicapé depuis trois ans maintenant et je donnerais tout pour retrouver ma vie d'avant. J'ai beaucoup de chance, j'ai une famille aimante qui ne m'a pas laissé tomber. Émilie m'amène ici en allant travailler le matin et revient me chercher le soir. Je ne me serais pas vu enfermé chez moi toute la journée, en tête à tête avec une personne inconnue... Cette vie-là, je m'y suis accommodé, surtout parce que ici, j'ai l'impression d'avoir trouvé une deuxième famille. Chaque jour, je regrette un peu moins l'énergie débordante d'un homme qui adorait son métier de facteur. Mais ce n'est pas pareil. Je ne peux plus jouer au foot avec mes garçons, Émilie est obligée de s'occuper de moi pour tout... même le plus ingrat. Après mon accident, je suis passé par différents stades, dont l'envie de mourir. J'étais un grand sportif et regardez-moi aujourd'hui : je peux à peine tourner la tête. Une erreur technique de parapente et la vie qui bascule. Le choc aurait pu être fatal. C'est à ça que je me raccroche aujourd'hui. Si je ne suis pas mort, c'est parce qu'il y a une raison. J'ai encore quelque chose à faire sur cette Terre. Tous autant que nous sommes, nous devons profiter du temps qui nous reste ici. C'est notre devoir. Alors s'il y a des obstacles sur notre route, on doit essayer de les surmonter. Nous ne sommes pas seuls. Nous sommes des êtres capables d'interagir ensemble, de se serrer les coudes. Donc une cagnotte en ligne pour une vie meilleure, c'est plus qu'envisageable.

Personne ne souffle mot après les sages paroles d'Antoine. Connie essuie une larme qui menace au coin de son œil et voit Janelle en faire autant. Babeth se racle bruyamment la gorge. Est-elle pour ou contre cette indépendance de Mat ?

— Ou on peut monter une association.

Les mots sont tombés sans prévenir. C'est David qui les a prononcés. Évidemment. Connie sourit. *Son Robin des Bois.*

Des murmures s'élèvent dans la salle à manger. Les conversations reprennent et vont bon train. L'idée séduit davantage Connie parce qu'il n'y est pas question de demander de l'argent. Mais où trouver le temps pour s'occuper d'une association ? L'énergie, ils en ont tous. Mais du temps ?

David explique qu'il arrive que les courses auxquelles il participe le dimanche matin soient organisées par des associations. Certains coureurs viennent d'ailleurs exprès pour soutenir telle ou telle cause. Il cite l'association TEMPO 15 Grégoire qui met en œuvre plusieurs manifestations dans l'année pour récolter de l'argent pour les enfants atteints de maladies graves. Connie se dit alors qu'ils doivent avoir des relations en commun, puisque Julie fait partie de cette association, créée pour Grégoire, son neveu emporté par une leucémie quelques années plus tôt. David ajoute que des partenariats avec d'autres organismes peuvent aussi être mis en place, comme cela a déjà été le cas avec Carole Dupont, professeure de danse à Vouvant, qui anime des soirées zumba géantes à but associatif.

— En voilà une bonne idée ! s'exclame Paco, resté silencieux jusque-là. Même si je ne suis plus bon à grand-chose, je vous aiderai. Ça va sans doute vous en boucher un coin, mais dans ma jeunesse, j'étais un vrai touche-à-tout. Je m'occupais du foot au club local, j'ai fait partie d'un conseil municipal, j'ai même donné de mon temps à l'association de l'école de mon gamin. Plus personne n'en a rien à faire de moi aujourd'hui, comme quoi, les cimetières sont remplis de gens qui se croyaient indispensables !

— On n'en a pas rien à faire de vous, nous, Paco ! le rassure Connie, désolée pour lui.

En début de soirée, après avoir évoqué les endroits que pourrait découvrir Mat avec son nouveau fauteuil, les invités commencent à partir.

— Tu nous donneras des nouvelles au sujet de cette association, s'écrie Huguette, enjouée, en embrassant Connie. Tu pourras compter sur nous.

— Merci, Huguette, c'est gentil.

David aide Connie, Phil et Babeth à tout ranger et se dirige vers le parking en même temps que Connie.

— Super, ton idée d'association ! s'exclame Connie, une fois qu'ils se retrouvent seuls l'un en face de l'autre, sans savoir quoi se dire.

— Je t'avoue que ça m'est venu comme ça. C'est grâce à Antoine.

— Tu étais sérieux quand tu as dit « on » pourrait créer une association ?

— On ne peut plus sérieux.

— Pourquoi ?

— Parce que j'adore Mat.

— …

— Et que tu n'es pas une fille très facile à voir… Si je veux passer plus de temps avec toi…

— C'est seulement intéressé ?

Un demi-sourire flotte sur les lèvres de Connie.

— Ma proposition est surtout très sincère.

— Je n'arrive pas à savoir…

— Quoi ?

— Si tu es réellement un Robin des Bois ou si tu joues à l'être ?

— Je n'ai rien d'un Robin des Bois. Je sais juste une chose.

— Oui ?

— C'est que j'ai une furieuse envie de t'embrasser.

Connie se sent rougir de la base du cou jusqu'à la racine des cheveux. Tout son être vibre de répondre « Alors fais-le ! », mais quelque chose l'en empêche.

— Ça a failli arriver l'autre jour…

— J'ai manqué ma chance ?

— Peut-être…

— Un jour viendra où je ne pourrai plus me contenir, Connie.

Il la regarde avec une telle intensité qu'elle sent ses jambes fléchir.

— Tu fais quoi, ce soir ? reprend-il.

Elle hésite.

— Je vais essayer de ne pas penser à ce que tu viens de me dire.

— Pourquoi ? Pourquoi ne profites-tu pas de l'instant présent ?

Il tend une main vers elle et lui caresse la joue en même temps qu'il rapproche son visage du sien.

— Parce que j'ai peur qu'il me file entre les doigts, murmure-t-elle en levant les yeux vers lui.

Sa bouche se trouve à seulement quelques centimètres de la sienne.

— J'en ai tellement envie, Connie.

Sa voix n'est plus qu'un souffle. Quand il pose ses lèvres sur celles de Connie, elles sont chaudes et douces comme une caresse. Elle ferme les yeux et se laisse emporter dans le tourbillon d'émotions qui la submerge. Elle n'a jamais ressenti cela. Elle ne peut se contrôler, son baiser se fait plus pressant. Elle entrouvre la bouche, il s'immisce en elle. Il soutient sa nuque d'une main, les doigts plongés dans ses cheveux, et la presse contre lui de l'autre. Elle sent son corps tendu à l'extrême. Il lui a dit qu'il ne pourrait plus se contenir, mais il le devra. Connie songe à son père qui pourrait surgir à n'importe quel moment. Elle pose ses deux mains à plat sur la poitrine de David et s'écarte doucement de lui. Elle rouvre les yeux en même temps que lui et y lit tout son désir.

— Il faut que j'y aille, bredouille-t-elle avant de se diriger tant bien que mal vers son Transit, les jambes flageolantes.

David l'aurait bien retenue, si à ce moment, Babeth n'était apparue sur le seuil du Phénix.

— Dieu soit loué, vous êtes encore là ! C'est Paco.

35

Le Bel au bois dormant

Vendredi 11 juin 1993

— Est-ce que Mat va se réveiller, aujourd'hui ? demanda Connie, comme chaque matin.

Phil soupira et posa une main sur la tête de sa fille. Il répondit, comme toujours :

— Je l'espère, mais il est fort probable que ce ne soit pas pour aujourd'hui non plus, ma puce.

— Alors quand ? Demain ?

— On verra...

Connie savait avec qui parler de Mat. Si elle prononçait son prénom devant sa mère, cette dernière se mettait systématiquement à pleurer, alors elle évitait. Avec son père, elle pouvait poser les questions qui la hantaient nuit et jour, même s'il était incapable de répondre comme elle l'aurait voulu. Parfois, elle posait la question plusieurs fois d'affilée. Répéter les choses et les entendre l'apaisait, même si elle ne comprenait toujours rien à la situation. Qui retenait son frère et pourquoi ? Cela faisait si longtemps à présent. Helen avait renoncé à l'emmener de nouveau à l'hôpital. Phil avait souhaité insister, mais les visites s'étaient toutes soldées par de violentes crises. Les infirmières ne voyaient plus d'un très bon œil la présence de la petite fille et le médecin avait même fini par prendre Phil à part pour lui expliquer que ce n'était pas une bonne idée. Persister traumatisait aussi bien Connie que Mat. Depuis un mois, Phil tenait bon face aux demandes insistantes de sa fille pour se rendre à l'hôpital. Il en avait parlé avec Helen, qui abondait évidemment dans le sens du médecin. Mais il insistait :

« Si elle n'y va pas, elle pensera qu'on a des choses à lui cacher. Il vaut mieux qu'elle voie de ses propres yeux que la situation n'a pas évolué.

— Et qu'elle reste la tête dans les cauchemars ? Il faut qu'elle prenne l'air, qu'elle voie des choses positives.

— Alors, occupe-toi d'elle comme tu le faisais avant. Fais-lui faire de la peinture, emmène-la se promener. Et parle-lui de Mat sans pleurer. »

Helen le regardait, interloquée. La mine coupable et l'œil humide, elle bafouillait :

« C'est que... je n'y arrive plus. Je ne peux pas. »

Phil était désolé de faire du mal à sa femme. Il voulait la secouer, l'amener à réagir, à se battre. Au lieu de ça, elle ne sortait plus, ne voulait voir personne et ne répondait pas au téléphone. Il emmenait souvent Connie chez Annie pendant qu'il se rendait à l'hôpital quotidiennement, seul. Helen n'y allait plus aussi régulièrement : voir son fils inerte la faisait trop souffrir. Les médecins n'osaient toujours pas se prononcer, les mois passaient et rien n'avait changé.

Phil était toujours en arrêt de travail, la perte de salaire était conséquente et il sentait que la situation ne pourrait pas perdurer ainsi. Mais il passait du temps à remplir des dossiers suite à l'accident de Mat, la lourdeur administrative était telle qu'il ne pouvait pas laisser Helen s'en charger. En plus d'avoir perdu son fils, sa femme l'avait lâché. Phil savait qu'elle était partie pour une contrée lointaine que jamais il ne pourrait atteindre. Le soir, elle demeurait prostrée dans son coin du lit et il avait beau se blottir contre elle, elle ne réagissait pas. Le malheur les avait éloignés.

La journée s'écoula, semblable aux précédentes. Ce soir-là, il entreprit de lui parler :

— La vie continue pour Connie. Il faut qu'on lui montre le chemin.

Contre toute attente, Helen se retourna vivement, comme si elle avait attendu cette conversation depuis des semaines.

— Alors arrêtons de lui parler de Mat.

— Nous ne devons pas faire de Mat un tabou.

— Nous allons la rendre folle à lui en parler tout le temps.

Phil remarqua qu'elle disait « nous » alors qu'elle-même ne parlait plus de Mat en présence de sa fille.

— Elle me pose des questions sur lui tous les matins.

— Change ses habitudes. Mat est plus présent maintenant que lorsqu'il était encore parmi nous.

— C'est toi qui dis ça, ne put s'empêcher de répondre Phil.

— Je n'en parle pas.

— C'est pire. Moi, j'essaie de dédramatiser. Toi, tu es engluée dans ta douleur. Tu n'en parles pas, mais tout ton corps le fait pour toi.

— C'est normal, c'est mon enfant.

— Je comprends. C'est toi qui me reproches de trop en parler.

— Je le pense vraiment, Phil. Si on arrête de lui parler de Mat, Connie ira beaucoup mieux.

Helen planta ses yeux dans ceux de Phil. Ils étaient vitreux et tristes. De grands cernes rouges les encerclaient. Il se demanda où était passée la femme qu'il avait épousée, où se trouvait aussi le petit garçon qu'il chérissait tant. Et si la petite fille qu'il aimait et qui refusait désormais de remonter sur son vélo rouge sourirait de nouveau un jour.

Helen avait peut-être raison. C'était probablement la seule solution.

Alors il promit à sa femme de ne plus parler de Mat à Connie tant qu'il ne serait pas sorti du coma.

36

T'es avec moi

Dimanche 28 avril 2019

Paco est mort. Mort et enterré.

Le dimanche précédent, après le départ de tout le monde. Babeth avait flairé un changement dans son comportement. Il semblait las, comme s'il faisait tomber le masque après s'être contenu.

« Tu as mal ? avait-elle demandé.

— Moi ? Oh, ne t'en fais pas pour moi, va ! Ça va aller. »

Il avait fallu qu'elle insiste un peu pour apprendre qu'il se retenait de faire état de ses douleurs pelviennes, pour ne pas « gâcher la fête ». Cela faisait déjà quelque temps que Paco présentait des troubles urinaires. Avec l'âge et à force de sondages, il risquait une rétention des urines ou une infection, si bien qu'une intervention était prévue le lendemain à la clinique pour lui poser une sonde directement dans la vessie.

Quand Babeth lui avait touché le front, il était brûlant. Son expérience lui avait soufflé qu'elle ne devait pas attendre ni chercher à faire baisser la température. Il fallait l'emmener immédiatement aux urgences. Elle avait tout de suite pensé à David qui venait de sortir, cela pouvait leur faire gagner du temps. Les pompiers n'avaient en effet pas été longs à arriver, en moins de dix minutes Paco avait été emmené dans leur camion. Malheureusement, il avait succombé à l'hôpital, entre David et Babeth.

L'enterrement a eu lieu jeudi. Babeth a prévenu le fils de Paco, la seule famille qui lui restait à sa connaissance, mais il n'a même pas fait l'effort de venir. Tout le Phénix s'est rendu à la cérémonie et au cimetière, y compris certains professionnels des Ailes de l'Espoir, que Paco allait voir de temps en temps. Il était là depuis si longtemps ! Phil, David et Connie aussi étaient présents pour un dernier adieu au doyen du Phénix, qui avait sa façon propre de s'exprimer, mais qui visait toujours juste. C'est là que Connie a appris son âge : il avait soixante-seize ans. Ensemble, ils lui ont rendu un dernier hommage et Connie a murmuré en caressant son cercueil :

— Vous voyez bien que vous comptez pour des gens. Le cimetière est peut-être rempli de personnes qui se croyaient indispensables, mais vous nous manquerez, Paco.

L'ambiance est morose au Phénix. La mère d'Élise a emmené sa fille se promener pour lui changer les idées. Marité, Oscar et Jean-Charles sont rentrés chez eux en famille. Quelques résidents regardent un film sur la grande télévision, d'autres reçoivent des visites.

Phil, Connie, Mat et David sont réunis dans le salon de Mat. Connie a tenu à parler de Paco pour soulager la tristesse de son frère, à présent ils abordent le sujet qui a amené David à se joindre à eux : la création de l'association.

David se racle la gorge avant de commencer :

— À l'hôpital, avant de mourir, Paco m'a fait promettre d'aller jusqu'au bout.

Son regard rempli de rage dément la faiblesse qui transparaît dans sa voix. Les yeux de Mat se voilent, mais Connie y lit la même détermination farouche. Elle aime cette force que certains êtres puisent parfois dans les drames.

— Je pense qu'on devrait convier Babeth, annonce Connie. Après tout, elle a aussi le droit de participer à la création de notre association.

Mat sourit, agréablement surpris.

— Je ne sais pas si elle sera chez elle, intervient Phil en composant son numéro.

Après une brève discussion téléphonique, Phil déclare qu'elle va les rejoindre. Ils n'ont pas à attendre longtemps, que Babeth se trouve déjà là.

— J'ai réfléchi à un nom d'association, commence Connie. On pourrait partir de ton prénom, Mat.

Ce dernier fronce les sourcils, interrogatif.

— C'est-à-dire qu'on choisirait un nom avec des mots commençant par les lettres *M*, *A* et *T*.

Son frère hoche la tête. Les propositions vont bon train, aucune ne convient. Ils parviennent toutefois à se mettre d'accord sur un point : le *A* et le *T* appellent « Avec Toi ». Pour le *M*, c'est une autre paire de manches. « Moi Avec Toi », « Marche Avec Toi »... Ils peuvent trouver bien mieux.

— Est-on obligés d'utiliser les lettres dans l'ordre ? interroge Babeth. Une anagramme pourrait convenir.

— C'est-à-dire ? demande Connie.

— En prenant les lettres à l'envers, on peut obtenir « Tu es Avec Moi ».

— Ou « T'es Avec Moi ». Ou même juste avec la lettre, « T Avec Moi », répète Connie. Ça sonne bien !

— Je trouve aussi, enchérit David.

— Babeth a toujours été douée pour ça.

Et tandis qu'elle balaie les propos de Phil d'un revers de main gêné, il ajoute :

— Ne sois pas si modeste. En plus d'avoir imaginé le concept du Phénix, c'est bien toi qui as eu l'idée de son nom.

Babeth, à l'origine du Phénix ? Ça alors ! Connie n'en revient pas. Cette femme possède décidément des qualités insoupçonnées. Ils échangent ensuite sur la mise en place administrative et s'accordent pour que ce soit Babeth et Phil qui s'occupent des démarches. Phil propose d'emblée de présider l'association. Son investissement semble le dédouaner du passé et des mensonges. Connie accepte d'être secrétaire. Reste à trouver le trésorier. Babeth ne dit rien, est-ce une façon de se faire prier ou une question de discrétion ? Phil se tourne vers elle et s'apprête à lui proposer de remplir ce rôle, mais Connie le devance. Elle veut montrer qu'elle est d'accord avec l'idée que Babeth prenne un peu plus de place dans leur vie. Depuis six mois, elle a pu constater celle qu'elle occupe dans l'existence de Mat. Babeth consent à être trésorière de T Avec Moi, avec une étincelle d'incrédulité dans le regard. Elle s'est radoucie à l'égard de Connie depuis la sortie à la mer. Les deux femmes ne sont pas encore amies, mais un bout de chemin est amorcé de part et d'autre.

Lorsque David annonce qu'il doit rentrer, Connie se lève également, expliquant qu'elle va voir Janelle. Elle salue tout le monde en lançant « À demain ! » et suit David jusqu'à sa voiture.

— On refait la même ? lâche David avec un brin d'ironie.

Connie ne détourne pas le regard. David ne semble pas avoir envie aujourd'hui. Il est peut-être fatigué d'attendre. Elle s'est enfuie après leur premier baiser et cette semaine, l'un et l'autre n'ont pas eu le cœur à rebondir sur le sujet.

— Tu as quelque chose de prévu ? demande Connie.

— Rien de spécial, à part peut-être aller courir un peu. Je n'ai pas eu le temps ce matin, exceptionnellement, j'ai fini mon astreinte en début d'après-midi.

— Ça te dit de venir chez moi ?

— Je croyais que tu allais voir Janelle.

— Je lui avais dit que je passerais peut-être, mais si je me défile pour être avec toi, elle ne m'en tiendra pas rigueur.

David plisse les yeux, ne laissant apparaître que de fins croissants qui ressemblent à deux morceaux de réglisse luisants. L'amertume habille le coin de ses lèvres.

— C'est à mon tour de ne pas savoir... C'est oui ou bien c'est non ? Hier tu me voulais...

Connie ressent l'importance de l'instant. Elle ne doit pas passer à côté, son impatience lui souffle qu'il ne l'attendra pas.

— C'est oui, s'entend-elle murmurer.

L'expression de David a changé, Connie ressent un frisson de désir. C'est tellement grisant. Heureusement, la route en voiture va calmer ses ardeurs.

À peine quinze minutes plus tard, ils se garent devant L'Amapola. Connie referme la porte derrière eux.

— T Avec Moi..., dit-elle en rêvassant. Ça sonne vraiment bien, comme nom d'association.

Quand elle se retourne, David n'a pas bougé, il se tient juste derrière elle. Son pull blanc accentue le noir de sa chevelure et de ses yeux. La lumière de l'entrée parsème ses cheveux de reflets rougeoyants. Un sourire en coin, il la détaille avec... gourmandise ? Tout à coup, elle ne sait plus rien. Elle laisse tomber son sac à main sur le sol et son contenu se répand à ses pieds. Elle ne bronche pas, retient sa respiration.

— Pourquoi t'es-tu enfuie dimanche dernier ? Je t'ai fait peur ?

Elle n'a pas peur de lui, mais d'elle. Ou si, peut-être qu'elle a un peu peur de lui aussi. Peur qu'il ne la fasse souffrir. Il ne pourra pas être une histoire sans lendemain, elle le sent au fond d'elle. En plus, il est bien trop investi dans sa vie, désormais. L'homme de sa vie ? Elle n'ose y croire. Après tout, quelle importance ? Ce qui compte, c'est l'instant présent, comme il le lui a déjà dit. Et là, en cet instant, elle a envie de lui et de rien d'autre.

Elle s'approche de David avec des gestes hésitants. Il comprend ses intentions et réduit à son tour la distance qui les sépare. Sa bouche fond sur celle de Connie, il la couvre de baisers tendres, puis de plus en plus avides. Il retire sa veste en forçant un peu au niveau des manches. À son tour, elle soulève maladroitement son pull et leurs bouches s'écartent le temps qu'il fasse passer son vêtement par-dessus sa tête.

— Viens, murmure-t-elle en le prenant par la main et en le guidant jusque dans sa chambre.

Corneille dort sur le lit, Connie la fait sortir avant de fermer la porte. David s'est débarrassé de son jean, elle profite de la vision de ce corps athlétique. Il vient la serrer contre lui avec douceur et la bascule sur le lit. Elle se laisse aller. Pour la première fois, elle se sent en sécurité dans les bras de quelqu'un. Ces bras-là ne sont pas n'importe lesquels, ils sont ceux qu'elle attendait, qu'elle espérait. Au-delà de leurs corps qui s'unissent, ce sont leurs deux cœurs abîmés qui se soignent l'un l'autre. Lorsque le plaisir lui arrache un soupir comblé, une larme roule sur sa joue, parce qu'elle comprend à quel point elle a besoin de lui.

37

Bonne fête Maman !

Dimanche 26 mai 2019

L'Amapola devient chaque année trop petite le temps du week-end le plus animé de l'année : celui de la fête des Mères. Dans l'atelier, Huguette enlève les épines des centaines de roses vendues à cette occasion. Il existe bien une désépineuse pour faire ce boulot, mais Connie refuse d'investir dans un matériel qui abîme les fleurs. De toute façon, Huguette soutient qu'elle aime s'en occuper. Après avoir dénudé les tiges des roses au couteau, elle utilise un biseau pour couper leur pointe, les fleurs tiennent ainsi plus longtemps. Connie vient l'aider dès qu'elle le peut. Ludo, Janelle, Phil et David gèrent les livraisons, deux par deux. Leur circuit est affiché sur de grands rouleaux de papier placardés sur les murs de l'arrière-boutique. La pièce semble s'être transformée en bureau d'inspecteur de police, des gribouillis au marqueur plein les murs. Les livreurs utilisent le Transit et l'utilitaire dont se sert Jean-Louis pour son travail de menuisier. Personne ne pipe mot, concentré sur sa tâche. Connie et Firmin s'activent dans la boutique, allant et venant régulièrement dans l'atelier pour récupérer les bouquets ronds qui patientent dans le stock au frais. Connie a passé des heures la veille au soir à en préparer tandis que

David, tel un commis, s'occupait du ravitaillement en fleurs et ustensiles, la forçant à picorer en même temps quelques amuse-bouches et s'assurant que son mug était toujours rempli de chocolat chaud. À l'occasion de la fête des Mères, une bonne centaine de bouquets ronds sont vendus, sans parler des huit cents roses, des compositions et autres créations. Les bouquets Mélusine font aussi fureur, d'autant plus qu'ils sont rebaptisés « bouquet Mélusine spécial fête des Mères ». Un rien séduit les clients.

Phil et David reviennent de leur première tournée de livraisons pour préparer la seconde. Connie croise le regard de David et lui sourit. Depuis à peine un mois, ils filent le parfait amour tous les deux. David vient tous les soirs après le travail, sauf quand il est d'astreinte. Il cuisine pour le dîner puis l'aide à tout ranger quand la boutique est fermée. C'est presque comme s'ils vivaient ensemble.

Depuis qu'il est là, le quotidien de Connie a pris de nouvelles couleurs, hors de L'Amapola. Les soirs où il ne peut pas venir lui semblent tristes. Connie se demande comment elle faisait avant qu'il n'entre dans sa vie, mais quand elle y pense, elle s'efforce de chasser cette idée : si demain tout devait s'arrêter, comme il serait difficile de l'accepter ! David est un homme tendre, doux, discret. Quelqu'un sur qui on peut compter. Celui dont elle a besoin.

Il se met même en quatre pour la surprendre et lui faire plaisir. Le 3 mai, le soir de son anniversaire, il a convié ses proches en secret pour un apéritif convivial dans l'appartement. Même Firmin est resté. Connie, qui ne fête jamais l'événement, a apprécié cette attention.

Dans quelques semaines, elle doit accompagner David pour la première fois à une course. Elle n'a jamais assisté à ce genre de manifestation. Elle a hésité car la boutique sera ouverte durant la matinée. Mais David a fini par la convaincre de laisser Firmin gérer tout seul. Après celui de la fête des Mères, ce week-end-là sera plus calme. Ravi de la confiance de sa patronne, Firmin n'a eu de cesse de la remercier, Connie a même dû le menacer d'annuler s'il n'arrêtait pas. Sacré Firmin !

« Vous devriez emmener votre frère avec vous », lui a suggéré Firmin.

Connie a grimacé.

« Je ne suis pas certaine que ça lui plaise.

— Vous m'avez bien dit qu'il adorait le livre que vous lui aviez acheté ?

— La biographie de Samuel Marie ? Je ne vois pas le rapport.

— Bien sûr que si ! Ce tétra qui dépasse ses limites, qui explore le monde à bord de son camion avec son amoureuse d'infirmière. Ça n'a peut-être rien à voir avec les courses de David, mais il faut inciter Mat à se découvrir, à trouver ce qu'il aime. Il faut qu'il outrepasse les barrières qui se sont érigées autour de lui à cause de son accident. Vous voulez qu'il vive comme tout le monde ? Souvenez-vous que son handicap ne doit pas le définir. S'il avait été valide, vous l'auriez convié à vous accompagner, pas vrai ?

— Mais son fauteuil n'est sûrement pas adapté à l'endroit.

— Vous ne comptez pas courir avec David, de toute façon ? Vous n'aurez qu'à amener Mat de la voiture jusqu'au lieu du départ de la course, qui fera sans doute office d'arrivée, et attendre que David termine ses vingt kilomètres. »

Cela paraît si simple avec Firmin. Quand Connie en a touché deux mots à David, il s'est montré aussi enjoué et rassurant que lui, alors elle a promis qu'elle demanderait à Mat.

Quatorze heures trente. Le dernier client vient de sortir de L'Amapola. Huguette est partie depuis une bonne heure pour s'assurer que Jean-Louis a bien pensé à faire déjeuner les filles. Tout le monde est déjà lessivé après cette matinée. Le rythme a été soutenu, Connie est contente de ses ventes. Benoît pénètre dans la boutique au son tintinnabulant de la clochette.

— Quelle matinée ! s'exclame-t-il. Avoir une voisine fleuriste le week-end de la fête des Mères, c'est démentiel.

Phil va chercher des verres dans l'arrière-boutique et revient avec une bouteille d'apéritif.

— Ça mérite bien une petite rasade !

Tous les sept trinquent en entrechoquant leurs verres.

— On y va, on mange chez Papa et Maman, annonce Janelle en embrassant son amie.

En catimini, Janelle lui demande si elle pense fleurir la tombe d'Helen. Comme chaque fois que le sujet est abordé, Connie se dérobe :

— Papa doit s'y rendre, il déposera un bouquet pour moi. Merci encore et n'oubliez pas : on se retrouve au plus tard le 20.

C'est le jour où Connie rassemble ses généreux bénévoles au restaurant pour les remercier de leur aide précieuse.

Phil reste déjeuner avec Connie et David, puis ils se rendent au Phénix. Mat les accueille avec un grand sourire. Depuis peu, il porte des T-shirts. La chaleur arrive, la saison a été longue à démarrer. Avec cette tenue, sa maigreur est frappante. Sa peau claire est tendue sur des bras longs que l'absence de muscles affine d'autant plus. Ses épaules sont légèrement voûtées. Malgré cela, son visage est serein, ses yeux verts malicieux, ses cheveux blonds frisottent jusqu'à la base de son cou. Il fait penser à un jeune surfeur téméraire que la mer aurait malmené.

Babeth, en repos aujourd'hui, a cependant guetté l'arrivée des visiteurs et demande à s'entretenir avec Phil. Pendant ce temps, Connie et David parlent à Mat de la sortie course dans trois semaines. Il accueille la nouvelle avec enthousiasme et David lui explique comment se déroule ce genre de matinée. Mat écoute, puis, d'un signe de tête en direction de la fenêtre entrouverte, propose de sortir. Connie et David se lèvent et se prennent la main. Mat sourit.

Connie se souvient de la fois où, il y a peu de temps, elle a annoncé à son frère sa relation avec David. C'était un jeudi matin, elle était seule avec lui.

« Il faut que je te dise quelque chose, mon Mat. »

Comme elle a fait une pause, Mat a élevé la voix pour l'inviter à poursuivre. Connie y a décelé une soudaine inquiétude, elle s'est dit qu'elle ne devait pas tourner autour du pot, Mat n'en a pas l'habitude.

« David et moi sommes amoureux. »

Le sourire de Mat s'est élargi, dévoilant ses dents blanches parfaitement alignées. D'un air entendu, il a hoché la tête.

« Tu t'en doutais, hein ? »

Il semblait si sûr de lui en cet instant qu'elle n'a pas pu s'empêcher d'éclater de rire et de lui prendre la main.

« Sacré Mat ! Quelle perspicacité ! On ne peut rien te cacher. »

Quand ils reviennent de leur tour, Phil ne les a toujours pas rejoints.

— Il en met du temps, s'inquiète Connie.

Il finit par les retrouver sur la terrasse ombragée qui donne sur le parc, alors qu'ils sont en train de boire une citronnade bien fraîche en compagnie d'Antoine et d'Émilie, qui veille à ce que ses enfants ne tirent pas trop fort dans leur ballon. Le dimanche, les garçons réclament parfois le parc du Phénix, où ils peuvent jouer au foot sans risquer d'envoyer le ballon dans le jardin des voisins.

— Qu'est-ce qu'elle te voulait ? demande Connie.

— Me parler d'un point stratégique.

Connie hausse un sourcil, mais Phil ne dit rien.

— Si on allait faire un tour dans le parc, ma chérie ? demande subtilement Antoine.

Phil les regarde s'éloigner tout en expliquant :

— La création de l'association est en cours, mais avant qu'on ne réussisse à rassembler les fonds nécessaires à l'achat d'un fauteuil, il va se passer des mois, si ce n'est plus. Or, un fauteuil, Mat en a besoin maintenant. La preuve, tu veux l'emmener voir David courir… D'ailleurs, a-t-il accepté ?

Connie lui fait signe que oui.

— Babeth pense que nous ne pouvons pas attendre. Elle a proposé… et même insisté pour prendre la moitié de l'achat à sa charge. Il reste encore 5 000 euros. Je vais voir avec ma banque s'il m'est possible de compléter. L'argent récolté plus tard par l'association servira à rembourser le prêt.

— C'est une très bonne idée, intervient Connie qui présume que Babeth a mis du temps à convaincre son père. C'est moi qui vais me charger de la deuxième moitié. Tu as déjà le Phénix à payer.

— Non, pas avec la boutique…

— Une partie de mes prêts est à présent remboursée. Je pensais profiter de ce nouveau souffle pour renouveler mon utilitaire, mais mon Transit peut encore faire l'affaire. Puisque Babeth propose de prendre la moitié du prix du fauteuil à sa charge, je peux assumer l'autre.

Phil insiste encore un peu, arguant qu'en tant que père, c'est à lui d'assumer la charge financière de son enfant et non à elle. Mat écoute en silence, David n'ose intervenir. Connie déploie tous ses arguments, de toute manière, il ne s'agit que d'une avance. Résigné, Phil hoche la tête.

— Babeth a vu Grégory cette semaine, pour le renouvellement du fauteuil d'un autre résident. Elle en a profité pour se renseigner. Il a confirmé ce que nous a dit Antoine, qui est d'ailleurs très content de son TDX. Il nous conseille de choisir un modèle similaire. Aujourd'hui, ils font des choses très bien.

Puis, se tournant vers Mat :

— Alors, ça te dit, un nouveau fauteuil tout terrain ? On va s'en occuper, mon grand. Pardonne-moi de ne pas l'avoir fait plus tôt – son regard se voile lorsqu'il prononce ces mots –, mais je pensais faire au mieux pour toi. Et puis ta sœur est venue tout bousculer, comme d'habitude !

Il presse affectueusement le genou de ses enfants. Pour la première fois, c'est de concert qu'ils se tournent vers l'avenir. Un rayon de soleil vient chatouiller la joue de Connie à travers la pergola. Elle y voit un joli signe du destin.

Et pourtant, en cet instant de communion familiale, elle le ressent comme une conviction viscérale et inexpliquée : son père ne lui a pas tout dit.

38

Renaissance

Jeudi 16 septembre 1993

Cela faisait neuf mois que Mat était plongé dans le coma – poupée de chiffon aux yeux obstinément clos. De longues semaines à attendre un signe qui ne venait pas, à se battre pour certains, dépérir pour d'autres. Parfois, Phil surprenait un mouvement de paupière de son fils, tout excité il courait jusqu'au bureau des infirmières en criant que Mat était en train de se réveiller. La première fois, une soignante avait accouru dans la chambre, à présent elles ne prenaient plus la peine de se déplacer et expliquaient d'un air las au père de leur petit patient qu'il s'agissait d'un simple réflexe neurologique.

Mais ce matin-là, lorsque le téléphone sonna chez les Legrand, Phil fut surpris d'entendre la voix du médecin qui suivait Mat. Il n'appelait jamais.

— Votre fils s'est réveillé, monsieur Legrand. Pouvez-vous venir à l'hôpital ?

Phil hurla de joie, Helen se précipita, puis s'évanouit en entendant la nouvelle. Connie était à l'école.

Le couple entra en trombe dans la chambre du petit garçon. Une infirmière se tenait à ses côtés ; elle prenait ses constantes.

— Mat s'est rendormi, expliqua-t-elle gentiment. Il est sorti de son coma, mais il est très fatigué. Ne vous inquiétez pas, il se réveillera de nouveau.

Phil ne se départait pas du sourire immense qui illuminait son visage. Helen restait prostrée, emmurée dans un silence qui en disait long sur sa peur.

Au bout de deux heures, Mat cligna des yeux puis les ouvrit. Ses parents retinrent leur souffle en se penchant vers lui. Helen l'embrassa, Phil lui parla.

— Bonjour, Mat. Comme nous sommes heureux de te revoir ! Tu as fait un long, très long voyage, mais te voici de retour parmi nous. On va bien s'occuper de toi, tu verras.

Le garçonnet fronça les sourcils puis se mit à pleurer.

— Tiens, chaton, ton doudou est là. Prends-le, murmura Helen.

Mat ne bougea pas. Il observait la peluche, qu'il ne parvenait pas à attraper, d'un œil surpris. L'étonnement passé, ce constat sembla l'agacer.

— Tu sais bien qu'il ne peut plus faire aucun mouvement, reprocha Phil à sa femme.

Il lui prit le doudou des mains et le pressa contre la joue de Mat.

— C'est Papa et Maman, mon chéri. Tu nous reconnais ?

Mat grogna, puis se remit à pleurer.

— Il faut peut-être que nous avertissions l'équipe médicale que Mat est réveillé ? demanda Helen.

— Tu as raison, j'y vais.

Mat passa le plus clair de sa journée à somnoler. Lorsqu'il se réveillait, il pleurait souvent. Ses parents s'inquiétèrent qu'il ne parle plus, lui qui connaissait bon nombre de mots. On leur dit que cela viendrait sûrement plus tard, il leur fallait être patients. Phil et Helen quittèrent Mat peu avant dix-sept heures pour récupérer Connie à l'école. Ils assurèrent à Mat qu'ils reviendraient le voir le lendemain.

Dans la voiture sur le chemin de l'école, Phil s'exclama :

— J'ai hâte de voir la réaction de Connie quand elle va apprendre que son frère est sorti du coma !

— Ne lui dis rien, s'il te plaît ! s'écria Helen en se tournant vers son mari, l'air bouleversée.

— Je t'ai promis de ne plus lui parler de Mat jusqu'à ce qu'il se réveille. Maintenant, c'est chose faite.

— Tu as vu comme Connie réapprend à vivre ? Elle est fragile, Phil. Elle donne l'impression d'avoir oublié l'accident… Ce qui s'est passé… Ne ravivons pas ses cauchemars. Et Mat ? Tu étais là aujourd'hui. Il n'est plus le même. Il ne bouge plus, ne parle plus…

— Laisse-lui le temps.

— S'il restait comme ça, Phil ? Je veux dire, tout le temps… Comment Connie réagira-t-elle ? Je ne veux pas perdre ma fille en plus de mon fils.

— Je ne te comprends pas…

— Si tu aimes ta fille, fais-le pour elle. Et si tu m'aimes encore…

— Qu'est-ce que tu racontes, bien sûr que je t'aime encore !

— Alors fais-le pour nous. Laisse Connie l'oublier.

39

Le regard des autres

Dimanche 16 juin 2019

Voilà deux heures que David a commencé à courir, il ne devrait pas tarder à arriver, c'est le temps qu'il a prévu. Connie est agitée. Depuis qu'ils sont ici, rien ne se déroule comme elle se l'était imaginé.

Phil est venu avec eux. David est parti tout seul une heure plus tôt pour récupérer son dossard, les trois autres sont arrivés avec le Transit peu de temps avant le départ de la course. L'événement a lieu autour de la salle des fêtes d'une petite commune, les champs alentour ont été réquisitionnés pour faire office de parking. Des parkings bosselés, où les touffes d'herbe aplaties par les roues des voitures rivalisent avec les ornières craquelées des tracteurs. Bien entendu, personne n'a pensé à prévoir des places pour handicapés. Connie enrageait dans la voiture, après avoir fait trois fois le tour. Elle s'est approchée d'un homme qui gesticulait comme un pantin sous son gilet fluorescent et lui a expliqué la situation. De son index pointé vers l'ouest, il lui a indiqué où se garer au plus près, dans un espace dédié à l'organisation. Mais une fourgonnette grise s'y trouvait déjà. Phil a calmé sa fille et désigné une place, le long de la route.

— Le Transit va pencher, si je me gare à moitié sur le trottoir.

— Ça va aller, on va se débrouiller.

Tant bien que mal, Connie et Phil ont sorti Mat du véhicule. Il a plongé ses yeux verts dans ceux de sa sœur en souriant. Mat est autant capable de ressentir les ondes de l'émotivité autour de lui, que de se forger une bulle de douceur indifférente aux spasmes extérieurs. Il possède cette force d'esprit tranquille qui montre à elle seule par quels chemins de traverse il a déjà dû passer, quelles tempêtes il a dû affronter. Elle lui a pressé la main en regrettant son manque de patience.

Le temps de pousser le fauteuil à travers l'espace vert cahoteux pour accéder à la ligne de départ, ils ont failli le manquer. Elle a repéré David et lui a fait un petit signe de la main avant qu'il ne s'élance au milieu du troupeau d'hommes et de femmes aux vêtements moulants et colorés, à l'équipement de pointe jusque dans les moindres détails : brassard pour portable, chaussures hors de prix, ceinture de gourde, montre connectée envahissante. Novice, Connie a observé cette faune bigarrée, semblable à un champ de fleurs sauvages : des boutons-d'or, des pâquerettes, des bourraches, des fumeterres. Des coquelicots, aussi.

Lorsqu'il n'est resté plus aucun coureur alentour et que les gens se sont mis à attendre, comme eux, elle s'est rendu compte que Mat attirait l'attention. À présent que les premiers participants terminent leur parcours, l'endroit s'est nettement rempli, occupé par les familles et les amis venus applaudir leurs sportifs. Les regards convergent souvent dans leur direction. Quand elle en croise un, elle le soutient jusqu'à ce que la personne se détourne. Ses yeux se sont transformés en lasers aussi impitoyables que celui d'un Jedi. Mat semble à dix mille lieues de s'en soucier. Son attention fixée sur la ligne d'arrivée comme s'il avait peur d'en manquer une miette, il pousse des cris de victoire chaque fois qu'un participant la franchit. C'est peut-être aussi ce qui attire l'attention. Phil non plus n'est pas très à l'aise, croisant et décroisant les bras, il s'appuie sur le fauteuil avant de changer à nouveau de position, les sourcils froncés. Connie aimerait bien se rapprocher un peu plus de l'arrivée pour mieux voir David, mais elle aurait dû le faire avant. À présent, il y a trop de monde et l'endroit est inaccessible avec le fauteuil.

Tout à coup, Mat pousse de grands cris. Il est le premier à avoir reconnu la silhouette de David qui se profile à l'horizon. Connie se met à l'encourager elle aussi, imitée par Phil. Il franchit la ligne, puis leur fait signe de venir le rejoindre un peu à l'écart.

— Pardon, assène Connie aux personnes qui les encerclent, tandis que Phil pousse le fauteuil. Pardon, on voudrait passer. Attention, vous gênez.

Enfin, ils retrouvent David, assis dans l'herbe, discutant avec un autre coureur. De longs sillons de sel se sont formés sur son visage. Quand il redresse la tête vers Connie, il se fend d'un large sourire qui creuse les deux fossettes sur ses joues. Cela fait fondre le regard de Connie comme deux Smarties dans une main d'enfant, mais David a eu le temps de lire les éclairs d'irritation qui pointaient dans les prunelles vertes.

— Tout s'est bien passé ? s'enquiert-il.

— C'est surtout à toi qu'il faut demander ça !

Mat grogne et rit, David lui montre son chrono :

— Deux heures quatre. À quatre minutes près, j'étais bon ! Venez, je vais vous présenter à quelques membres de l'association avec laquelle je cours. Il y a des pompiers aussi. Et puis on ira boire un verre. J'ai soif !

Connie préfère ce moment. Accompagnée de David, elle oublie l'attention qui se porte sur eux chaque fois qu'ils croisent des gens. Elle n'est pas sûre de retenir le nom de tous ceux que leur présente David. Elle retient des regards bienveillants, de la gêne lorsqu'il est question de saluer Mat. Les pompiers sont plus doués pour ça.

— Tiens, salut, Philippe. Qu'est-ce que tu fais là ?

Connie croit reconnaître le collègue de son père, rencontré le soir où elle était venue jusqu'à son entreprise pour qu'il lui explique qui était le petit garçon sur la photo. Après avoir passé une main sur sa barbe de trois jours d'un air gêné, Phil se ressaisit et fait les présentations. Elle ne s'est pas trompée.

— Je ne savais pas que tu avais un fils ! s'étonne le dénommé Joël.

Phil explique brièvement que Mat vit au Phénix ; son collègue ne s'attarde pas.

Ils s'apprêtent à partir, Phil et David ramènent les verres à la buvette quand tout à coup :

— Tiens, mais qui voilà donc ?

Avant même de se retourner, Connie a reconnu sa voix.

— Xavier ! Toi ici ?

— Je suis venu accompagner un copain. Non pas que ce genre d'endroit soit ma tasse de thé, mais nous partons ensuite déjeuner ensemble. Et toi ?

Il semble soudain prendre conscience de la présence de Mat. Il l'observe en silence, le détaille, descend le long du fauteuil, glisse jusqu'aux yeux de Connie. Y lit leur ressemblance, sans comprendre. Il tourne le dos à Mat et se rapproche de Connie jusqu'à pouvoir lui murmurer :

— Tu fais du baby-sitting ?

Derrière son sarcasme, Connie décèle une précaution insolite, qui retient sa réaction première de l'envoyer sur les roses.

— Je te présente mon frère, Mat. Mat, voici Xavier. Tu te souviens, je t'ai déjà parlé de lui ?

Mat ne répond pas ; il toise l'inconnu avec circonspection. Déstabilisé, Xavier toussote. Son front, marqué par une acné juvénile excessive, se plisse avant qu'il ne déclare :

— J'ignorais que tu avais un frère... Cela dit, je remarque que tu parles de moi. Dois-je y voir un signe heureux ?

Mat se met à rire de bon cœur. Après tout ce que Connie lui a raconté sur cet homme, la réaction de Xavier lui paraît bien cavalière. Troublé par cette hilarité soudaine, Xavier attend qu'il s'explique. Son cynisme habituel a laissé place à une expression moins assurée. Quand Mat reprend ses esprits et se remet à fixer Xavier sans le moindre embarras, ce dernier détourne le regard et vient chercher de l'aide auprès de Connie. Elle en mettrait sa main à couper : Mat lui fait peur. Le handicap l'effraie, il perd ses moyens. Elle jouerait bien de la situation quelques minutes de plus. D'un autre côté, il lui fait de la peine, avec ses paupières qui battent telles les ailes d'un papillon affolé cherchant à fuir un filet d'enfant. C'est finalement David qui coupe court à son hésitation.

— Tu viens, ma chérie, on y va ?

Elle a juste le temps de lire la surprise sur son visage avant de se détourner. David lui a asséné le coup de grâce.

40

Joëlette

Jeudi 29 août 2019

Élise est triste. Connie le remarque à ses traits plus tirés que d'ordinaire, son visage blême et l'abîme sans fond de ses yeux noisette, qui crient toute sa souffrance. Si Paco avait été là, Connie l'aurait interrogé et il lui aurait confié les tourments qui habitent la jeune femme. Il connaissait les habitants du Phénix par cœur. Aujourd'hui, il manque cette âme protectrice, ce papa qui veillait sur tous. C'est peut-être sa disparition qui laisse Élise inconsolable. Orpheline.

Paco l'avait prise sous son aile dès son arrivée dans la maison de vie. Voilà neuf ans qu'Élise a subi l'accident de voiture qui a coûté la vie à son père et l'a privée de sa mobilité. Si sa mère s'estime heureuse que sa fille unique ait été épargnée, Élise n'a pas toujours été de son avis. Combien de fois a-t-elle souhaité rejoindre son père ! Ne plus souffrir, ne plus être dépendante. Ses vingt ans volés par un chauffeur de poids lourd ivre. Comme elle a rêvé de sa mort à lui aussi, qui s'en est sorti, certes en taule, mais sans une égratignure. À présent, il doit même être libre. Un mort et une tétraplégique sur la conscience, mais libre. Indépendant. Autonome. Vivant.

Voilà l'histoire qu'Élise avait confiée à Paco. Inutile de la raconter à tout le monde, il était le relais de ceux qui n'aiment pas beaucoup parler.

En arrivant ce matin-là au Phénix, Connie croise Élise, accompagnée de Déborah, qui se rend aux Ailes de l'Espoir pour une séance de piscine. Les résidents affectionnent particulièrement ces moments où, le temps de précieuses minutes, ils oublient la pesanteur de leur corps. L'eau bienveillante les enveloppe avec douceur, les protège, les berce. Elle leur procure des sensations de bien-être, de liberté, de légèreté. Certains ne tolèrent l'eau que si leur visage et surtout leurs oreilles, leurs yeux et leur nez restent au sec, d'autres comme Mat acceptent d'être intégralement immergés. En revanche, il refuse d'être assisté par quelqu'un d'autre que Déborah, aussi Connie n'a-t-elle jamais pu participer à l'une de ses séances hebdomadaires.

Élise salue Connie d'un sourire terne. Cette dernière se retourne sur son passage pour la regarder s'éloigner, sa lourde chevelure brune ramassée au-dessus de sa tête, puis elle se met en quête de Babeth avant même d'aller voir son frère. Elle trouve l'infirmière avec Marité, officiellement promue doyenne du Phénix depuis la disparition de Paco. Les deux femmes discutent dans le salon.

— Bonjour, s'annonce Connie. Babeth, je peux vous parler ?

Celle-ci remet en ordre une mèche rebelle échappée de son chignon et chuchote quelques mots à Marité.

— Je croyais que vous étiez déjà avec Mat.

— J'ai pris du retard au MIN ce matin. Je voulais vous parler d'Élise. Est-ce qu'elle va bien ?

— Pourquoi me demandez-vous cela ?

— Parce que je vois qu'elle est triste, mais comme Paco n'est plus là pour nous dire ce qui se passe, c'est difficile de savoir.

Prudente, Babeth jette un regard à la ronde, puis fait signe à Connie de la suivre sur la terrasse. Avec la touffeur de l'été, aucun résident ne se hasarde dehors, sous peine de faire bouillir la marmite.

— Elle a demandé à sa mère de mettre fin à ses jours.

Abasourdie par la révélation de Babeth, Connie reste bouche bée.

— La pauvre femme a déjà perdu son mari, ça l'achèverait, reprend l'infirmière.

— Mais que lui arrive-t-il ? Je croyais qu'elle tenait le coup.

— Elle s'entendait bien avec Paco, sa disparition est difficile à surmonter. Les souvenirs refont surface, elle vit la perte de son père une seconde fois. Il y a des hauts et des bas. Elle était déjà une jeune adulte en pleine force de l'âge quand l'accident l'a privée d'une partie de ce qu'elle était. Mat s'est toujours connu tétraplégique, pas elle.

— Il faut l'aider à reprendre goût à la vie.

— Nous essayons, Connie, mais la tâche est ardue. Qui est-on pour la comprendre et la juger quand on est tel que nous sommes ? Maintenant, allez voir Mat, il doit s'impatienter. Il a quelque chose à vous montrer, mais je vous préviens : je ne suis pas pour.

Piquée par la curiosité, Connie se hâte vers le salon de Mat. Avec de telles températures, il ne sort pas beaucoup, à l'abri dans ses appartements climatisés. Elle entrouvre la porte, n'y laisse apparaître que la tête, attendant qu'il détourne son attention de la télévision, ce qu'il fait aussitôt. Il lui adresse un large sourire et, après avoir supporté sans broncher les effusions de sa sœur, il fait glisser son fauteuil jusqu'à la table basse. Connie se souvient qu'il voulait lui montrer quelque chose. Elle se penche sur un magazine ouvert. Il s'agit du mensuel sportif auquel est abonné David, qu'il laisse à Mat une fois qu'il en a terminé la lecture.

L'image de gauche montre une publicité pour des compléments alimentaires à base de microalgues. Connie doute que Mat ait envie d'essayer. La page de droite est consacrée à plusieurs articles, qu'elle parcourt du regard à toute vitesse pour tenter de deviner l'objet du désaccord entre son frère et Babeth. Quelques mises en avant imagées d'ultra-trails, puis un éclairage sur les bienfaits du fer. Enfin une photo. Elle représente un groupe de coureurs portant d'un même élan une sorte de charrette aux multiples poignées et avec une roue unique, dans laquelle est assise une personne handicapée. Voilà ce que veut Mat.

— Tu veux participer à la course d'octobre en joëlette ?

Mat acquiesce, les yeux brillants. Son envie transpire par tous les pores de sa peau.

T Avec Moi est officiellement créée depuis quelques semaines. L'association compte douze membres pour le moment : Connie, Mat, Phil, Babeth, David, Janelle, Ludo, Huguette, Jean-Louis, Antoine, Émilie et Paul, un ami de David. Ce n'est pas suffisant, mais c'est déjà ça. David et Paul organisent une course à pied qui aura lieu en octobre et David compte bien obtenir l'aide de ses collègues de course et de certains pompiers le jour J.

— Babeth ne nous laissera jamais faire ça.

Son frère hausse les yeux au ciel, tel un adolescent balayant d'un revers de manche l'autorité parentale, ce qui arrache un sourire à Connie. Comment lui résister ?

— Je vais voir comment je peux organiser ça.

Puis elle se met à parler de toutes les jolies choses qu'elle a découvertes ce matin au MIN, et de cette maman de mariée un peu pingre qui lui a demandé hier si elle pouvait utiliser des fleurs de son jardin pour le bouquet nuptial. Une Connie volubile, changeant de sujet comme on passe en revue toute une garde-robe, jetant sur le lit robes, chemises et pantalons qui ont déjà été mis de côté maintes fois et finiront dans l'oubli.

— David aimerait bien qu'on habite ensemble, poursuit-elle. Il n'y a que la caserne qui pose souci, il faudrait qu'il habite à moins de cinq minutes, mais il dit qu'il pourrait bien intégrer celle de Vouvant.

Le visage de Mat s'illumine. Elle se confie presque plus à lui qu'à Janelle maintenant.

— Je n'ai pas su quoi lui répondre. Je ne suis pas sûre d'être prête. Et puis, s'il change ses habitudes de travail pour moi, ne risque-t-il pas de me le reprocher avec le temps ?

Mat fronce les sourcils. Certes, il ne peut pas être objectif, il adore David. Mais ce désaccord affiché clairement, n'est-ce pas la réaction qu'elle attendait ? Son feu vert pour lui dire de foncer, de ne pas laisser les doutes l'assaillir ?

Avant de quitter Mat, Connie ajoute :

— Essaie d'être présent pour Élise, elle ne va pas bien, tu sais.

Le soir, blottie nue dans les bras de David, Connie lui expose le projet de Mat. L'enthousiasme de son interlocuteur éclate avec ferveur dans la pénombre de la chambre. David envisage déjà des solutions aux problèmes techniques qui n'ont pas encore fait surface dans l'esprit de Connie.

— Nous pourrons emprunter la joëlette de l'association, je suis certain qu'ils accepteraient.

— Attends, ce n'est pas encore gagné, Babeth est contre.

— Tu sais comme moi que quand Mat veut quelque chose…

— Je te trouve bien emballé par ce projet, Robin des Bois !

— Mat veut se dépasser, participer avec nous. Il veut vivre, Connie. C'est tellement positif. Tu pourrais courir à nos côtés, toi aussi !

— Moi ? Mais je ne sais pas courir !

— Tout le monde sait ! Je t'entraînerai…

— Mouais… Par contre, il y a une chose à laquelle tu peux m'entraîner…

Connie passe une jambe autour de sa taille et s'appuie sur le flanc pour se hisser à califourchon sur lui. Elle se penche et trouve sa bouche, qu'elle embrasse fougueusement, plaquant ses seins contre le torse de son amant tandis qu'il lui malaxe les fesses de ses deux mains impatientes.

— Je t'aime, murmure-t-il contre son oreille en lui titillant le lobe.

Elle répond par un soupir alangui, tentant de masquer son trouble après ces trois petits mots entendus pour la première fois.

41

Une nouvelle vie

Lundi 7 février 1994

Connie embrassa ses parents et monta dans sa chambre pour aller se coucher. Selon le rituel, elle attendait que Phil ou Helen, parfois les deux, viennent lui déposer un dernier baiser, sur le front si c'était son père, sur la joue pour sa mère, et éteignent la lumière. Depuis qu'ils avaient déménagé à Vouvant voilà deux mois, Connie dormait avec une veilleuse. Elle avait un peu peur de cette maison qui craquait par moments. Elle était plus belle que l'autre, mais elle préférait l'ancienne, et de loin ! À Sarlat, elle avait ses copines, ses habitudes. Ici, elle ne connaissait personne. Bien que depuis quelques jours, elle ait fini par accepter de jouer avec cette fille qui n'arrêtait pas de lui demander si elle voulait bien devenir son amie. Elle habitait la maison à côté de la sienne. Une jolie demeure colorée, aussi gaie que la fillette aux boucles chocolat. Elle s'appelait Janelle et elle avait l'air gentille. Elles pourraient peut-être devenir bonnes amies.

Allongée dans son lit de grande que les anciens propriétaires leur avaient laissé, Connie attendait, les yeux grands ouverts. Parfois, ses parents oubliaient de venir la border, mais elle n'osait pas se relever pour leur rappeler qu'elle était là. Elle ne voulait pas leur causer plus de tracas qu'ils n'en avaient déjà. Même si elle ne posait pas de questions, elle savait bien qu'ils n'étaient plus comme avant. À part pour l'emmener à l'école et venir la chercher, elle ne voyait jamais sa mère sortir de la maison. Son père, qui avait démissionné de son poste de responsable d'usinage en Dordogne, avait retrouvé du travail depuis peu. Il était redevenu fraiseur, comme au début de sa carrière. Connie ne savait pas vraiment ce que cela voulait dire, mais Phil lui avait expliqué plein de fois que ça n'avait rien à voir avec les fraises du jardin.

Connie n'avait pas de réveil dans sa chambre, elle n'avait aucune idée de l'heure qu'il était. Tout à coup, elle entendit des éclats de voix au rez-de-chaussée. Elle avait l'habitude, sa mère avait du mal à se contenir quand elle était très fatiguée. Malgré son intention de ne pas se relever, la tentation fut trop grande. Connie s'extirpa de son lit sur la pointe des pieds et se glissa hors de sa chambre, tout en prenant soin de ne pas faire grincer les lattes du palier dont elle avait déjà repéré les défauts. Elle s'immobilisa en haut de l'escalier et tendit l'oreille. Il était question de centre et de possibilité de rentrer à la maison.

— Je n'aurai pas la force de m'en occuper. J'ai déjà suffisamment de mal à m'occuper de moi-même…

— Toi, toi et encore toi ! enragea Phil à mi-voix.

— Ce ne serait pas bon pour lui, gémit Helen.

— Tu pourrais faire un effort, la famille n'a pas de prix ! Je ne comprends pas que tu n'aies pas envie de soulever des montagnes pour lui !

Les pleurs d'Helen parvinrent jusqu'à la fillette, qui retint son souffle.

Mais de quoi parlaient-ils ?

— Nous devrions y emmener Connie, reprit Phil sans fléchir.

— Non ! se récria Helen. Je n'ai pas su le préserver, je veux au moins la maintenir, elle, loin de tout ça !

Connie ne pouvait les voir d'où elle se trouvait, mais elle imagina facilement sa mère, un index menaçant pointé en direction de Phil. Elle entendit un profond soupir, puis la voix de son père résonna de nouveau :

— Je sais que ce que tu as vécu est difficile. Je comprends que cela te hante. Mais comment allons-nous nous en sortir ?

Helen continuait de pleurer, les sons étouffés de ses sanglots indiquèrent à Connie que son père avait dû la prendre dans ses bras. Qu'est-ce que cela voulait dire ? De quoi... de qui était-il question ? Une petite voix intérieure lui souffla qu'au fond d'elle, elle savait, tandis qu'une autre l'incita à ne pas en écouter davantage. Il valait mieux rester dans l'ignorance de ce qui pouvait faire souffrir. Connie sentait qu'elle n'avait pas besoin de beaucoup d'efforts pour fissurer la carapace de ses souvenirs et faire voler en éclats la coquille de protection qui les recouvrait. Mais elle devait la préserver, la consolider, même, comme sa mère le voulait. Puisque c'était mieux pour elle.

Les adultes savaient ce qui était bon, ce qui était juste. Elle, elle n'était qu'une enfant.

Connie se releva lentement et avec grande précaution, retourna jusqu'à sa chambre. Elle poussa la porte, éteignit la lumière et ferma les yeux. Les pleurs de sa mère l'accompagnèrent jusqu'à ce qu'elle s'endorme.

42

La chute

Dimanche 8 septembre 2019

Mat a enfin reçu son nouveau fauteuil. Un beau bolide à six roues et à écran tactile personnalisable, avec un joystick à l'embout ergonomique qui ressemble à une balle de tennis pour faciliter sa prise en main. Les démarches ont pris du temps : il a fallu débloquer les 5 000 euros de part et d'autre avant de s'engager. Ensuite, l'équipe médicale du centre s'est réunie pour prescrire une ordonnance. Cela n'a pas posé de souci, l'ancien fauteuil datait déjà de plus de cinq ans et son renouvellement était justifié, mais l'accord de la Sécurité sociale a tardé à venir, surtout que les vacances d'été sont tombées en plein milieu de la procédure. Grégory est venu plusieurs fois et avec l'aide d'Hervé, l'ergothérapeute, ils ont pris les mesures de Mat pour rendre son fauteuil encore plus adapté et confortable. Tout a été pensé, même la double commande intuitive qui permet à l'aidant de prendre la main sur le patient en cas de besoin. Mat a eu son mot à dire sur tout, et Dieu sait s'il l'attendait, son TDX ! Le jour où Grégory est venu le livrer, il y en avait du monde autour de Mat ! Les soignants et les autres résidents ne voulaient pas manquer ses premiers pas dans son fauteuil flambant neuf. Antoine s'est écrié qu'ils pourraient faire la course, avant d'ajouter immédiatement, ayant surpris le regard courroucé de Babeth, qu'il blaguait. Même Élise était là et a offert à Mat des chaussons pour ne pas salir les roues du fauteuil. Mat a rougi jusqu'aux oreilles en découvrant son cadeau et s'est paré d'un air niais qui n'a pas échappé à Connie.

Aujourd'hui, elle est arrivée au Phénix plus tôt que d'habitude pour devancer son père. Elle espère tirer les vers du nez à Mat concernant Élise. David, de permanence, est parti en intervention.

— Si on allait dans le parc ? Tu vas me montrer comme il roule bien, ton bolide !

L'air a retrouvé un brin de fraîcheur, Mat peut de nouveau sortir, cela lui tardait. À le voir enfermé, parfois Connie pense à Corneille, quand elle ne peut pas aller se dégourdir les pattes dehors. Comme elle déteste l'eau, elle préfère miauler à fendre l'âme dans l'appartement plutôt que de braver la pluie. Elle se transforme alors en lionne dans sa cage. Avec Mat, c'est un peu pareil. Une journée sans sortir, passe encore, mais au-delà, c'est le drame.

— C'est gentil de la part d'Élise de t'avoir offert des chaussons comme les siens. Tu pourras les utiliser à la mauvaise saison.

Mat acquiesce en silence.

— Est-ce qu'elle va mieux ? reprend Connie.

Mat arrête son fauteuil et lève son visage en direction du soleil. Puis il ferme les yeux.

Le chameau, il ne va pas répondre.

— Tu passes un peu de temps avec elle ? insiste-t-elle.

Mat ne bouge pas. Visiblement, il estime que Connie empiète sur son territoire privé.

— Sympa de me répondre. Il me semble que je t'en raconte pas mal, des choses, de mon côté.

Son frère ouvre les yeux et les plante dans les siens, avec une lueur de défi. Un instant décontenancée, elle décide de s'arrêter là. Les mots de Babeth quand elle parlait d'Élise résonnent encore à ses oreilles : « Qui est-on pour la comprendre et la juger quand on est tel que nous sommes ? » Après tout, peut-être que Mat a des sentiments pour la jeune femme, mais qu'il préfère les garder pour lui. Comment imaginer un avenir commun quand on est deux à avoir perdu la liberté ?

— Nous aurons la joëlette en octobre, annonce Connie.

Mat pousse un cri de surprise, un sourire incrédule prend naissance sur ses lèvres. Il peine à y croire.

— Il faut que nous réussissions à convaincre Babeth, mais tu la feras, cette course. David m'a même décidée à m'y mettre avec vous.

Les acclamations d'allégresse de Mat attirent Élise au-dehors. De la terrasse, elle les observe en souriant, même si elle ignore encore ce qui réchauffe ainsi le cœur de Mat.

Connie profite de l'arrivée de son père alors qu'ils rentrent au Phénix, pour les laisser retourner dans le salon de Mat tandis qu'elle interpelle Élise.

— J'aurais besoin d'un coup de main, Élise.

— J'ai peur de ne pas pouvoir beaucoup t'aider de ce côté-là, mais dis-moi, répond malicieusement la jeune femme.

Connie se mord les lèvres, regrettant sa bévue, mais Élise la rassure d'un sourire. Ensemble, elles se rendent sous la pergola, puis Connie explique à la résidente le souhait de Mat de participer à la course en joëlette. Elle évoque ce drôle de fauteuil, conçu pour que les personnes handicapées puissent elles aussi y prendre part.

— Je ne suis pas surprise. Mat se révèle. Il a besoin de buts dans sa vie.

— Nous sommes d'accord, Élise. Le problème, c'est que Babeth ne partage pas cet avis. Avant, il y avait Paco – Connie baisse la voix sur ces mots, comme si elle ne voulait pas heurter Élise –, il n'hésitait pas à dire à Babeth sa façon de penser. Elle l'écoutait sans en avoir l'air. Il n'est plus là pour le faire. J'ai besoin… Mat a besoin que tu la convainques. C'est important qu'elle soit d'accord. Je sais tout ce qu'elle représente pour Mat. Son consentement lui est nécessaire.

Élise se perd un instant dans la contemplation de l'immensité du parc, comme si elle y cherchait une réponse. Une mèche de cheveux virevolte devant son visage, comme d'habitude elle souffle pour la repousser.

— J'aime bien Mat. Il est gentil avec moi. Sa simple présence suffit à m'apaiser. Je lui parle beaucoup. Peut-être parce que Paco n'est plus là pour m'écouter. Peut-être parce qu'il ne peut pas me répondre. Je lui ai avoué… mes pensées les plus sombres. Il ne me juge pas, Connie. Jamais. Je le lis dans ses yeux. Il me donne de la force. Alors je lui dois bien ça. Je parlerai à Babeth. Je ne sais pas si elle m'écoutera, mais je le ferai.

— Merci, Élise.

Quand elle pénètre dans la grande salle, Connie se retrouve nez à nez avec Babeth. Les a-t-elle entendues ? Son visage impassible ne laisse rien paraître.

— Venez, Connie.

Surprise, Connie la suit jusqu'à la cuisine. Son cœur s'affole, des battements semblables à l'écho envoûtant des tam-tams qui s'accélèrent… La pièce est déserte. Seul Phil, les fesses contre l'évier installé bas selon les normes pour handicapés – même si aucun résident ne peut s'en servir sans aide – attend, les bras croisés, la tête basse. Il semble réfléchir. Quand les deux femmes entrent, il se redresse soudainement et Connie lit l'inquiétude dans son regard.

— Où est Mat ?

— Dans son salon, son casque sur la tête. Il écoute de la musique. Je lui ai dit que j'avais à te parler, lui répond Phil.

— Que se passe-t-il ? demande Connie dans un souffle.

Tout se bouscule dans sa tête. C'est Mat ? David ? Janelle ?

— Ne t'inquiète pas, il n'est rien arrivé de grave. Ou plutôt si, il y a plus de vingt-cinq ans.

Son père fait référence à l'accident. Pourquoi ?

— Babeth me serine depuis que tu as fait irruption dans la vie de ton frère pour que je te dise la vérité. Je n'ai jamais trouvé le moment. J'espérais sûrement que la mémoire te revienne. Que tu t'en souviennes toi-même. Mais cela ne semble pas se produire et Babeth a raison. Tu dois savoir.

Connie sent que la suite ne va pas lui plaire, elle recule jusqu'à ce que ses jambes rencontrent une chaise sur laquelle elle se laisse tomber.

— Il y a vingt-six ans, Mat est tombé parce que tu l'as poussé.

Connie pousse un cri et plaque sa main contre sa bouche. Les larmes lui montent aux yeux et menacent d'inonder son visage. Babeth se tient à ses côtés, davantage prête à intervenir pour éviter qu'elle n'ameute tout Le Phénix, plutôt que pour la consoler. Le désespoir se lit sur les traits de Phil, qui se force à poursuivre :

— Ce n'est pas ta faute. C'est la mienne. Tu étais à vélo, tes…

« Freins… t'arrêter… Chute… »

Connie n'entend plus que des bribes, plus que des mots. Elle ne voit plus que les lèvres de son père qui s'ouvrent, expliquent, délivrent la vérité emprisonnée depuis tant d'années. Le poids qui écrase la poitrine de Connie menace de l'étouffer. Elle suffoque, elle va tomber.

— Il lui faut de l'air, entend-elle Babeth déclarer en ouvrant la fenêtre.

Puis celle-ci revient vers elle et ajoute en lui prenant la main :

— Je n'ai pas voulu que vous le sachiez pour vous faire souffrir. Mais je fais partie de ceux qui pensent que les secrets et les familles ne font pas bon ménage. Allez, venez, mon petit, je vais vous allonger dans ma chambre.

C'est l'électrochoc. Connie se redresse en sursaut. L'asphyxie qui a précédé laisse la place à une lucidité déconcertante. Un regain d'énergie durant lequel Connie se prend la vérité en pleine face tel un uppercut. Le regard désolé de son père, celui résigné de Babeth. C'est du passé, c'était il y a vingt-six ans. Mais cela change tout. Elle a poussé son frère, voilà ce qu'elle retient. Elle peut se targuer aujourd'hui d'être celle qui le ramène à la vie, c'est le minimum qu'elle puisse faire, après lui avoir tout pris ! Elle est cette sœur bourreau, celle sans qui Mat aurait pu avoir une belle vie, sans qui il aurait été vraiment heureux. Libre d'aimer Élise, si tant est que leurs routes aient pu se croiser. Les larmes coulent à flots le long de ses joues. Elle reste debout, immobile.

— Venez, insiste Babeth.

C'est là qu'elle hurle.

— Ne me touchez pas ! Je l'ai tué ! Je l'ai tué ! Laissez-moi tranquille ! Laissez-moi partir !

Dans sa tête, ses cris se mélangent à ceux de son enfance, quand, près du lit d'hôpital, elle criait le nom de Mat pour qu'il se réveille. À l'époque, elle savait encore qui était responsable du drame.

Son père fait un pas dans sa direction, mais elle le fusille du regard, le clouant sur place pour couper court à toute tentative de la soutenir. Elle n'a pas envie d'être réconfortée, elle n'en a pas le droit. Encore moins par son père, qui lui ment depuis si longtemps. Alors qu'elle tourne les talons, elle a juste le temps de voir Babeth déposer une main sur le bras de Phil pour l'empêcher de la retenir.

43

La question

Lundi 9 septembre 2019

Connie s'est réveillée encore plus tôt que d'habitude. Une fois descendue dans sa boutique, elle tente de se concentrer sur les bouquets qu'elle doit préparer, convoquant dans son esprit embrumé de jolies couleurs. Des vives, des pastels, des douces, des gourmandes, des joyeuses, des tendres. Une explosion de couleurs, pourtant aussitôt balayée par la puissance de ses idées noires. Inutile de chercher à les repousser, elles s'accrochent partout, se glissent même au travers des interstices les plus étroits pour assombrir tout sur leur passage. Bientôt, les roses rouges lui paraissent noir charbon, les lys, volubilis et gerberas étalent leurs cinquante nuances de gris façon Christian Grey. Connie enlève des épines, se pique les doigts, *floratape*, assemble, essaie, recommence. Elle travaille plus vite que d'habitude, le visage fermé, les yeux gonflés d'avoir trop pleuré cette nuit.

Avant midi, elle a réalisé tous ses bouquets, réagencé un coin de la boutique, ôté les pétales séchés, arrosé toutes les plantes. Elle remonte dans son appartement, enlève son gilet et se met à la recherche de quelques restes à manger. Tout en grignotant du bout des lèvres le morceau de quiche laissé samedi soir dans le frigo, elle fait défiler les messages sur son téléphone. David a essayé de l'appeler hier soir et lui a envoyé plusieurs textos. Il n'est pas venu car ils ont encore eu besoin de lui à la caserne, il s'inquiète de ne pas avoir eu de ses nouvelles. Elle ne veut pas lui répondre, que lui dirait-elle ? Phil lui a aussi envoyé un SMS pour lui rappeler qu'il l'attend au restaurant. Comme si elle avait pu oublier leur repas hebdomadaire… Sauf que ce lundi-là, elle ne s'y rendra pas.

Soudain, des coups frappés à la porte la font sursauter. Elle ne va pas ouvrir. Le facteur est déjà passé depuis longtemps, il ne peut s'agir que de quelqu'un qu'elle n'a pas envie de voir. Se faire violence pour sortir de son refuge lui paraît au-dessus de ses forces.

— Connie, tu es là ? C'est moi. Je sais que tu es là. Ouvre-moi, s'il te plaît.

C'est son père. Une larme roule toute seule sur sa joue, elle l'essuie avec hargne. Comment a-t-il pu lui faire ça ? Comment peut-on mentir autant, et si longtemps, à son enfant ? Non, elle ne veut pas le comprendre. Elle ne veut pas l'excuser. Elle n'est pas prête à lui ouvrir sa porte. Phil insiste et tambourine sur le battant de bois. À travers la cloison, elle le sent perdu. Puis c'est le silence. Connie s'aperçoit qu'elle est restée une main en l'air, tenant un morceau de quiche en suspension devant sa bouche. Elle ne bouge toujours pas. Son père est-il parti ? C'est alors qu'elle entend sa voix s'élever. Elle vient de plus bas, comme s'il s'était assis devant la porte.

— Le jardin était en pente. Ce jour-là, tu faisais du vélo, comme souvent : tu adorais ça. Il y avait ce coin de la terrasse, au-dessus de la cave, que des artisans devaient venir protéger la semaine suivante. De la terrasse, c'était dangereux, cela surplombait un vide de deux bons mètres. Mat, comme à son habitude, courait dans tous les sens, et Helen avait du mal à le tenir. Il s'est approché dangereusement du trou.

Alertée par les cris, tu as voulu les rejoindre, mais tu n'as pas pu freiner assez fort et tu as poussé ton petit frère dans le vide. C'était un accident. Tout est ma faute. Si j'avais bien vérifié les freins de ton vélo, rien de tout cela ne serait arrivé. J'y ai tant de fois repensé ensuite. Vous auriez pu tous les deux vous retrouver au fond du trou de la cave.

La voix de Phil se brise sur ces derniers mots. Connie devine qu'il pleure. Assise de l'autre côté de la porte pour mieux l'écouter, elle aussi pleure en silence.

Phil a fini par partir, il a fallu qu'elle use de toute sa volonté pour ne pas lui ouvrir la porte. Entendre son père pleurer lui a déchiré le cœur, mais elle ne devait pas fléchir. Pardonner serait trop facile, pour lui comme pour elle. Elle doit expier sa faute jusqu'à se souvenir. Car pour l'instant, une seule question la taraude…

Elle est en train de la formuler dans tous les sens en regardant la photo de Mat et elle petits, avec son vélo rouge, comme si ce cliché allait lui dévoiler les secrets enfouis du passé, quand son téléphone se met à sonner. C'est Janelle. Connie hésite, son doigt oscille entre l'icône verte et l'icône rouge sur l'écran, jusqu'à ce que, presque malgré elle, elle décroche :

— Allô ?

— Salut, ma belle. Comment vas-tu ?

— … Et toi ?

— Je m'inquiète, David aussi.

— C'est lui qui t'a demandé de m'appeler ?

— Non, c'est moi qui ai décidé de le faire comme une grande, il m'a fait suffisamment peur. Que se passe-t-il ?

Connie lui raconte les révélations de son père. L'accident de Mat par sa faute, alors qu'elle ne se souvient de rien.

— Je l'ai tué, Janelle.

— Tu es un peu dure avec toi-même, tu ne crois pas ?

— Janelle, tu as vu mon frère. Comment veux-tu que je ne culpabilise pas alors que c'est moi qui lui ai infligé cette vie ?

— Tu avais sept ans, Connie ! Tu n'étais qu'une enfant.

— Imagine, si Léa faisait ce genre de chose à Cléo. Je sais, c'est horrible de ma part de te demander ça. Mais c'est pour que tu comprennes. Tu lui en voudrais tellement !

— Je n'en voudrais pas à ma fille, mais à nous, ses parents. À Ludo de ne pas avoir révisé ses freins de vélo et à moi d'avoir laissé Cléo s'aventurer si près du danger. Les parents sont responsables des actes de leurs enfants lorsqu'ils sont si petits.

Janelle laisse un ange passer avant d'ajouter :

— Pourquoi ne rappelles-tu pas David ?

— Oh, Janelle ! Je me sens si misérable. David est un homme tellement bien. C'est un vrai Robin des Bois.

— Justement, s'il y a une personne capable de t'aider, c'est bien lui.

— Non, tu ne comprends pas, rétorque Connie. Je ne le mérite plus.

— Tu plaisantes ? Je t'interdis de dire ça. Tu ne vas pas te punir pour une chose qui s'est produite il y a plus de vingt-cinq ans, et dont tu n'es même pas responsable !

— Et Mat ! Comment pourrais-je retourner le voir après ce que je lui ai fait ?

Connie sanglote à présent.

— Calme-toi, ma belle. Il faut laisser le temps tasser tout cela. C'est encore trop frais. Attends quelques jours, ton père pourra lui dire que tu es souffrante et que tu évites de venir au centre pour ne pas le contaminer. Mais tu vas devoir y retourner, ton absence lui causerait trop de peine.

— Je ne pourrai plus le regarder en face…

— Je ne reconnais pas la Connie battante qui ne tourne jamais le dos au danger ou à ses responsabilités.

— Alors c'est maintenant ?

— Comment ça ?
— C'est maintenant que je vais lui ressembler ?
— À qui ?
— À ma mère.

Janelle lui a fait promettre d'arrêter de dire n'importe quoi et d'ouvrir à David quand il viendrait la voir le soir.

En effet, David est venu. Il n'a pas frappé, mais a utilisé le double des clés que Connie a accepté de lui remettre récemment. Elle s'y attendait, mais pas si tôt. Quand elle a entendu le bruit de la clé dans la serrure, elle brossait ses ongles. Il n'est pas entré tout de suite dans la salle de bains, il a d'abord fait le tour de l'appartement. Ce n'est que lorsqu'il a compris où elle se trouvait qu'il a pénétré dans la pièce. Son regard moiré, plus brûlant que d'ordinaire, où Connie a pu lire autant d'inquiétude que de compréhension, a déclenché un torrent de larmes en elle. Elle l'avait fui depuis la veille, mais il était la seule personne dont elle avait besoin. Il était déjà au courant de tout, Janelle avait dû lui rapporter leur conversation. Il a ouvert ses bras, elle s'y est nichée comme si elle voulait disparaître. Elle a pleuré fort, il lui a caressé les cheveux, interrompant parfois son geste le temps de déposer un doux baiser sur le sommet de son crâne. Puis elle a fini par se calmer, encore secouée par quelques hoquets sonores. À présent assis sur le canapé, ils discutent :

— Quand un vététiste a manqué de me renverser l'an dernier, c'est l'accident de vélo qui a réveillé mes souvenirs. J'ai finalement retrouvé Mat, et j'ai oublié ce détail qui changeait tout. Quelque part, je me suis souvenue de l'accident, mais je l'ai aussitôt refoulé. Je ne suis bonne qu'à oublier.

— Notre esprit est bien fait, répond David après un silence. Il est capable d'effacer ce qui nous rend malheureux.

— Je n'aurais pas dû avoir le droit d'oublier ce que j'ai fait.

— Tu es tellement indulgente avec les autres et impitoyable envers toi-même. Pardonne-toi.

— D'avoir mis Mat dans un fauteuil ? Jamais je ne le pourrai !

— Personne ne pourra revenir sur ce qui s'est passé et tout le monde s'en veut : toi, ton père pour ne pas avoir révisé les freins de ton vélo. Ta mère s'en est voulu toute sa vie, Connie, et tu ne veux pas lui ressembler. Va de l'avant.

Les mains de Connie se tordent l'une contre l'autre. La nervosité transpire par tous les pores de sa peau. David ajoute :

— Ça n'enlève rien à l'amour que je te porte, Connie. Tu es une belle personne.

Quand elle relève la tête, un éclat de surprise se reflète dans ses yeux. Elle se blottit dans ses bras, sa bouche cherche la sienne et elle l'embrasse passionnément. Ses doigts se perdent dans ses cheveux, avant qu'ils ne s'aventurent sous son T-shirt puis se bagarrent avec la ceinture de son jean. Sa respiration s'accélère, elle laisse échapper quelques gémissements. Il ne connaissait pas encore cette Connie-là. Elle se révèle, s'enflamme. Elle a besoin de laisser libre cours à la rage qui la consume. Elle s'écarte de lui et se redresse. Debout devant lui, elle déboutonne son chemisier sans lâcher son regard, dégrafe son soutien-gorge, fait glisser son pantalon et sa culotte sur ses chevilles. Nue sous ses yeux, à la lueur crue du plafonnier, elle n'a plus rien à cacher. Ni les stries blanchâtres qui sillonnent le haut de ses cuisses depuis son adolescence, ni ses seins qui n'ont jamais dépassé un bonnet B. David connaît tout d'elle et malgré tout, il l'aime encore. Elle se dévoile entièrement, sans lumière tamisée ni pudeur.

Elle lui confie tout, sauf la question qu'elle n'a pas encore osé poser à voix haute depuis qu'elle s'est insinuée en elle :

A-t-elle poussé son frère intentionnellement ?

44

Le château de sable

Samedi 3 juin 1995

Connie n'avait demandé qu'une chose pour son anniversaire le mois dernier : aller voir la mer en famille. Depuis qu'ils avaient quitté Sarlat et s'étaient rapprochés de la côte un an et demi plus tôt, ils n'avaient pas encore pris le temps de s'y rendre. Son père avait promis qu'ils iraient, tout en se gardant bien de s'engager sur le terme « en famille ».

Il avait bien fait, car en ce samedi ensoleillé, seuls père et fille roulaient vers l'océan, Helen avait préféré rester à la maison. Connie avait peut-être trop demandé.

La petite fille était désormais bien intégrée dans sa nouvelle vie vendéenne et ne gardait que peu de souvenirs de celle d'avant. De temps en temps, les visages de ses anciens amis refaisaient surface, surtout quand elle croyait en reconnaître un. Mais dès qu'elle s'apercevait de sa méprise, elle laissait son image s'envoler dans les limbes de cet endroit qu'elle n'aimait pas explorer. C'était comme si ses vieux souvenirs étaient entassés dans un lieu sinistre, devant lequel un panneau menaçant indiquait en lettres noires : « accès interdit ». Comme Connie était une petite fille obéissante, elle ne s'y aventurait pas.

Sa nouvelle copine, Janelle, était la meilleure amie qu'elle ait jamais eue. Avec le retour des beaux jours, elles se retrouvaient souvent le soir dans la rue après les devoirs. Elles restaient devant leurs maisons, comme les parents le leur avaient demandé, et elles dessinaient des marelles à la craie sur le bitume anthracite, ou accrochaient leur élastique au poteau électrique et s'amusaient à sauter pendant des heures. Janelle lui proposait parfois de faire du vélo, mais les parents de l'une comme de l'autre n'étaient pas d'accord pour qu'elles roulent seules dans la rue. Cela arrangeait bien Connie, car elle n'avait jamais fait de vélo et cela lui faisait un peu peur.

— On est arrivés, ma puce, annonça Phil en coupant le moteur.

Connie était impatiente, elle sautillait dans tous les sens pendant que Phil déchargeait le coffre. La dune était trop haute pour qu'elle puisse voir la mer du parking. Elle devait se contenter d'inhaler les puissants embruns salés, d'apprécier la caresse brûlante du soleil sur sa peau, d'écouter les cris des enfants mêlés à ceux de ces drôles d'oiseaux gris et blancs, avec le bruit des vagues en fond.

— Vite, Papa ! Dépêche-toi, elle ne va pas nous attendre.

— Qui donc ?

— La mer !

— Pourquoi la mer ne nous attendrait-elle pas ?

— La maîtresse nous a expliqué que si la marée est basse, la mer se retire. Et je l'entends, on dirait bien qu'elle est en train de s'en aller.

Phil rit de bon cœur.

— Ne t'inquiète pas, ma chérie, la mer est aussi fiable que ton père. Quoi qu'il arrive, qu'elle soit haute ou basse, elle est toujours là.

La plage n'était pas encore bondée. Les locaux profitaient du calme avant que les touristes ne prennent les lieux d'assaut durant les vacances. Phil planta le parasol et étala les serviettes.

Connie regardait le sable filer entre ses doigts. Elle aimait sa chaleur, sa douceur et la rugosité de ses grains.

— Mets-toi en maillot de bain, ma puce, on va se baigner.

Connie ne se fit pas prier. Elle aimait l'eau, surtout depuis qu'elle prenait des cours de natation. Après leur déménagement, son père lui avait demandé si elle voulait reprendre la gym comme à Sarlat. Connie avait haussé les épaules, ça l'embêtait car elle ne connaissait personne. Phil l'avait laissée tranquille, le temps qu'elle prenne ses marques. Puis elle avait rencontré Janelle, qui allait à la piscine tous les mercredis après-midi. Connie avait alors demandé à ses parents si elle pouvait apprendre à nager elle aussi. Elle allait déjà à la piscine avec l'école, elle aimait bien ça, mais elle ne savait pas vraiment nager. À présent, Huguette emmenait chaque semaine les deux filles à leur cours.

Quand Connie plongea ses orteils dans l'eau, elle frissonna. Cela amusa son père.

— Elle est moins chaude qu'à la piscine, pas vrai ? Prends le temps de te mouiller avant d'y entrer. Surtout la nuque. Tu mets de l'eau dans tes mains, comme ça, et tu habitues ton corps à sa température.

La petite fille suivit les conseils de Phil, avant de se jeter dans la mer. C'était bien plus drôle qu'à la piscine : elle pouvait jouer avec les vagues. En regarder une enfler et chercher à lui échapper avant qu'elle ne s'écrase sur sa tête, laisser le courant l'emmener vers le large puis la rejeter sur le rivage. Sentir les algues gluantes s'enrouler le long de ses jambes tandis qu'elle essayait de fuir le ressac. Connie joua ainsi longtemps, pendant que son père nageait à ses côtés, l'œil rivé sur elle, guettant le moindre danger. Puis, fatiguée d'avoir tant ri dans l'eau, Connie courut vers les serviettes en criant à Phil :

— Papa, on fait un château ?

Phil aida sa fille à se sécher avant qu'elle ne se mette à grelotter, car le vent soufflait encore fort sur leurs peaux humides. Il la badigeonna ensuite de crème solaire, y mêlant des paquets de sable mouillé. Les cheveux de Connie gouttaient, dessinant de longues traces blanches dans son dos. Phil sortit quelques gâteaux de son sac à dos et en tendit à sa fille, qui les engloutit goulûment avant de répéter, tout excitée :

— Papa, on fait un château ?

— Je suis prêt ! Va me remplir ce seau avec de l'eau, on en aura besoin.

Connie s'exécuta, le sourire aux lèvres, puis père et fille se mirent à l'ouvrage. Une heure après, leur château avait de l'allure, avec ses multiples tours, ses douves remplies d'eau, ses murailles et les jolis coquillages que Connie avait déposés çà et là pour la décoration. Phil avait oublié l'appareil photo, dommage.

— Pourquoi Maman n'est pas venue ? demanda soudain Connie, que la question taraudait.

— Peut-être parce qu'elle était fatiguée.

— Fatiguée ? Mais par quoi ? Elle ne fait rien.

— La fatigue n'est pas forcément physique, ma puce. On peut être fatigué à cause de ce qu'on a dans la tête.

Connie acquiesça silencieusement sans comprendre les paroles de son père. Elle hésita, puis ajouta :

— Est-ce qu'elle est folle ?

Elle regretta aussitôt sa question, car son père tourna vivement la tête vers elle et la fixa avec sévérité, comme les adultes le font parfois quand ils veulent forcer un enfant à comprendre ou à les croire.

— Je t'interdis de dire une chose pareille au sujet de ta mère ! Plus jamais, tu m'entends, plus jamais, je ne veux t'entendre parler de cette façon.

La voix de Phil ne s'était pas élevée plus haut que d'habitude, sans doute pour ne pas attirer l'attention autour d'eux, mais son ton était dur et il avait pris soin de prononcer chaque mot distinctement. Elle l'avait terriblement fâché – il se contenait. Elle ressentit le besoin de se justifier :

— Un garçon dans mon école a dit cette semaine que Maman est folle.

Un instant, son père eut l'air très triste. Il parut chercher ses mots, puis secoua la tête.

— Les gens sont parfois méchants, Connie. Tu ne dois pas les écouter.

Puis il s'étendit sur sa serviette. Connie resta longuement assise sur le sable, à observer l'eau dans les douves du château disparaître peu à peu. Elle avait envie de retourner se baigner, mais la respiration de son père avait ralenti et s'il découvrait qu'elle était allée seule dans l'eau, il serait très en colère. Quand Phil s'éveilla, les vagues avaient commencé à lécher le château, une tour s'était effondrée. Connie dessinait sur le sable avec le manche de sa pelle, et regardait l'eau effacer son œuvre. Puis elle recommençait, inlassablement.

— Allez, ma puce, tu m'aides à ranger, on rentre à la maison.

45

Dans la tourmente

Jeudi 12 septembre 2019

La vie est faite d'éternels recommencements. Les saisons qui passent finissent toujours par revenir. Inexorablement.

Printemps, été, automne, hiver.

L'été se termine, pour bientôt laisser la place à la saison que Janelle considère comme la plus triste de l'année. D'habitude, pour Connie, elle n'a rien de morose. Au contraire, à cette période, elle va se promener en forêt avec son père pour ramasser bogues et châtaignes, fruits et feuillages d'automne. Munie de son panier et de son sécateur, elle fait aussi le tour des jardins de Phil et d'Huguette pour y cueillir tout ce qui lui semble bon pour décorer L'Amapola.

Cette année, elle se contentera peut-être de la forêt. Ou bien elle demandera à Firmin de s'en occuper.

Tandis qu'elle lave des vases vides à l'eau de Javel dans l'arrière-boutique et qu'elle ouvre la fenêtre à cause du produit qui commence à lui piquer les yeux, elle songe à l'année qui vient de s'écouler. À sa balade en forêt qui a tout déclenché. Il en a fallu du temps à son père pour lui avouer la vérité. Vingt-cinq ans pour lui dire qu'elle avait un frère, presque une année de plus pour lui assener le coup de grâce en lui avouant que c'était elle qui avait failli le tuer. Si elle avait appris les deux vérités en même temps, serait-elle entrée dans la vie de Mat de la même façon ? Non, probablement pas. Elle n'aurait pas pu vivre tous ces petits bonheurs avec lui si elle avait connu sa faute.

— Connie, annonce Firmin en passant la tête par l'entrebâillement de la porte, il y a quelqu'un pour vous.

Connie prie pour que ce ne soit pas une visite dont elle se passerait, et se ressaisit en découvrant Julie. La jeune femme est venue la voir quelques fois depuis la naissance de son petit Gaspard, mais voilà longtemps qu'elle n'a pas eu de ses nouvelles. Le bébé, joufflu et potelé, babille dans sa poussette. La boutique est calme, Connie les fait entrer dans l'atelier et sert un café à Julie. Cette dernière, qui a repris le sport, paraît plus en forme que jamais.

— Le temps ne te semble pas trop long à la maison ?

— Pas du tout. J'en profite pour faire les peintures, m'occuper de la décoration. Bref, de toutes ces choses que j'avais laissées de côté parce que je n'avais pas le temps. Et puis, je profite de Gaspard et ça, ça n'a pas de prix. Et toi, comment ça se passe avec Firmin ?

— Très bien. Je dois dire qu'après toi, c'est le meilleur employé que j'aie eu.

— Il te vouvoie encore ?

— C'est peine perdue pour le faire changer, je le crains…

— Est-ce que tu vas bien ? Tu as une petite mine.

— Ça va… La routine.

Les deux femmes échangent encore un peu, Connie se force à rire, puis Firmin les interrompt pour prévenir Connie qu'une cliente souhaite lui parler. Julie en profite pour prendre congé.

Plus tard, Firmin interroge sa patronne :

— Il est dix-huit heures quinze, c'est ça ?

— Mmmm…

— Il n'est pas là ?

— Qui ?

— David, parbleu !

— Non.

— Hier soir, je ne l'ai pas vu non plus. D'habitude, quand il rentre du travail, il passe toujours vous embrasser. Il n'est plus d'astreinte, il l'était déjà la semaine dernière. Que se passe-t-il ?

Connie pousse un long soupir.

— C'est bien toi qui parles des trois singes, d'ordinaire ?

Elle désigne les trois statuettes de la sagesse en résine noire, trônant fièrement sur le comptoir de L'Amapola depuis que Firmin les lui a offertes pour son anniversaire quelques mois plus tôt.

— Laissez-les donc où ils sont, les singes de la sagesse. Ils sont valables avec les clients. Et puis, je ne dis rien de mal.

— Je ne suis peut-être pas une cliente, mais je suis ta patronne. Tu es capable de te le rappeler quand il est question de me vouvoyer, mais pas pour te mêler de tes affaires.

— Je vous trouve de très mauvaise foi, mademoiselle Connie. C'est vous qui me rappelez sans cesse que vous avez beau être ma patronne, je ne dois pas vous considérer comme telle. J'ai de l'affection pour vous, figurez-vous. Je présume que cet excès de mauvaise humeur n'est pas de bon augure. Puis-je savoir de quoi il retourne ? Vous n'êtes pas vous-même, vous n'avez jamais pu faire semblant quand quelque chose vous turlupine.

— Très bien, se résout Connie. J'ai demandé à David de ne plus venir.

— Pardon ?

— Je lui ai dit que nous deux, c'était fini.

— Vous n'êtes pas sérieuse ?

Firmin pose son balai contre la cloison de lambris et vient se planter face à Connie, qui lui tournait le dos devant le comptoir. D'un geste agacé, elle se retourne à nouveau et déambule nerveusement dans la boutique.

— Je n'avais pas le choix. Ai-je le droit de lui imposer ma compagnie alors que je suis dans la tourmente ? Je ne peux pas...

— Depuis le début, vous ne parlez que de droit, alors que...

Firmin est interrompu par le carillon de la porte. Connie s'accroupit devant un pot de fleurs pour se donner une contenance et essuyer discrètement ses yeux humides. Parler de David lui fait un mal de chien. Cette rupture, elle n'en voulait pas. Elle se l'est infligée. David n'a pas compris. Elle a lu la détresse dans ses yeux. Mais il ne devait plus voir le moindre espoir dans leur relation car il n'a pas insisté. Il n'y a pas eu de scène pathétique où l'un essaie de retenir l'autre. Il l'a simplement écoutée, lui a demandé si elle était sûre d'elle. Comme elle a acquiescé, il a ajouté qu'il était là si elle avait besoin, puis a déposé un baiser sur son front avant de partir sans se retourner.

Le visiteur avance dans la boutique, Connie distingue des roues à travers les plantes. Son cœur bondit dans sa poitrine quand elle comprend que c'est Mat. Elle se relève précipitamment, manquant de faire tomber un vase de roses. Puis elle se retrouve face à... Élise ? L'étau qui lui enserrait la poitrine à l'idée de ce qu'elle devrait dire à son frère s'écarte un peu. Pas entièrement, car la visite d'Élise a cela d'angoissant qu'elle est extraordinaire.

— Bonjour, Élise, murmure Connie.

— Bonjour, Connie. Ma mère m'attend à l'extérieur. Nous avons rendu visite à ma tante qui habite près d'ici.

Connie ne répond pas. Elle regarde la mère d'Élise, au-dehors, qui fait les cent pas sur le trottoir. Si elle n'a pas suivi sa fille, c'est parce que cette dernière le lui a demandé. Pourquoi ?

Élise flotte dans une jolie robe blanche, on dirait un ange venu du ciel. Elle rappelle à Connie ces orchidées majestueuses qu'elle a achetées ce matin au MIN.

Pure. Douce.

Victime, aussi.

Comme Mat.

Le malaise étreint Connie tel un félin refusant de lâcher sa proie. Elle ne se débat pas, à quoi bon ?

— J'ai parlé à Babeth, reprend Élise. Elle a donné son accord pour la joëlette, elle l'a même dit à Mat.

Loin de se réjouir, Connie soupire en bafouillant qu'elle n'est pas sûre que ce soit encore d'actualité.

— Je vais te prendre un bouquet Mélusine pour ma mère, dit Élise sans relever les paroles de Connie. Regarde dans mon sac et sers-toi en monnaie.

Connie s'exécute. Firmin n'ose pas s'immiscer dans la conversation, mais Connie sait qu'il n'en perd pas une miette. Il fait mine de s'affairer, cela fait déjà trois fois qu'il arrange les arums sur la petite table.

— Tu n'es pas venue cette semaine, poursuit Élise.

Ça y est, elles en arrivent au cœur du sujet.

— Je suis sûre que tu sais pourquoi.

— La vie en communauté a cela de bon qu'on partage tout.

Connie dépose le bouquet sur les genoux d'Élise.

— Fais-le-moi sentir, Connie.

Cette dernière approche les fleurs de son nez, Élise inspire le parfum frais et sucré des freesias. Elle ferme les yeux comme s'il lui rappelait un endroit où s'évader. Quand elle les rouvre et qu'un sourire les étire, Connie repose le bouquet.

— Il y a neuf ans, un homme a brisé ma vie, se met à raconter Élise. Il était ivre, il conduisait un camion. Sans même le savoir, il avait revêtu la longue tunique noire de la mort et déposé sa faux sur le siège passager. Il a tué mon père. Je me souviens qu'il a crié. En un éclair, mon père a su qu'on allait mourir. Moi, j'ai survécu. Je suis telle que je suis aujourd'hui, mais je vis encore. Je n'ai pas cherché à me raccrocher à la vie, c'est elle qui s'est agrippée à moi, parce que mon heure n'était pas venue. J'ai pensé qu'on m'avait laissée vivre pour venger mon père. Mais de quoi suis-je encore capable ? Rien d'autre qu'envoyer un pied de nez à la mort en continuant à vivre. C'est déjà ça. Pourtant je la voulais, ma vengeance… Qui peut savoir ce qui se serait passé si ce type n'avait pas bu ? C'est le destin de toute façon.

Elle semble s'interrompre, puis elle ajoute :

— Si une petite fille avait été à l'origine de l'accident, ma réaction aurait été différente. J'en aurais simplement voulu à la vie d'être aussi injuste.

— Sauf si la petite fille l'avait fait exprès, souffle Connie.

— Pourquoi aurait-elle fait ça ?

— Parce que son frère lui avait volé sa mère. Parce que depuis sa naissance, elle n'était plus la même.

— Sans doute que la petite fille n'a pas réfléchi aux conséquences de ses actes.

— Ou peut-être bien que la petite fille ne l'a pas fait exprès, interrompt Firmin, la voix vibrante d'indignation contenue. Si la petite fille, une fois devenue grande, ne se souvient plus de l'accident, cela lui laisse le bénéfice du doute.

Parler d'une autre, mine de rien, faire comme si la petite fille n'était pas là. La tenir à distance pour qu'elle ne lui colle pas à la peau, pour la dissocier de son image et parvenir à se regarder dans une glace. C'est ce dont elle a besoin. Mettre les pieds dans le plat en faisant semblant de ne pas le voir. Tout ce qu'elle déteste au quotidien, mais qui la soulage en cet instant.

Élise cherche à croiser le regard de Connie. Elle la sonde, tente de distinguer la vérité.

— Reviens voir Mat, Connie. S'il te plaît. Tu lui manques beaucoup.

46

Le langage du corps

Lundi 16 septembre 2019

Installé dans son salon devant le pupitre ajusté pour que ses yeux arrivent à la bonne hauteur, Mat regarde des vidéos musicales sur la tablette. Pour en changer, il attrape entre ses dents le long stylet tactile et sélectionne la musique qu'il veut écouter. Souvent, il se contente des mêmes, il ne sait pas écrire et doit se laisser guider par la sélection intuitive en fonction de l'historique. C'est pratique, quand il commence avec une musique de Karolina Protsenko, cette jeune violoniste de onze ans qu'il pourrait écouter des heures, il n'a pas besoin de modifier la suite : les musiques défilent les unes après les autres, au son envoûtant du violon. La petite est tellement douée qu'elle réussit parfois à lui arracher des larmes. Les vibrations des cordes résonnent à ses oreilles, traversent tout son corps comme s'il pouvait le sentir, rebondissent sur les murs du Phénix pour venir le chahuter de toutes parts. Mat aime bien écouter ces sons : il se sent vivant, comme si son esprit dansait, à défaut de son corps.

Personne ne peut comprendre ce qu'il ressent, sauf les autres résidents. Élise, tout du moins. Parfois, ils écoutent de la musique ensemble. Elle chante, lui fredonne. Il lui a fait découvrir la violoniste ukrainienne, elle aime bien. L'autre jour, elle a laissé échapper une larme lorsque la petite fille interprétait *Photograph* d'Ed Sheeran. Elle s'est détournée pudiquement et a soufflé, comme si elle pouvait sécher une goutte d'eau de la même manière qu'elle écarte une mèche de cheveux gênante. Elle n'avait pas besoin de se cacher, Mat comprend la sensibilité. Les émotions, c'est la seule chose qu'il ressent, parfois beaucoup mieux que les gens « valides ».

Il vient juste de sélectionner la bande-son du film *Intouchables*, quand on frappe à la porte et qu'on l'ouvre sans attendre de réponse. C'est Connie. S'il n'était pas déjà assis, il en tomberait. Son carré court n'est pas aussi parfait que d'habitude, elle a dû passer sa main dans ses cheveux un nombre incalculable de fois. Derrière son air enjoué, elle tente de masquer une certaine angoisse qu'il perçoit clairement, en dépit de ses efforts.

— Salut, fait-elle en l'embrassant. Désolée pour la semaine dernière, j'ai été malade.

Malade ?

C'est déjà ce que Phil et Babeth lui ont dit, mais il a flairé l'arnaque à plein nez. Elle n'a pas l'air plus à l'aise qu'eux. Ils ne sauraient le tromper : le dimanche d'avant, elle est partie sans lui dire au revoir. Jamais elle n'aurait fait ça, s'il ne s'était pas passé quelque chose de grave.

Il commence à connaître sa sœur, à présent. Il remarque son regard fuyant, ses mains nerveuses. Sa silhouette repliée sur elle-même. Le langage du corps lui parle, celui de Connie lui crie son mal-être. Il a bien réfléchi, il pense savoir ce que son père a choisi de lui avouer. Il avait compris que Connie avait oublié. Lui est tétraplégique, et sa sœur amputée d'une partie de son passé. Si leur père lui avait parlé de l'accident plus tôt, peut-être les souvenirs seraient-ils remontés. Lui, Mat, il a toujours su.

Car il est la seule personne à qui Helen avait confié la vérité.

— Je t'ai ramené des DVD, j'espère que ça te plaira. J'ai commandé en avant-première *Nous finirons ensemble*, mais regarde *Les Petits Mouchoirs* avant, c'est la suite.

Mat acquiesce puis déplace son fauteuil vers la table basse et désigne la revue posée dessus. Connie baisse les yeux et comprend d'emblée.

— David est venu te voir ?

Sa voix un peu trop aiguë, ses yeux qui insistent pour obtenir une réponse. Mat l'aurait parié depuis la visite de David l'avant-veille : ça ne va plus entre les deux tourtereaux. Leur discorde est-elle liée à la révélation de Phil ? Comment savoir ? Les autres peuvent parler, mais ils se montrent tellement avares de mots lorsqu'il s'agit de sentiments !

Se fier au langage du corps...

Comme Mat a fait signe que David est venu au Phénix, elle a égrené tous les jours et fini par comprendre que c'était samedi. Mat l'interroge d'un mouvement appuyé de sourcils, Connie se voit obligée de s'expliquer :

— On s'est un peu disputés, c'est tout. Mais ne t'en fais pas, ça va s'arranger.

« Ou pas. » Il entendrait presque les deux petits mots que formulent les rides de son front. Connie ne reste pas longtemps. Elle va et vient dans la pièce, lui raconte sa semaine sans jamais mentionner sa maladie. Il lui est reconnaissant de ne pas s'enfoncer plus loin dans le mensonge. Mat aimerait réconforter sa sœur, lui dire ce qu'il sait. Comme il ne peut pas, il fait la seule chose dont il soit capable : quand Connie se penche pour lui dire au revoir, il incline sa tête sur le côté, faisant mine de la câliner. C'est le moyen qu'il a trouvé pour signifier son affection. Connie reçoit cet élan avec gratitude et enroule ses bras autour du cou de son frère.

— Je te remets une musique ? demande-t-elle avant de partir.

Elle lui règle YouTube, et le violon de Karolina emplit la pièce tandis que Connie s'éloigne. Quand Mat entend la voix de Babeth, qui converse avec Connie derrière la porte, il coupe le son et tend l'oreille.

— ... a besoin de vous dans sa vie.

— Je croyais que vous ne m'aimiez pas ?

— Qu'est-ce qui vous fait dire cela ?

— Ce n'est pas nouveau, ne faites pas l'hypocrite. Nous n'avons jamais été bonnes amies, toutes les deux.

— Vous ne m'avez pas épargnée non plus.

— C'est parce que vous aviez peur que je lui fasse du mal à nouveau ?

— Je n'ai jamais pensé que vous soyez capable de lui faire le moindre mal.

— Pourtant vous savez ce que j'ai fait.

— Connie, si j'ai parfois été désagréable avec vous, c'est simplement parce que j'avais peur que vous ne me le voliez.

47

La mère-loque

Lundi 24 septembre 2001

Connie, affalée sur le lit de Janelle, les bras entourant un confortable oreiller qui lui maintenait la tête, riait des paroles de son amie. Depuis que les deux jeunes filles étaient rentrées au lycée, Janelle n'avait d'yeux que pour un certain Mickaël, un grand garçon dégingandé un brin boutonneux, en section pro. Janelle soutenait qu'il dégageait quelque chose de différent. Connie n'était pas convaincue de lui trouver les mêmes attraits, mais ce n'était pas son affaire. Janelle était comme ça, elle avait besoin d'être entourée, de se sentir aimée. Depuis qu'elles étaient en âge d'avoir des petits copains, il lui en fallait toujours un. Pas Connie. Elle n'avait que faire des garçons, qu'elle trouvait idiots pour la plupart. Au lycée, il y en avait quelques-uns de sympas, mais la majorité avait trois ans d'âge mental. Des attardés, frimeurs, machos ou simplement bêtes. Pas de quoi en parler des heures, ce que Janelle aimait pourtant faire. Alors Connie riait.

Ça avait au moins le mérite de lui changer les idées. Car à la maison, l'ambiance n'était pas folichonne, entre un père débordé et une mère qui ne sortait de sa chambre que pour manger, se laver et passer le balai. Un zombie. Parfois

– Connie avait honte de se l'avouer – elle détestait sa mère. Surtout quand elle la comparait à Huguette. Une maman-gâteau qui se serait damnée pour offrir le meilleur à ses enfants, qui les accueillait avec de bons petits plats juste sortis du four... Tout le contraire de sa propre mère, une mère-loque, qui ne se levait même pas tous les jours pour embrasser sa fille. Comment passer de l'une à l'autre sans ressentir une cuisante amertume ? Enfant, elle se posait beaucoup de questions. À présent, elle avait de plus en plus de mal à comprendre, et elle était obsédée par l'idée de ne surtout jamais lui ressembler. Tout, mais pas ça.

Helen n'avait même pas eu l'air concernée par les récents attentats qui avaient frappé les États-Unis et plongé le monde en état de choc. Connie avait largement discouru sur les événements avec son père devant elle, pourtant elle avait gardé le silence. Connie avait fini par se demander si les informations parvenaient jusqu'à son cerveau brumeux, ou si elle était devenue aussi dénuée d'émotions qu'un animal à sang froid.

Pourtant, il y avait parfois des moments complices. Connie ne voulait pas se l'avouer, mais elle les guettait. Elle avait appris à les reconnaître. Helen passait une ou deux journées presque entières hors de sa chambre. Elle rangeait la maison, cuisinait un peu ou lisait un livre sur le canapé. Quand elle en arrivait à ce stade, c'était que peu de temps après, elle allait s'ouvrir à sa fille. Connie attendait. Bien qu'elle ait honte de sa mère et qu'elle aurait tout donné pour qu'elle soit différente, elle était à l'affût de ce petit signe qui les rapprocherait, quelques heures seulement. Alors, Helen lui parlait. Elle demandait des nouvelles de l'école, de ses amis. Elle lui proposait de regarder un film avec elle, ou d'ouvrir l'album de photos de sa jeunesse, qu'elle avait rapporté d'Angleterre, où elle gardait des souvenirs de ses parents. Sa mère lui montrait des clichés d'elle et de

Flocon, le chat blanc qui avait fait partie de la famille. Elles ne faisaient pas de grandes choses, mais elles partageaient une infime tranche de vie. Des petits bonheurs.

Et puis tout retombait.

Le lendemain, Connie rentrait de l'école et Helen s'était renfermée dans sa chambre. Dans son terrier. Dans son mutisme. Elle était de retour aux abonnés absents.

La semaine dernière avaient eu lieu les rencontres parents-profs pour les élèves de seconde. Leur professeur de français, qui était aussi leur prof principal, M. Lavergne, avait eu l'idée d'organiser quelques saynètes de théâtre, dans plusieurs endroits du lycée. Il avait choisi les couloirs, où les parents attendraient leur rendez-vous avec les professeurs, et avait disposé des petites estrades où les élèves monteraient pour jouer leurs sketchs. Janelle s'était portée volontaire avec quelques autres pour participer. Elle avait insisté pour que Connie se joigne à elle. Celle-ci avait fini par accepter. Elle en était la première surprise. Ce genre de mise à nu en public n'était pas sa tasse de thé du tout. Mais elle s'était dit que peut-être sa mère voudrait venir la voir. Elle avait espéré en vain, seul Phil avait fait le déplacement. Il avait applaudi plus fort que les autres, comme s'il encourageait sa fille pour deux. Elle avait eu un peu honte de cet engouement immodéré, mais au moins, il était venu.

— Quelle heure il est ?

— Pas encore l'heure que tu partes, il n'est que dix-huit heures trente.

— Faut pas que je traîne quand même. Mon père sera là dans trois quarts d'heure et il sera crevé par sa journée. Faudra que je mette des pâtes à cuire.

Janelle monta le son de la musique, comme pour convaincre son amie de rester encore un peu. Manu Chao inonda les ondes avec *Me Gustas Tu* et les deux filles se mirent à chanter. Alexis, le frère de Janelle, vint tambouriner à la porte. Du haut de ses dix-sept ans, il en imposait par sa carrure et son embonpoint. La marque de fabrique des Payet.

— Baisse le son, je peux pas bosser !

Janelle soupira, mais s'exécuta. Connie se leva pour rassembler ses cahiers et sa trousse et fourra le tout dans sa besace. Huguette frappa à son tour avant d'entrer dans la chambre.

— Vous avez fini vos devoirs, les filles ?

— Oui, M'man.

— Tu rentres, Connie ?

— Oui, m'dame.

— Tu passeras par la cuisine avant de partir. J'ai fait des samoussas, tu en emporteras chez toi.

— Merci.

— Comment vont tes parents ?

— Très bien.

— Et ta maman ?

— Ça va.

Connie n'aimait pas s'aventurer sur ce terrain glissant.

— À demain, Janelle.

— Attends, je te raccompagne chez toi.

— Elle habite à côté, elle ne va pas se perdre ! s'amusa Huguette.

— Je vais l'aider à porter les samoussas.

— Tu rentres juste après, hein ?

— Oui, M'man.

48

Ange blond ou monstre ?

Mardi 17 septembre 2019

La journée est chaude et belle, le ciel aussi bleu qu'en été…

C'est vrai que nous sommes toujours en été, songe Connie.

Les crocosmias, cannas ou clématites offrent à L'Amapola un accord parfait avec le jaune sans nuage du soleil. Si une tempête intérieure n'agitait pas Connie depuis quelques jours, elle aurait envie de s'étendre sur un transat dans sa minuscule cour, des lunettes noires sur les yeux, et de n'en émerger que lorsqu'elle serait aussi rouge qu'une écrevisse. Mais elle est toujours aussi perturbée par les aveux de son père et se sent bien incapable de se poser. Elle bouillonne, le moindre recoin de la boutique brille à s'en abîmer les yeux tant elle l'a astiquée et elle consulte compulsivement son application Interflora toutes les demi-heures. Est-ce bien les commandes de fleurs qu'elle attend ou bien…

— Des nouvelles de David ? se risque Firmin.

— Pourquoi en aurais-je ?

Son employé hausse les épaules et s'abstient de tout commentaire. Mais il revient à la charge tout de suite :

— J'ai beaucoup réfléchi, vous savez.

— Ne me parle pas de David, s'il te plaît.

— Je ne voulais pas parler de lui, mais de la question qui vous hante : « Ai-je voulu le faire ou pas ? » De cette révélation qui ne vient pas.

— Oui, et ?

— La réponse est en vous et en vous seule. On ne pourra jamais vous la donner, car personne d'autre que vous ne se trouve dans votre tête.

— J'ai déjà pensé à tout ça, Firmin. Où veux-tu en venir ?

— Si personne ne peut dire ce qu'il y avait là-dedans il y a vingt-six ans – Firmin se tapote le crâne avec son index – quelqu'un peut en revanche vous aider à faire sortir tout ça. À vous rappeler.

— Qui ?

— J'ai entendu parler des hypnothérapeutes, il paraît qu'ils font un travail formidable. Enfin, je parle des vrais, pas des charlatans. Il y en a toujours pour se faire passer pour ce qu'ils ne sont pas.

— Et tu en connais un bien, toi, d'hypno-truc ?

— Non.

Connie laisse passer un silence, le temps que les paroles de Firmin infusent dans son esprit. Parler de sa vie à un étranger ? Se livrer, hors de tout contrôle ? Se laisser aller à des réactions étranges, voire des crises de larmes ou pire, d'hystérie ? Non merci !

— Ce n'est pas pour moi, Firmin.

— Réfléchissez ! C'est le seul moyen de réactiver vos souvenirs. Sinon, vous n'aurez de cesse de chercher cette réponse. Votre relation avec Mat va forcément en pâtir et puis vous le voyez bien avec David... L'amour réduit à néant à cause d'une équation à une inconnue !

Firmin s'exprime avec véhémence, comme chaque fois qu'un sujet lui tient à cœur. Connie lui en est reconnaissante, son intérêt pour elle la touche. Et puis il a raison.

— Il n'y a pas que ça... Il y a tout le reste.

— Si vous ne voulez pas de l'aide de quelqu'un pour raviver vos souvenirs, il faut trouver autre chose.

Autre chose. Oui, mais quoi ? À part revivre l'accident, Connie ne voit pas.

Revivre l'accident...

Voilà ce qu'il lui faut ! Retourner sur les lieux du drame pour essayer de se souvenir. Réactiver le choc.

— Firmin, tu es un génie !

— Moi ? C'est vrai... mais enfin, pourquoi ?

— Il faut que je retourne là-bas ! Dans la maison de Sarlat !

Connie est à présent aussi excitée qu'une petite fille devant son cadeau d'anniversaire. Comme la petite fille qu'elle était et qu'elle s'apprête à retrouver. Ange blond ou monstre sans cervelle ? Deuxième maman protectrice ou sœur jalouse ? Blanc ou noir ? Gris peut-être...

Elle ira là-bas. Elle trouvera la pièce manquante du puzzle. Quoi qu'il lui en coûte. Ensuite, elle prendra les décisions qui s'imposent en toute connaissance de cause. Elle en a assez de se sentir incomplète. Elle doit y aller. Maintenant.

— Il faut que j'y aille, Firmin. Je le sens.

— Maintenant ? Connie, vous n'y pensez pas.

— Tu es capable de tenir la boutique seul, je te fais confiance.

— Ce n'est pas ce qui m'inquiète. Que ferez-vous, seule là-bas, si les souvenirs qui vous reviennent ne sont pas ceux que vous attendiez ? Prenez le temps de trouver quelqu'un pour vous accompagner, au moins.

— Je n'ai pas le temps, Firmin. Je n'ai plus le temps. C'est comme si quelque chose m'appelait à Sarlat. Ou quelqu'un. La petite fille que j'étais a besoin d'être délivrée.

— Vous êtes à deux doigts de me faire pleurer, mais ma chère, comment pourrais-je me le pardonner, s'il devait vous arriver quelque chose ?

— Je reviendrai, je te le promets. Quoi que je découvre là-bas, je serai de retour, au moins pour te raconter.

Avant même que Firmin n'ait eu le temps de répondre, Connie monte l'escalier quatre à quatre jusqu'à son appartement pour préparer un bagage léger. Elle redescend presque aussitôt et donne quelques brèves recommandations à Firmin avant d'ajouter :

— Je serai de retour demain au plus tard.

Puis elle fait tinter le carillon de la porte avant de s'éclipser à la vitesse de l'éclair. Elle n'entend pas les derniers mots de Firmin :

— Que ferez-vous s'il n'y a personne ?

49

Sur les traces du passé

Mardi 17 septembre 2019

Le vieux Transit n'est pas le véhicule idéal pour parcourir les quatre cents kilomètres qui la séparent des lieux de son enfance, mais Connie n'a pas le choix. Elle espère seulement que les niveaux d'eau et d'huile sont suffisants pour lui permettre d'effectuer l'aller-retour sans encombre. En prenant un ticket à la gare de péage de Fontenay, elle sent l'euphorie la gagner. Plus encore quand elle se glisse sur la bretelle d'autoroute, faisant grimper le compteur à un pénible cent dix. Elle regarde l'horloge sur le tableau de bord : onze heures vingt. C'est aujourd'hui qu'elle a rendez-vous avec son passé. Plus que quatre heures avant de savoir. Du moins elle l'espère…

Sentant les doutes s'insinuer, elle tourne le bouton de l'autoradio pour augmenter le son. La voix de Bradley Cooper emplit l'habitacle. Connie entrouvre la vitre du Transit ; le vent s'y engouffre et fait virevolter ses cheveux. Elle le laisse faire, elle aura tout le temps de se recoiffer.

La voix de Lady Gaga rejoint celle du bel acteur et les pensées de Connie se tournent malgré elle vers David. Où est-il en ce moment ? Au travail, probablement. Janelle lui a dit qu'il était très affecté par leur séparation, mais il n'a pas donné signe de vie depuis. Après tout, pourquoi l'aurait-il fait ? Il a dû sentir que c'était peine perdue, qu'elle n'était pas prête. Peut-être n'en a-t-il pas envie non plus. Pourquoi se rajouter des problèmes avec une fille pas claire dans sa tête ?

Parce qu'il l'aime.

Du moins c'est ce qu'il a dit.

Il a dit aussi qu'il était là si elle avait besoin. Il doit penser qu'elle n'a pas besoin.

En réalité, elle crève d'envie de l'appeler. Elle ne songe qu'à ça depuis une semaine. En plus du reste… Elle a l'impression que son cerveau va entrer en ébullition, que tout va déborder. Mais à quoi cela lui servirait-il d'appeler David, à part leur causer plus de mal encore ? Faire un pas vers lui puis un bond en arrière si elle s'aperçoit que la petite fille de Sarlat n'était qu'un monstre. Mieux vaut attendre. Plus que trois heures et demie…

Connie traverse ce bout de France entre Ouest et Sud-Ouest sans s'arrêter. Avant de se mettre en route, elle a pris le temps d'immortaliser sa vieille carte d'identité, conservée depuis des années dans ses archives. Pour qui, pour quoi, elle n'en a aucune idée. Peut-être parce que la photo d'elle qui y figure, avec ses deux couettes, est l'une des seules de cette époque. En tout cas, elle a bien fait : dessus se trouve aussi l'adresse où elle résidait quand elle avait sept ans. À quelques kilomètres de Sarlat, Connie se gare sur le bas-côté pour entrer « chemin de Montfort » dans le GPS de son téléphone, puis se laisse guider jusqu'à destination. Quand la voix désincarnée lui annonce qu'elle est arrivée, son cœur s'emballe. Elle se penche en avant et roule au pas. Les maisons sont disséminées, aucune construction nouvelle ne semble avoir fleuri depuis un quart de siècle. Cet endroit de campagne a conservé toute sa tranquillité. Elle ne reconnaît cependant pas la maison. L'adresse ne comportait pas de numéro, elle va devoir faire appel à sa mémoire. Le chemin est long. Au bout de la rue, Connie distingue un petit ruisseau qui serpente entre les fourrés. Il passe sous un minuscule pont. Le pont d'où elle jetait des branches dans l'eau, avec Tonton Mimi, qui lui expliquait que peut-être elles pourraient naviguer jusqu'à l'océan ! Connie se souvient de cet endroit. En effet, sur la gauche, deux maisons se dressent. Alors qu'elle vient de dépasser des habitations aux toits d'ardoises, ces deux-là sont recouvertes de tuiles. Elles sont vastes, avec un étage.

Connie reconnaît la première. La maison de son enfance.

Les nouveaux propriétaires ont ajouté une véranda, mais la façade ocre n'a pas changé, avec les fausses pierres qui ornent les chaînes d'angle de la maison ainsi que le tour des fenêtres… aux volets clos en plein milieu de l'après-midi, cela ne dit rien qui vaille à Connie.

Elle gare le Transit devant la maison et descend du véhicule, le corps engourdi par une station assise prolongée dont elle n'a pas l'habitude. Tout a l'air calme. À cinquante mètres au fond du chemin, la maison de sa nourrice est toujours la même. Elle ira voir si elle est là… Après…

Connie entrouvre le petit portail et va sonner à la porte. Elle guette les bruits en provenance de l'intérieur, mais tout est silencieux. Elle insiste et attend longtemps. Puis elle doit se rendre à l'évidence : il n'y a personne. Remarque, elle n'a pas besoin des propriétaires pour ce qu'elle est venue faire. Le lieu de l'accident se trouve à l'extérieur, il lui suffit de faire le tour de la maison et de se rendre à la cave. L'accès est sans doute protégé aujourd'hui, mais cela l'aidera quand même à se souvenir. Elle aurait bien voulu pénétrer dans la maison pour s'imprégner des lieux, mais puisque les habitants sont absents… Un passage par le jardin à leur insu suffira.

Elle s'apprête à faire le tour par l'arrière de la maison quand elle distingue une ombre, derrière la haie, qui se rapproche d'elle. Elle avance avec hésitation, mais il n'y a pas de doute possible : on vient bel et bien à sa rencontre. Connie fait quelques pas vers le portail resté ouvert. Elle ne voit plus personne. Puis, tout à coup, l'ombre surgit de la haie d'arbustes qui sépare la maison de la route, dévoilant une petite dame aux cheveux blancs, un peu voûtée, aux yeux vifs et intelligents. Les deux femmes se jaugent un instant. La plus vieille s'apprête à ouvrir la bouche quand le visage de Connie s'illumine :

— Tata Ninie ?

Les yeux délavés s'étonnent d'abord, puis fouillent la visiteuse avec insistance. Enfin la vieille dame se fend d'un sourire humide.

— Ma Ninie ?

Connie acquiesce. Les retrouvailles sont pleines d'émotions. Les deux femmes tombent dans les bras l'une de l'autre. Elles se serrent longuement, Annie agrippe les bras de Connie de ses longs doigts crochus et froids. Quel âge peut-elle avoir à présent ? Pas loin de quatre-vingts ans, sûrement ! Le poids du temps qui passe est là, mais Annie est toujours aussi vive d'esprit. Elle l'a reconnue, alors qu'elle ne l'a pas revue depuis ses sept ans !

— Tu viens revoir ta maison ? demande Annie d'une voix légèrement chevrotante.

— Oui, mais il semblerait qu'il n'y ait personne.

— Mes voisins sont partis quelques jours en cure à… pfff, j'ai oublié le nom. Enfin, ils seront bientôt de retour, ne t'en fais pas. Tu es là pour quelque temps ?

— Non, je suis venue exprès.

Annie fronce les sourcils, sa main noueuse toujours posée sur le bras de Connie.

— C'est embêtant. Tu aurais dû appeler avant. Tu vas venir à la maison et tu vas me raconter.

Connie lui emboîte le pas. En passant devant le Transit, Annie s'exclame :

— Gare donc ta fourgonnette devant chez moi. J'ai cru que quelqu'un cherchait à vendre je ne sais quoi aux voisins… Il n'y a pas beaucoup de passage par chez nous. Comme il s'éternisait, je suis venue voir ce que voulait le petit curieux. Et c'était toi, ma Ninie, ajoute Annie avec une pointe de tendresse.

Connie ressent une bulle de bien-être l'envelopper. Elle a de nouveau sept ans. Une petite fille choyée par sa nounou. Quoi que lui réserve ce retour sur les traces de son passé, Connie sait qu'elle a fait le bon choix.

50

Dans le brouillard

Mardi 17 septembre 2019

Seule dans la cuisine d'Annie, devant une tasse de tisane fumante, Connie s'imprègne des odeurs de la maison, des objets restés à leur place, comme figés depuis une éternité. La vieille pendule murale en acajou émet le même tic-tac obsédant qu'il y a vingt-six ans. Connie aimait assister toutes les heures à l'apparition des deux personnages en sabots qui venaient faire tinter la petite cloche. Son sinistre ou joyeux, tout dépendait de la façon dont on appréhendait le temps qui passait, s'il semblait long ou non.

Un petit chien roux la guette d'un œil suppliant, au cas où elle se laisserait amadouer jusqu'à lui céder les quelques gâteaux secs qu'Annie a mis à sa disposition, et auxquels elle n'a encore pas touché. Pourtant, elle meurt de faim, elle n'a rien avalé depuis ce matin. Connie s'apprête à sortir son portable de sa poche, quand Annie revient. Elle s'assied sur la chaise qui fait face à Connie et passe ses mains fatiguées sur son visage.

— J'ai réussi à avoir les voisins. Ils reviennent demain matin. Tu as de la chance, ma Ninie.

Cette dernière hoche la tête.

— Où as-tu prévu de dormir cette nuit ?

— Nulle part. Je n'ai rien prévu du tout.

— Tu pourras rester ici. Explique-moi tout, maintenant. Tu pars de chez toi précipitamment pour revenir ici au bout de tant d'années... Que se passe-t-il ?

— Tata Ninie, tu te souviens de Mat ?

Un instant, le regard d'Annie se voile. Elle hésite, puis dans un souffle, murmure :

— Bien sûr que je me souviens de ton frère.

— Tu savais que je l'avais oublié ?

Annie se lève, sort un quatre-quarts déjà entamé, qu'elle pose sur la table.

— Tu ne manges rien ? Tu préfères ça ? Tiens, sers-toi. Ton père m'avait dit qu'ils ne t'en parlaient plus, mais tu sais, j'ai perdu presque tout contact avec tes parents quand vous avez quitté la région.

— J'ai appris son existence il y a moins d'un an. Mes parents ont vécu pendant toutes ces années en me laissant croire – et peut-être que j'ai voulu le croire – que j'étais fille unique.

Annie vient s'asseoir à côté de Connie et prend sa main dans les siennes. Ses doigts sont toujours aussi froids, malgré la chaleur ambiante.

— Ma petite fille... Comment tu as su ?

— J'ai retrouvé une vieille photo de Mat et moi, j'ai posé des questions et Papa a avoué.

— À l'époque, il était contre l'idée de faire devant toi comme si Mat n'avait jamais existé. Ta mère a insisté, mais c'était pour ton bien. Tu étais tellement bouleversée... Comment vont tes parents aujourd'hui ?

— Maman est morte il y a deux ans d'un cancer du sein.

— Oh ! Chérie, je suis désolée !

Annie resserre son étreinte.

— Tu ne pouvais pas savoir.

— Tu étais si proche de ta mère !

Un rictus amer étire les lèvres de Connie. Oui, elle avait été proche d'elle, son esprit se le rappelait. Mais c'était si loin.

— Notre complicité n'a pourtant pas survécu au drame... Je dirais même qu'elle n'a pas duré au-delà de la naissance de Mat. C'est Papa qui m'a élevée.

Annie se lève et écrase d'un pied inattentif la queue du chien, toujours à l'affût. Il émet un cri strident, sa maîtresse se penche pour lui administrer une caresse d'excuse.

— Là, Filou, si tu n'étais pas toujours dans mes pattes, coquin de chien ! Une autre tisane, ma Ninie ?

— Oui, je veux bien.

— J'ai beaucoup repensé à ta mère pendant toutes ces années. À l'époque, on n'en parlait pas beaucoup de tout ça. Une mère se devait d'être heureuse d'avoir des enfants. Surtout qu'elle avait eu des difficultés pour t'avoir. Mat est arrivé comme ça, sans prévenir. Elle ne s'y était pas du tout préparée. Ta mère a sombré dans la dépression.

Annie verse le contenu de la bouilloire dans leurs deux tasses avant de se rasseoir et de poursuivre :

— Les rares fois où je la voyais, je me rendais bien compte qu'elle n'allait pas bien. J'essayais de lui faire comprendre qu'elle pouvait me confier votre garde de temps en temps, pour la soulager, pour qu'elle continue d'écrire, ou pour retrouver des moments complices avec ton père. Mais rien n'y faisait. Peut-être que si j'avais insisté davantage... Peut-être bien que tout cela ne serait jamais arrivé...

Un bruit de porte qui claque se fait soudain entendre, suivi du tintamarre d'objets qui s'éparpillent et d'une bordée de jurons. Annie soupire, mais sa voix se fait tendre quand elle s'exclame :

— Ah, ce Michel ! Toujours aussi maladroit !

C'est lorsqu'il pénètre dans la pièce, avec l'air interrogatif de celui qui se demande quel visiteur s'est invité dans sa maison, que Connie prend toute la mesure du temps qui a passé. Vingt-six ans, ce n'est pas rien, surtout à l'âge de Michel. Les cheveux poivre et sel ont laissé place à une masse hirsute aussi blanche que la neige. De lourdes poches cernent ses yeux ternis, tandis qu'une myriade de taches brunes constelle son visage. Tonton Mimi a bien vieilli. Il se contente d'un vague :

— Bonjour, madame.

Qui laisse deviner qu'il n'a nullement reconnu la petite fille devenue grande.

— Bonjour, Tonton Mimi.

Connie s'amuse de son regard étonné. Annie aussi laisse planer le mystère... jusqu'à ce que son impatience l'emporte, tout à son excitation d'annoncer leur hôte.

— Enfin, Michel, tu ne reconnais pas notre Connie ?

Michel s'exclame, aussi abasourdi que confus, s'excuse, mais Connie le rassure : elle a bien changé. Il prend des nouvelles, Connie leur raconte ce qu'elle est devenue, leur parle de L'Amapola.

— C'est grâce à toi, ça, Michel. Tu te souviens du temps que tu passais à parler de tes fleurs à Connie ? Tes roses trémières, surtout ! Qu'est-ce que tu les bichonnais ! Et dis-moi, ma Ninie, tu as un amoureux ? Et des enfants ?

Connie fait non de la tête, en cachant son cœur qui saigne au souvenir de David. Michel s'enquiert de Mat, alors Connie leur relate son histoire, *leur* histoire depuis qu'elle se souvient de son existence. Elle parle du Phénix, de Babeth, de Phil, moins d'Helen. Ses grands-parents de cœur l'écoutent sans broncher, sensibles au drame qui a brisé la famille dont ils ont été si proches. Une famille dont le socle, pendant des années, a été Phil. Connie en prend conscience alors qu'elle s'entend parler. Évoquer les faits leur donne une distance qui lui permet de les apprécier : Phil a été leur pilier, celui qui s'est occupé de chaque membre de la famille, tandis qu'Helen en était incapable. Cela lui fiche la trouille, tout à coup, d'imaginer la force mentale dont son père a dû faire preuve. Une femme fantôme, une fille au tempérament de feu, un fils handicapé dont il ne fallait pas parler devant sa fille. Pas le droit à l'erreur. Comment a-t-il pu tenir, seul, toutes ces années ?

Soudain, elle se trouve injuste de ne plus lui adresser la parole depuis qu'il lui a avoué la vérité. Qui est-elle pour le punir ainsi, elle qui s'est laissé porter par lui, lui qui a tout enduré sans jamais se plaindre, sans jamais faiblir ? N'est-ce pas indigne de sa part de vouloir du mal à la seule personne qui a fait en sorte toute sa vie durant de lui donner le meilleur ? Pourtant tout aurait été différent s'il n'avait pas fait ce choix égoïste et stupide de ne rien lui dire. Ils ont beau rejeter la faute sur Helen, Phil l'a bien acceptée, cette idée de l'écarter.

Il a eu vingt-cinq ans pour le lui dire.

Il a choisi le moment où elle n'a plus envie de laisser passer.

Tant pis pour lui.

Le repas en compagnie d'Annie et Michel est joyeux. Connie apprend qu'ils sont arrière-grands-parents de trois garçons et une fille. Annie a les yeux qui pétillent quand elle évoque sa descendance. Elle ne peut s'empêcher de sortir la tablette que ses cinq petits-enfants alimentent régulièrement de nouvelles photos.

En débarrassant la table, Connie jette un regard par la fenêtre. Les souvenirs des heures passées dans le jardin affluent, elle se revoit rouler dans l'herbe avec tout l'entrain dont elle était capable. Combien de fois sa nourrice a-t-elle nettoyé ses vêtements verdis, de peur que sa mère n'apprécie pas ses jeux salissants ! Connie aperçoit la balançoire, toujours suspendue au grand chêne. Elle se dit que les arrière-petits-enfants doivent être ravis de venir ici.

— Tu te souviens, Michel, quand j'ai grimpé dans l'arbre et que tu m'as luxé l'épaule pour m'en faire redescendre. Je devais avoir, quoi… cinq, six ans ?

— Oh oui, je me rappelle bien ! répond Michel en riant.

— Mais pas du tout ! Michel, ce n'est pas comme ça que ça s'est passé. Connie est montée dans l'arbre, puis elle est tombée de la première branche, sur son épaule. J'étais juste à côté, mais tout est allé si vite…

Le ton d'Annie est sec et cassant, il jette un froid dans la cuisine. Michel prend d'abord l'air surpris, puis balbutie quelques mots en croisant le regard de sa femme.

— C'est vrai, où ai-je donc la tête ? Heureusement qu'Annie est là, j'oublie les choses…

Un peu plus tard, les deux femmes montent dans la chambre d'amis pour préparer le lit de Connie. Cette dernière se sent soudain très lasse. Il lui tarde d'être à demain, pour tenter de faire éclore davantage de souvenirs. Pour l'heure, une question la tracasse :

— Tu as dit tout à l'heure que si tu avais pu aider Maman à sortir de la dépression, rien de tout cela ne serait peut-être jamais arrivé. De quoi voulais-tu parler ?

— C'est du passé, ma Ninie. Avec des « si », la vie serait tellement facile.

— Tu sais que c'est important pour moi. C'est pour ça que je suis ici.

Annie hésite, puis allume la lampe de chevet en plus du plafonnier – un geste machinal pour se donner une contenance.

— C'est ridicule… Je n'étais pas présente lors de l'accident. Je suis arrivée juste après…

Comme Annie se tait, Connie l'invite à poursuivre.

— Je te le répète, je n'étais pas là, tu ne dois pas prendre mes paroles pour argent comptant, mais j'ai toujours eu l'intime conviction que tu n'étais en rien responsable de la chute de ton frère.

Le rythme cardiaque de Connie s'emballe, elle prend la mesure des paroles de sa nourrice. Que veut-elle dire ?

— Qui serait responsable, alors ?

Annie hausse les épaules qui finissent par s'affaisser, comme si leur poids n'était plus supportable.

— Je le redis, je n'étais pas là.

— À part Maman, qui d'autre aurait pu ?

Annie secoue la tête, l'air impuissant, incapable de lui donner une réponse. La vieille femme prend Connie dans ses bras et murmure :

— Je te sens si agitée. Fais la paix avec toi-même. Tu es là pour ça.

Les paroles d'Annie résonnent dans sa tête bien après qu'elle lui a souhaité une bonne nuit. Seuls Mat, sa mère et elle-même se trouvaient sur les lieux de l'accident. Si ce n'est pas elle qui a poussé son frère dans le vide, une seule personne a pu le faire : sa mère.

Est-ce possible ?

Si oui, pourquoi ?

Un accident ou… Connie ne parvient pas à imaginer la seconde hypothèse. Une mère désemparée au point qu'elle en blesserait *délibérément* son enfant ?

Annie est arrivée sur les lieux après le drame… Comment peut-elle avancer une chose pareille ? Helen se serait-elle confiée à elle, ou bien a-t-elle vu plus que ce qu'elle veut bien laisser entendre ?

51

Les deux écheveaux

Mercredi 18 septembre 2019

Connie est réveillée aux aurores. Elle a bien dormi, même si la nuit a été courte. Le souvenir du message de David reçu la veille l'a sortie de sa torpeur dès qu'il a frôlé son esprit. Le sien plus que les autres.

Firmin a dû donner l'information de son départ précipité, elle ne sait pas à qui en premier, ni s'il est passé aux aveux de lui-même, mais la nouvelle s'est répandue comme une traînée de poudre. Occupée à discuter avec ses hôtes, Connie n'a pris connaissance des appels et des messages qu'une fois dans son lit. Il y avait Janelle et Phil, qui lui demandaient de faire attention à elle, Firmin qui voulait savoir si elle était bien arrivée et David qui lui avait envoyé ce court message :

N'oublie pas que je suis là si tu as besoin.

Elle a répondu à chacun d'eux en les rassurant et en insistant sur ce besoin vital pour elle : retrouver la petite fille qu'elle avait été pour la laisser s'exprimer. Qu'elle reprenne possession de son corps pour que l'adulte grandisse. Elle n'a pas raconté tout ça dans ses messages, ils la prendraient pour une folle. D'où vient cette façon de parler d'elle comme si elles étaient deux ? À croire que la schizophrénie la guette. Mais comment peut-il en être autrement quand il lui semble qu'une partie d'elle lui manque ? Trop de mystères l'entourent. Elle se sent bien ici, dans la maison qui a bercé sa plus tendre enfance. Là où elle a été choyée, où elle mangeait des crêpes, apprenait la nature, courait dans l'herbe et se laissait câliner par Tata.

Pourtant, des zones d'ombre planent tout autour. Pourquoi sa nourrice et son père s'évertuent-ils à lui faire croire qu'elle est tombée toute seule de l'arbre, alors qu'elle est persuadée que sa propre version est exacte ? Quand elle a rappelé l'anecdote à Michel, il n'a pas feint de s'en souvenir. Il n'a pas cherché à nier, à remplacer l'histoire par une fable, il a vraiment ri dans un même écho du passé. Mais Annie s'est empressée de rectifier. Pourquoi ? Quel mal y a-t-il à raconter la vérité ? Tonton Mimi ne l'a pas fait exprès…

Et puis il y a les mots d'Annie. Une confession voilée. Connie, selon elle, n'est pas coupable de la chute de son frère. Elle n'a pas non plus accusé Helen, elle laisse le soin à Connie de déchiffrer ses paroles. Peut-être cherche-t-elle à lui rafraîchir la mémoire. Ou à lui ôter un poids du passé. Helen n'est plus là pour rétablir la vérité, de toute façon…

À force de questions, le trouble ronge Connie. Elle ne se sent plus si bien dans cette maison accueillante. À cette pensée, la culpabilité la gagne. Ses grands-parents de cœur ne méritent pas ses doutes, alors qu'ils lui ouvrent si généreusement leur porte, malgré leur âge avancé. Des bruits de pas se font entendre dans le couloir, des robinets qui coulent dans la salle de bains, puis les marches de l'escalier qui craquent. Connie entend le tintement de la vaisselle dans la cuisine, les placards qui grincent. Elle devine qu'Annie est en train de préparer le petit déjeuner. Elle sourit à l'image de sa nourrice, soucieuse que tout soit en ordre, que son petit monde ne manque de rien. L'image de la perfection. Offrir le meilleur d'elle-même. Une femme serviable, qui a pourtant le dessus sur son Michel. Une porteuse de culotte aux petits soins pour son homme et ses hôtes.

Connie se lève et enfile son jean et son T-shirt pour aller prêter main-forte à sa nourrice, à supposer que cette dernière accepte son aide.

Annie a déjà rempli le grand plateau de bois de tasses, confitures, beurre, café et thé.

— Bonjour, Tata Ninie.

— Bonjour, ma Ninie. Tu as bien dormi ?

— Comme un loir.

— C'est bien. Michel va revenir, il est parti à la boulangerie.

— Je peux t'aider ?

— Tu peux emporter ce plateau sur la terrasse, il fait bon, profitons-en encore avant que l'automne arrive.

Connie s'exécute et les deux femmes discutent en attendant le retour de Michel. Il revient bientôt, les bras chargés de viennoiseries. Avec un haussement d'épaules, il explique qu'il ne connaît pas ses goûts. Après avoir déjeuné puis rangé avec Annie, Connie passe par la salle de bains, puis appelle Firmin à L'Amapola pour prendre des nouvelles. Il gère comme un chef et propose d'aller au MIN le lendemain matin à sa place, au cas où elle serait fatiguée. Connie proteste : elle compte bien rentrer dès sa visite à son ancienne maison terminée, et ce ne sont pas les quatre heures de route à suivre qui lui font peur. Connie entend dans le souffle qu'il retient tout ce qu'il ne lui dit pas : quand il évoque sa fatigue, il n'est pas question que de fatigue physique. Elle fait semblant de ne pas avoir relevé, lui raconte brièvement ses retrouvailles avec ses anciens voisins, puis raccroche non sans lui avoir promis d'être très prudente sur le chemin du retour. Désœuvrée, Connie rassemble rapidement ses affaires et boucle son sac. Elle s'assied sur le lit. Elle n'a pas envie de descendre discuter, une boule lui obstrue la gorge à mesure que le temps passe. L'angoisse monte, son ventre se serre. Elle guette l'heure sur son téléphone et la voix d'Annie qui lui indiquera que les voisins sont là, puisqu'elle ne peut pas voir la maison depuis sa chambre. Finalement, n'y tenant plus, elle descend pour aller faire un tour dans le jardin. En bas, Annie s'affaire à repriser un pantalon de Michel. Elle pose son nécessaire à couture sur la table et regarde Connie par-dessus ses lunettes :

— J'ai vu la voiture des voisins il y a une bonne demi-heure. Je leur ai laissé le temps de se poser. Si tu es prête, nous pouvons y aller.

Le cœur de Connie s'emballe dans sa poitrine. Elle ne s'attendait pas à ça.

C'est maintenant.

— Tu viens avec moi ?

— Je ne vais pas te laisser seule, ma Ninie.

Une femme d'une soixantaine d'années se présente sur le pas de la porte. Son allure de garçon manqué, sa silhouette menue et dynamique lui donnent l'air de ne pas tenir en place, Connie ne l'imagine pas du tout en cure.

Annie fait les présentations, la femme se fend d'un discret sourire en accueillant l'ancienne propriétaire des lieux, mais ne s'éternise pas :

— J'ai du rangement et des lessives à faire. Vous pouvez y aller, vous connaissez la maison. Roger est dans le garage, il répare mon vélo.

Après avoir jeté un dernier regard à Annie, la femme s'éloigne vivement. Connie comprend que la présence de sa nourrice rassure la propriétaire, c'est la raison pour laquelle elle la laisse aller et venir seule chez elle. Connie interroge Annie silencieusement, peu certaine de l'endroit qu'elle veut explorer en premier.

— Tu es sûre de toi, ma Ninie ? Il est encore temps de faire demi-tour et de tirer un trait définitif sur le passé.

Connie secoue la tête.

— Je dois le faire.

— Comme tu voudras. Alors je vais te laisser renouer avec ton ancienne maison. Je ne serai pas loin.

Connie remercie la vieille femme d'un signe de tête. La maîtresse de maison a disparu dans le sous-sol, où se cache sans doute sa machine à laver. Son mari est dans le garage, Connie a la maison pour elle. Elle commence par la cuisine. La pièce a été entièrement refaite. Les meubles en pin ont laissé place à une cuisine intégrée moderne grise et blanche. Pourtant, la façon dont le rayon de soleil tombe sur la table fait danser l'ameublement de la pièce. Il devient flou, s'efface et une grande table de campagne en bois apparaît. Elle est remplie de matériel de peinture. Les pots débordent de couleurs dégoulinantes, les verres d'une eau noirâtre où trempent encore quelques pinceaux. Une petite fille aux cheveux d'or, les mains tartinées de peinture, s'applique à suivre les traits du dessin réalisé par sa mère. En fond sonore, la chanson de Roch Voisine s'égrène et Helen chante. L'émotion étreint Connie. Les images ont l'air si réelles. À contrecœur, elle tourne les talons et s'engage dans l'escalier qui monte à l'étage. Annie n'est pas loin, Connie se demande si elle va gravir l'escalier à sa suite. Pourtant, elle oublie sa présence à mesure qu'elle pose un pied sur chaque marche. Elle glisse les doigts sur le lambris, repeint, mais toujours là. La rugosité des lattes réveille les pleurs de Mat. Elle les entend, alors qu'il s'égosille depuis sa chambre, au bout du couloir. Immédiatement, elle s'y rend. Lui chanter sa berceuse.

« Doucement, doucement, doucement s'en va le jour. »

Il a besoin d'être calmé, Helen est descendue laver du linge, elle ne l'entend pas. À moins qu'elle ne veuille pas l'entendre. À moins qu'elle ne soit cachée dans un coin de la maison, à pleurer. Connie presse le pas, Mat crie de plus en plus fort. Quand elle pousse la porte de sa chambre, elle ne grince plus. Un imposant bureau a remplacé le lit à barreaux, mais elle le voit quand même. La morve au nez, le visage inondé de larmes, Mat se tient debout dans sa turbulette. Un hoquet de surprise soulève sa poitrine lorsqu'il reconnaît sa sœur, puis il lui sourit. Ses pleurs cessent immédiatement, Connie se dit que c'est un petit coquin. Elle attrape le paquet de mouchoirs posé sur le sol et lui barbouille les joues en lui nettoyant le nez. Connie essuie ses larmes aussi, tout en caressant le mobilier de la pièce. Tout est calme.

Elle connaît la prochaine étape de son pèlerinage : le jardin avec le trou de la cave. Est-elle prête ? Découvrir chaque pièce réveille tant de souvenirs en elle. Passé et présent s'emmêlent, jusqu'à ce que les deux écheveaux s'emberlificotent tellement qu'ils se mélangent et qu'il est impossible de les distinguer l'un de l'autre. Il suffit juste de les dénouer patiemment, de façon à les attacher pour qu'ils ne fassent finalement plus qu'un. Que la vie de Connie tienne sur un même écheveau.

Elle repense aux paroles d'Annie :

« J'ai toujours eu l'intime conviction que tu n'étais en rien responsable de la chute de ton frère. »

Ces mots flottent dans sa tête. Elle ferme les yeux, immobile. Tout à coup, une image se dessine dans son esprit. D'abord trouble, elle devient de plus en plus précise. Non, ce n'est pas possible, il doit s'agir d'une erreur. Connie a envie de hurler, heureusement, aucun son ne sort. La scène qui s'impose à elle est bien là. Fruit de trop d'interrogations, de trop de larmes cachées, de trop de secrets. Ou réalité.

Sa mère. Devant le trou de la cave. Les yeux exorbités par la colère et la tristesse, elle tient Mat à bout de bras et le secoue vivement. Au-dessus du trou.

Connie rouvre les yeux. Doit-elle faire demi-tour ?

S'enfuir de cette maison maudite en courant. Reprendre la route et retourner chez elle. Laisser les deux écheveaux tout emmêlés ici, à jamais.

Les deux écheveaux…

Connie se redresse. Elle n'a pas fait tout ça pour rien. Elle est là pour une raison bien précise, elle ira jusqu'au bout. Même si les souvenirs qu'elle parviendra à rassembler doivent prendre des allures de cauchemar, elle le fera. Pour continuer à avancer. Ou pour sombrer, définitivement.

52

Rien ne vient

Mercredi 18 septembre 2019

Le trou de la cave ne ressemble plus vraiment à un trou. L'accès incommode par une échelle en acier qui plongeait deux mètres en contrebas a été dégagé, une partie du jardin a été creusée pour créer une allée qui mène à la porte de la cave. La pente douce est joliment protégée tout le long par des rambardes de bois au pied desquelles poussent des lavandes et des dipladenias jusqu'aux premiers barreaux, et du chèvrefeuille le long du treillage. L'odeur entêtante enveloppe Connie à mesure qu'elle s'avance, soutenue par Annie qui lui tient le bras. Elle jette un regard au fond du jardin dans le but d'apercevoir une petite fille sur son vélo rouge. Mais rien ne vient.

Une mésange s'époumone, Connie l'a repérée sur un des poteaux qui tient le fil à linge. D'ordinaire si proche de la nature, elle aurait pu rester ici des heures à l'observer. Mais pas maintenant. Les cris de l'oiseau l'empêchent de se concentrer. Connie a envie de plaquer ses mains sur ses oreilles pour se plonger dans son monde. En ce jour de janvier, vingt-six ans plus tôt, aucune mésange ne chantait dans le jardin. Aucun oiseau n'exprimait sa joie de vivre. De cela elle est certaine.

Connie se rapproche de l'ancien trou. Même si la configuration des lieux a changé, l'entrée de la cave se situe toujours deux mètres en contrebas de la terrasse. Elle essaie de calmer les tremblements qui la secouent, pour qu'Annie ne les sente pas. Cette dernière lui demande si ça va, si elle préfère faire demi-tour. Connie ne répond pas, elle ne veut pas manquer le sursaut de vérité. Elle se penche par-dessus la barrière. Annie s'agrippe à son bras comme si elle avait peur qu'elle bascule. Terrorisée, Connie s'attend à voir Mat qui gît en bas. Mais le trou est vide. Les pavés clairs de l'allée, impeccablement entretenus, sont exempts de feuilles mortes ou de traces noires de terre et de poussière. Un coffre de rangement est placé sous l'entrée couverte de la cave. Connie attend que les images la submergent avec le même flot irrépressible que dans la maison. Elle est prête pour l'électrochoc. Délibérément, elle tourne ses pensées vers la vision de sa mère, tenant Mat au-dessus du trou. Puis elle se force à s'imaginer, sur son petit vélo rouge, percutant son frère de plein fouet et le poussant au fond de la cave.

Le trou.

Toutes les forces de son esprit convergent vers ce lieu où tout a basculé.

Mais rien ne vient.

La mésange chante toujours. Un grand chat tigré se prélasse dans un coin ensoleillé de la terrasse, indifférent à cette proie trop haut perchée. Filou jappe un peu plus loin, se sentant abandonné par sa maîtresse, alors qu'il est injustement enfermé dans le jardin. Les doigts d'Annie serrent le bras de Connie dans une morsure glacée. À part les cris des animaux, tout est silencieux. Aucune voiture ne semble jamais passer sur la route déserte. Le calme de la campagne est envahissant, oppressant. C'est comme si la nature retenait son souffle en même temps que Connie, comme si elle essayait de se faire oublier pour que Connie parvienne à se souvenir. Seuls la mésange et le chien troublent le silence. Connie ne sait plus ce qui la dérange le plus : les cris des animaux ou l'absence de tout autre son ? Elle se concentre, le visage de Mat, immobile dans son fauteuil TDX, un casque sur les oreilles, danse devant ses yeux. Il lui sourit, comme s'il lui disait de ne pas s'en faire. Qu'elle est sa sœur, quoi qu'il arrive.

Où est passé le garçonnet blond qui courait dans tous les sens ? Celui qui pleurait ou criait à la moindre occasion. Celui qui voulait toujours les jouets de sa sœur, qui faisait tourner sa mère en bourrique. Où se trouve-t-il donc ? C'est lui qu'elle est venue voir, pas le Mat adulte, prisonnier de son corps.

Connie sent toutes les fibres de son être tendues à se rompre. La main d'Annie pèse sur son bras, elle-même appuie trop lourdement sur la barrière. Elle va finir par céder, son corps va s'écraser dans le trou de la cave, comme Mat. Elle a envie de hurler.

A-t-elle vraiment crié ? Tout à coup, la propriétaire des lieux apparaît et demande :

— Tout va bien ?

Le ton de sa voix n'est pas particulièrement inquiet, il s'agit plutôt d'une formule de politesse.

— Rentrons, conclut Annie en accentuant la pression sur le bras de Connie, comme si c'était encore possible.

Sa nourrice possède une poigne de fer, pour son âge. Incapable de s'y opposer, Connie se laisse guider, tout en hochant la tête en direction de la femme en guise de remerciement. Annie se confond en excuses et promet à sa voisine de revenir bientôt la voir. Un instant, Connie s'imagine en train de se faire réprimander comme lorsqu'elle était petite :

— Qu'est-ce qu'on dit à la dame, ma Ninie ?

Mais rien ne vient.

Comme pour le reste. Rien n'est venu.

Toujours cramponnée au bras de Connie, Annie s'enquiert, sur le chemin qui les ramène à la maison :

— T'es-tu souvenue de quelque chose ?

Connie secoue la tête de gauche à droite, la gorge tellement serrée qu'aucune parole ne parvient à franchir ses lèvres. Elle a besoin de s'allonger. Une fois à la maison, elle monte à l'étage et s'étend sur le lit. Les battements de son cœur affolé mettent du temps à s'apaiser. Connie ferme les yeux et tombe, à son tour, dans le trou sans fond.

Ses paupières papillotent à peine un quart d'heure plus tard. Son esprit lui a accordé quelques minutes de répit pour remettre tout en ordre. À présent réveillée, elle se sent mieux. La visite de la maison de son enfance s'est révélée beaucoup plus traumatisante que ce qu'elle aurait pu imaginer. Et retourner sur les lieux précis du drame lui a fait un mal de chien. Autant parce qu'il s'y est déroulé une atroce tragédie que parce qu'elle ne s'est souvenue de rien. Tous ses espoirs viennent de s'effondrer, comme le château de sable construit avec son père, qui avait fini englouti par la mer. Une soudaine envie de sortir sa cigarette du paquet l'étreint. Elle la combat en préférant appeler Janelle. Celle-ci répond dès la première sonnerie d'une voix tendue. Connie lui raconte sa matinée. Janelle désespère de ne pas être à ses côtés.

— Si tu me l'avais demandé, je serais venue avec toi, dit-elle.

Connie se veut rassurante, mais sa voix trahit ses émotions.

— C'est moi qui ai prévenu ton père, reprend Janelle. Nous sommes tous très inquiets. Tu me promets de ne reprendre ton Transit que lorsque tu seras sûre de pouvoir avaler les heures de route sans risque ? Tu auras d'autres occasions de connaître la vérité, d'accord ? Firmin m'a parlé de l'hypnose. On fera ce qu'il faut.

Connie a envie de lui répondre « Oui Maman », puis elle se dit qu'elle est bien plus que ça. Bien mieux que ça. Après avoir raccroché, elle se sent rassérénée. Elle attrape son sac et descend l'escalier. Elle n'a plus rien à faire ici. Elle n'a plus qu'une hâte : retrouver sa vie. Annie et Michel discutent à voix basse dans le salon, ils s'interrompent quand Connie fait irruption dans la pièce. Connie observe sa nourrice. Elle n'avait pas encore remarqué à quel point elle semblait fatiguée. Elle se demande soudain si sa visite était opportune, si la vieille femme est encore capable d'endurer de telles émotions ? Cette histoire a déjà dû lui causer beaucoup de peine par le passé, ne s'est-elle pas montrée égoïste en la mêlant à ses envies de remonter le temps ?

— Tu t'en vas, ma Ninie ? demande-t-elle en faisant bonne figure.

— On dirait bien.

— Tu as trouvé ce que tu cherchais, au moins ?

— Je vous ai revus, Michel et toi, ce n'est déjà pas si mal.

Connie ment, cela ne lui suffit pas. Peut-être que cela aurait pu être vrai si elle n'avait pas ressenti une inexplicable fêlure. Voilà maintenant qu'elle devient ingrate. Égoïste et ingrate. Comment pourrait-elle retrouver ses presque grands-parents, comme avant, comme si vingt-six ans ne s'étaient pas écoulés ? Connie s'approche d'Annie et la prend dans ses bras. Celle-ci l'étreint longuement, avant de lui souffler :

— Fais la paix avec ton passé, ma Ninie.

Les larmes aux yeux, elle lui caresse la joue de sa main froide et noueuse. Connie lui sourit et se tourne vers Michel pour l'embrasser.

— Attends, ma Ninie, tu ne vas pas partir comme ça. Va mettre tes affaires dans ta voiture, je vais te préparer un petit encas pour la route.

Michel l'accompagne jusqu'au Transit pour y déposer son sac, comme si elle ne pouvait pas le porter elle-même.

— Tonton Mimi, je peux te poser une question ?

— Mmm ?

— Tu te souviens de cette fois où tu m'avais fait jeter une branche dans le petit ruisseau en m'expliquant qu'avec pas trop d'embûches et beaucoup de chance, elle pourrait finir par atteindre l'océan ?

— Si je m'en souviens ! Tu m'avais interrogé des heures pour savoir quel itinéraire elle prendrait. J'ai même dû sortir ma carte de France quand on est rentrés à la maison.

C'est vrai, Connie avait oublié. Troublée, elle observe en silence Annie qui arrive à leur rencontre, un paquet enrobé de papier aluminium dans chaque main.

Elle voulait vérifier la fiabilité de la mémoire de Michel. Une chose est sûre, le vieil homme n'est pas sénile.

53

Confession

Vendredi 28 janvier 2011

Helen pénétra dans le centre du Phénix avec des nœuds dans le ventre, comme chaque fois qu'elle tardait trop entre deux visites. Mat avait eu vingt ans deux semaines plus tôt. Elle lui avait envoyé une carte postale, la plus jolie qu'elle avait pu trouver. Cela ne remplaçait pas sa présence, certes, mais qui avait besoin d'une personne sans entrain comme elle pour fêter son anniversaire ? Vingt ans, un si bel âge…

Quand elle était petite, sa mère fredonnait souvent « *On n'a pas tous les jours vingt ans…* » Cette dernière n'avait pas pu lui chanter, quand elle-même avait eu vingt ans. Et puis voir Mat dans un fauteuil à l'âge où la liberté soufflait sur sa peau comme un air de musette… L'âge où on aime, où on vit intensément. C'était un peu tout cela qui avait empêché Helen de se rendre au Phénix. Phil désapprouvait ses absences, mais il avait au moins la délicatesse de ne plus lui faire de remontrances. Il savait sans doute que c'était inutile. Pourtant, elle lisait dans ses yeux ce qu'il pensait : elle se prenait pour le souffre-douleur, érigeait Mat en martyr, alors qu'il lui suffisait juste d'accepter la situation et d'aller de l'avant. Comme lui le faisait depuis dix-huit ans.

Le regard d'Helen fut attiré par celui de Babeth qui, assise à côté de Paco dans le salon, tournait les pages du journal à mesure que le doyen lisait. L'expression de Babeth était lourde de reproches. Elle avait sans doute lu la carte à Mat, mais elle ne comprenait pas l'absence. C'était normal, il n'y avait rien à comprendre. Helen la salua d'un bref signe de tête, déstabilisée par cet accueil glacial.

Babeth était aux antipodes d'Helen. Cette dernière l'admirait autant qu'elle la craignait. Babeth était comme une lionne, capable de se battre toutes griffes dehors pour défendre sa progéniture contre le reste du monde. Sauf que Babeth n'avait pas d'enfant. Helen avait toujours senti ce lien étrange qui l'unissait à son fils : l'infirmière prenait soin de Mat avec une attention particulière, qu'elle n'accordait à aucun autre patient. Mat était rassuré en sa compagnie. Il cherchait son regard, sa présence, plus encore que ceux de sa propre mère. Quand Helen avait compris cela, son cœur s'en était trouvé meurtri comme s'il avait été marqué au fer rouge. Elle avait mis plusieurs semaines à s'en remettre, puis elle avait dû se rendre à l'évidence. Mat n'avait que cinq ans à l'époque et il ressentait déjà que sa mère n'était pas capable de lui donner ce dont un enfant a besoin. Alors, bien qu'il lui en ait coûté, Helen avait apostrophé Babeth un jour en repartant chez elle :

« Vous aimez mon fils ? »

Babeth avait eu l'air surprise.

« Bien sûr que j'aime beaucoup Mat. Qui serait insensible à un petit garçon si attachant ?

— Je ne vous parle pas de simple affection, Babeth. Je vous parle d'amour maternel. Je sais que vous n'avez pas d'enfant.

— Je ne vois pas où vous voulez en venir…

— Je ne vous le reproche pas, mais je sais que vous prenez Mat sous votre aile parce que vous trouvez mon attitude inadmissible.

— Je ne vous juge pas, Helen.

— Vous devriez. Car moi je me juge et je sais que je fais mal. Alors je vous demande une chose : occupez-vous de lui. Pas comme vous le feriez avec n'importe quel autre enfant parce que c'est votre métier, mais comme une mère normale le ferait avec son propre enfant. Je serai toujours sa mère biologique, mais vous êtes celle que je ne suis pas pour lui. »

Babeth avait longuement observé Helen. Attendait-elle le moment où celle-ci se fendrait d'un sourire narquois pour lui avouer qu'elle blaguait ? Babeth avait réfléchi, puis elle avait acquiescé lentement. Sans jamais demander plus, elle s'était occupée de Mat comme de son propre fils. Elle avait accepté le seul enfant que Dieu lui donnerait, dans une situation ambiguë qu'elle n'avait jamais cherché à éclaircir. Elle avait dit oui, sans poser de question, sans rien demander en contrepartie. Juste parce qu'elle l'aimait du fond du cœur.

Helen, elle, avait confié son fils avec une facilité déconcertante, qui avait contribué encore un peu plus à sa dégringolade. Dans les méandres de son esprit malade, elle s'était imaginé avoir offert une nouvelle famille à Mat, avec son papa et une nouvelle maman. C'était tous les trois qu'ils devaient fêter les anniversaires de Mat. Comme si Phil partageait désormais sa vie entre deux foyers.

Quand Helen entra dans le petit salon de Mat, il écoutait de la musique, le casque sur les oreilles, les yeux fermés. Elle resta un instant à l'observer. Son visage était paisible, il semblait s'être évadé de son corps. Il était si beau. Une beauté insolente, sauvageonne. Comme Connie. Helen sourit juste au moment où Mat ouvrait les yeux. Il ne l'avait pas entendue, mais il avait senti sa présence, il était doué pour cela.

Helen lui demanda si elle pouvait arrêter la musique. Il acquiesça prudemment, il devait se demander ce qui lui valait l'honneur de sa visite.

— Joyeux anniversaire, mon grand.

Mat ne cilla pas. Il observait Helen en silence.

Mat n'acceptait jamais longtemps la présence de sa mère. Il finissait souvent par ne plus lui répondre pour couper court à la visite, ou pire, se mettait à crier pour que Babeth vienne le délivrer. Cette dernière ne rabrouait jamais Helen, quand il faisait cela. Elle lui souriait, un peu gênée, et Helen s'en allait. Sans doute éprouvait-elle de la compassion pour elle. *Elle se comporte comme celle qui a gagné*, songeait parfois Helen avant de se ressaisir. Elle était injuste, c'était elle qui lui avait demandé de s'occuper de Mat.

Ce jour-là, Helen pensa que Mat allait lancer son cri d'alerte dès qu'il l'aurait vue entrer. Il la punirait de ne pas être venue lui souhaiter son anniversaire plus tôt. Même dans son mutisme, Mat savait lui mener la vie dure. Elle prit sa décision ce jour-là, dans une impulsion.

— Mat, pour tes vingt ans, je voudrais te raconter une histoire. C'est une vilaine histoire. Elle parle de toi. De toi quand tu avais deux ans. C'est un secret, Mat. Celui que je n'ai jamais dévoilé à personne. Je sais que tu ne diras rien. Je voudrais juste que tu comprennes, Mat. Écoute-moi. Laisse-moi te raconter…

54

Le carnet

Mercredi 18 septembre 2019

Connie coupe enfin le moteur, devant L'Amapola. Elle est épuisée, la route a été longue, elle a été obligée de s'arrêter plusieurs fois. Son esprit la torturait à tel point qu'elle ne parvenait pas à se concentrer sur sa conduite.

Il est à peine dix-huit heures. Connie passe par la porte de service et constate que l'arrière-boutique est en ordre. Pas de papier de soie mélangé avec du crépon ou du papier kraft, les rouleaux de bolduc, raphia ou fil déco sont parfaitement alignés les uns à côté des autres. Elle entend la voix de Firmin qui, égal à lui-même, disserte sur la météo d'ici et d'ailleurs avec une cliente au timbre inconnu. Connie pénètre dans la boutique. Elle salue son employé, qui lui sourit, à la fois rassuré et impatient d'en savoir plus. Connie s'occupe des clients qui attendent. Quand elle pense avoir enfin le champ libre pour raconter à Firmin son voyage périgourdin, la clochette tinte encore. C'est Vincent Ambrosini. Connie est toujours heureuse de recevoir sa visite. Elle connaît bien sa compagne, Rachel, qui a grandi à Vouvant elle aussi. Le couple s'est retrouvé depuis peu, après que Vincent a passé six ans à se faire passer pour mort. Une histoire rocambolesque que Rachel a racontée dans un livre, *Six ans à t'attendre*.

Comme la plupart des Vouvantais, Connie l'a lu. Vincent vient de temps en temps à la boutique acheter un bouquet pour Rachel, juste pour le plaisir. Aux yeux de Connie, le couple représente tout ce dont elle rêve. À croire que ce n'est pas qu'une simple fable. Ça existe vraiment. Si seulement elle avait pu essayer, avec David. Quand Vincent pose sur elle ses yeux de husky, elle pense à David et à son regard de braise.

— Je viens acheter des fleurs, annonce Vincent, qui ne parvient pas à se débarrasser d'un immense sourire contagieux.

— Désolé, mon cher monsieur, nous ne vendons pas de cela ici, ironise Firmin.

Connie n'a pas besoin de regarder Firmin pour deviner que tous ses sens sont en alerte. Elle le connaît bien maintenant. Elle a soudain envie de rire.

— Je suis papa, poursuit Vincent.

C'est vrai, Connie avait oublié que Rachel devait bientôt accoucher. Les fleuristes se répandent en félicitations et en mines extasiées, quand Vincent leur montre quelques photos de son petit Milo sur son téléphone. Connie conseille un bouquet blanc pour un petit garçon, en évitant les lys, beaucoup trop odorants. Elle lui confectionne un magnifique bouquet, celui qu'elle aimerait recevoir à la place de Rachel. Après tout, ils méritent bien cela.

Ce n'est qu'après le départ de Vincent, et que Firmin s'est pâmé d'admiration à l'évocation de ses yeux bleus, que Connie lui raconte enfin sa virée à Sarlat.

À sa grande surprise, il n'est pas déçu par la conclusion de l'aventure :

— Vous vous attendiez à une révélation immédiate, mais avez-vous imaginé un seul instant que les verrous de votre esprit pourraient céder seulement après coup ? Un rêve, une image, une intuition. Ce que vous cherchez ne vous a pas sauté aux yeux, mais cela ne veut pas dire que tout est perdu.

Ma chère Connie, vous êtes impatiente, et je le comprends. Mais laissez-vous du temps. Vous me paraissez frustrée de votre visite, et pas seulement à cause de votre mémoire toujours défaillante… Vos retrouvailles avec votre ancienne nourrice n'ont pas été à la hauteur de vos espérances ?

— Si, si… J'ai été bien accueillie.

Firmin lui lance un regard insistant. Sa réponse ne lui suffit pas.

— C'est que… depuis que mon passé à Sarlat m'est revenu en mémoire, je m'imaginais qu'un lien plus fort m'unissait à mes presque grands-parents. Dans mes souvenirs, il y avait ce petit je-ne-sais-quoi que je n'ai pas retrouvé.

— Je vois…

— Pourtant, je sais bien qu'ils ont vieilli. Ça ne peut pas être comme avant, déjà parce que cela faisait tant d'années qu'on ne s'était pas vus. Ils ont leurs propres petits-enfants et arrière-petits-enfants. Au fond, je n'ai jamais fait partie de leur famille. Je crois que j'ai finalement tout gâché en allant là-bas.

— Mais non, mais non. Vous n'allez pas me jouer le couplet de Calimero : « Je suis une petite fille mal aimée et seule au monde. »

Surprise par la réflexion de Firmin, Connie redresse la tête. Elle comprend que derrière son air ironique, il essaie de la pousser dans ses retranchements pour la forcer à redevenir une battante.

— Tu m'as demandé ce que je ressentais, je confesse mon désarroi, monsieur On-n'a-pas-le-droit-de-flancher.

— Non, je ne vous accorde pas ce droit, parce que trop de personnes autour de vous en souffriraient. Nous avons tous besoin de vous, comme vous êtes. Alors cessez de ruminer ce fichu passé et concentrez-vous sur l'avenir radieux qui vous attend, si vous vous décidez enfin à être plus indulgente avec vous-même.

Connie bougonne tout en faisant mine d'enlever quelques feuilles sèches à un géranium.

— Tout est parfaitement en ordre dans la boutique, alors ne faites pas semblant de travailler. Et ne me dites pas le contraire, je risquerais de m'en offusquer. Maintenant, vous allez monter vous reposer. Je m'en suis sorti comme un grand hier, je devrais encore en être capable aujourd'hui. Les cernes sous vos yeux ne vont pas disparaître comme par enchantement. Et demain, je vais au MIN à votre place, je ne vous en laisse pas le choix.

Connie a envie de riposter. Mais soudain, ses épaules s'affaissent et elle ressent une immense fatigue l'envahir. Le ton catégorique de Firmin lui refuse toute réplique. Elle se sent tellement reconnaissante de pouvoir compter sur lui. Alors elle obtempère sans broncher, se contentant de lui sourire en passant devant lui.

— Là, là. Vous me remercierez plus tard, marmonne-t-il, gêné, avant de se saisir du balai.

Ce sont des coups frappés à sa porte qui tirent Connie de son sommeil. Elle s'est endormie sur le canapé ; le livre qu'elle n'a pas réussi à ranger avant de fermer les yeux a glissé sur le sol. Un coup d'œil sur sa montre lui indique que Firmin a fini son nettoyage, il vient probablement la voir avant de partir. Juste pour s'assurer qu'elle va bien, ou pour lui laisser un message. Elle va ouvrir et tombe nez à nez avec son père. Elle ne s'attendait pas à cette visite, son premier réflexe est de repousser la porte.

— Attends, s'écrie son père en avançant le pied pour bloquer le battant.

Il appuie sur la porte pour l'ouvrir en grand, elle croise les bras sur sa poitrine pour lui signifier qu'elle n'est pas prête à le laisser entrer. Ils restent ainsi face à face de longues secondes. Le regard de son père, désolé, semble lui demander pourquoi elle le déteste à ce point. Mais ce n'est pas cela qui serre le ventre de Connie. Ses yeux sont rouges et gonflés, il a pleuré. Son père ne pleure jamais. Elle se demande ce qui lui arrive et soudain, elle pense à Mat. Serait-il arrivé quelque chose ? Désemparée, elle laisse ses bras tomber le long de son corps et son visage se radoucit. Phil lit sans doute l'inquiétude qui la traverse, car il s'empresse de s'expliquer :

— Janelle m'a supplié de faire quelque chose pour toi. Je ne pouvais rien t'apprendre de plus, je ne savais pas comment t'aider. Et puis j'ai pensé qu'il était peut-être temps pour moi de trier les affaires d'Helen… Je n'ai pas réussi à le faire depuis deux ans. J'ai donc trié, et j'ai trouvé ce carnet.

Phil tend à sa fille un petit cahier de cuir noir, fermé par un élastique de même couleur. Connie lève une main tremblante pour s'en saisir.

— Je crois qu'il te revient. Tu trouveras sans doute ce que tu cherches à l'intérieur…

Phil fait demi-tour, puis s'éloigne et descend l'escalier. Elle entend le claquement de ses semelles jusqu'en bas, puis il salue Firmin qui termine son travail, et referme la porte de service derrière lui.

Connie reste longtemps sur le palier, le carnet serré contre sa poitrine. Son père a pris connaissance de son contenu, et cela l'a fait pleurer. Larmes de soulagement, de souffrance ? Que va-t-elle découvrir à l'intérieur d'un si petit cahier ? Quelques pages pour la vérité. Tout ne tenait donc qu'à ça. Lentement, Connie referme sa porte d'entrée et la verrouille. Puis elle se dirige vers le canapé et s'y assoit. Ses gestes, semblables à ceux d'un automate, lui paraissent déconnectés de son cerveau. Corneille choisit ce moment pour grimper sur les genoux de sa maîtresse et s'y lover. À défaut d'un autre soutien, elle a au moins celui de son chat. Avec une infinie précaution, Connie ouvre le carnet. Comme si elle avait peur qu'un geste brusque n'efface les mots, ou que ceux-ci ne lui sautent au visage. Puis elle se met à lire. Et c'est ce qui se passe. L'intensité des mots écrits par Helen la submerge tandis que les derniers verrous de sa mémoire cèdent.

Elle lit, en même temps qu'elle revit la scène.

Comme si elle était redevenue la petite fille blonde au vélo rouge.

55

Au-dessus du vide

Mercredi 13 janvier 1993

Les frêles rayons du soleil avaient dévoilé un paysage enveloppé de blanc. Non pas de neige, mais d'une gelée tardive formée au petit matin. Le temps semblait aussi figé que la nature elle-même, engourdie par le froid de l'hiver après des semaines de pluie.

Connie était heureuse de s'imaginer enfin courir et jouer dehors. Elle en avait assez de regarder la télé, Steffie n'en pouvait plus d'être nourrie cinq fois par jour, ou pire, de se faire tirer les cheveux par Mat. La veille, il avait failli lui arracher un bras, Connie s'était mise à hurler si fort que son frère avait lâché le bout de plastique en ouvrant des yeux aussi ronds que la poupée.

Ce matin, Mat n'avait pas semblé aussi enthousiaste que Connie. La petite fille en arrivait à soupçonner que sa bonne humeur incommodait l'esprit contradictoire de son frère. Cela avait commencé dès le petit déjeuner, quand il avait décrété qu'il ne voulait pas boire son lait. Helen avait insisté pour qu'il termine son biberon, mais Mat s'était mis dans une colère noire. Sa mère avait tenu bon et l'avait laissé dans sa chaise haute. Il gigotait tellement, cherchant en permanence à se libérer de l'étreinte de la ceinture de protection, que parfois il réussissait à s'en extirper, en jouant au ver de terre. Helen avait dû resserrer la lanière car aujourd'hui il n'y arrivait pas. Son impuissance le rendait de plus en plus furieux. Il n'avait pas trouvé d'autre solution que de jeter son biberon sur le sol. En tombant, celui-ci s'était ouvert, répandant du lait cacaoté un peu partout dans la cuisine. Helen s'était contenue. Elle avait pris une profonde inspiration avant de se mettre à nettoyer. Son geste avait calmé Mat, qui pointait du doigt le lait renversé et répétait d'un ton catégorique tout en secouant la tête :

— Lait, non. Lait pas bon.

Une vraie tête à claques.

Connie avait déserté la cuisine dès qu'elle avait compris que la situation allait inévitablement dégénérer. Elle n'avait jamais vu sa mère gagner lors d'un rapport de force avec son frère.

Connie avait ensuite attendu que tout le monde soit lavé et habillé pour réclamer à sa mère une balade dehors. Cela faisait des semaines qu'elle n'était pas montée sur son vélo rouge, cela lui manquait. Son père n'avait pas réparé les freins, ils crissaient toujours, mais fonctionnaient encore. Helen n'avait manifestement pas très envie de sortir, mais après un regard à ses deux lions en cage, elle avait fini par céder.

— On va faire un tour dans le petit chemin, Maman ? Allez, s'il te plaît !

Helen était allée chercher la poussette dans le garage, Mat dans les bras. Elle avait essayé de l'y installer, mais il jouait de nouveau les vers de terre. Il criait, se cambrait, tentait de se mettre debout pour s'échapper. Déjà échaudée par l'altercation du petit déjeuner, Helen avait vite baissé les armes.

— Tu peux faire du vélo dans le jardin, Connie ?

— J'aime pas faire du vélo dans le jardin. Il est plein de bosses et ça me tape les fesses. On peut pas plutôt faire une balade ?

— Ton frère ne veut pas rester dans sa poussette et je ne me sens pas la force de le porter.

— Il a qu'à marcher, ronchonna-t-elle en fronçant ses grands yeux verts.

— Tu sais bien que ses petites jambes ne le porteront pas longtemps. Connie, tu es une grande fille, fais ce que je te demande.

— Mais y a le trou…

— Eh bien, tu fais attention. Tu sais qu'il est là, tu ne joues pas à côté, c'est tout, conclut Helen d'une voix lasse.

Le trou, c'était l'entrée extérieure de la cave aménagée sous la terrasse qu'on pouvait atteindre en descendant par l'échelle fixée au mur. Auparavant, le trou était protégé par des rambardes de fer, mais elles étaient toutes rouillées, aussi Phil les avait-il enlevées pour y faire installer autre chose de plus esthétique et de plus solide. Il avait fait appel à des artisans expérimentés. Mais ceux-ci avaient pris du retard dans leurs chantiers après les fêtes, à cause des intempéries. Ils avaient décalé leur intervention chez les Legrand d'une semaine.

Sauf que Mat avec son esprit provocant aimait les interdits. Comme sa mère avait dit non, il prit un malin plaisir à courir en direction du trou. Helen le rattrapa prestement et lui serra fort la main.

— Non, Mat, ce n'est pas un jeu. C'est dangereux.

Le poing fermé de Mat cachait quelque chose, qu'il balança en direction de l'interdit. Un caillou alla s'échouer dans la pelouse juste devant.

— 'Aillou ! Ma' veut !

Sa petite main se tortilla pour se dégager et, à peine libéré de l'étreinte de sa mère, il s'élança devant lui. Il ne courait pas bien vite, mais il n'avait pas une grande distance à parcourir pour atteindre le caillou qu'il venait de lancer, et il réussit à l'attraper avant que sa mère ne le soulève de terre.

Là, il réitéra l'expérience. De toutes ses forces, il jeta la petite pierre, qui atterrit dans l'herbe, un peu plus près du trou. Mat se mit à rire et à se trémousser dans tous les sens. Connie allait et venait au fond du jardin, sur son petit vélo rouge. Ses fesses tapaient sur la selle, à cause du terrain cahoteux, mais elle s'en fichait. C'était trop bon de sentir le vent dans ses cheveux, l'air glacé vivifiant qui pourtant lui engourdissait les doigts. Quand elle entendit son frère s'esclaffer, elle demanda :

— Qu'est-ce que tu fais, Mat ?

Le petit garçon cria de contentement et s'exclama :

— Aillou, Ninie, gad' !

Prise au jeu de son fils, Helen accepta de le reposer au sol. Mat ramassa le caillou et le lança à nouveau vers le trou. Il aimait jeter des pierres dans le petit ruisseau qui courait un peu plus loin. De la même façon, il voulait tenter l'expérience du vide. La petite pierre n'atteignit toujours pas son objectif, mais se rapprocha inexorablement du trou. Le jeu dura ainsi quelques minutes. Helen pensait qu'il n'était pas prudent de laisser son fils jouer dans un endroit si dangereux, mais elle le surveillait, alors que pouvait-il bien lui arriver ? Et puis l'entendre rire et pousser de petits cris satisfaits était si rare, elle ne pouvait se résoudre à mettre fin au jeu et à réveiller son caractère de cochon. Connie riait derrière elle. Elle allait et venait, chantait d'une voix tremblotante à cause des bosses, et de temps en temps, faisait crisser les freins de son vélo.

Puis, soudain, Mat lança le caillou au fond du trou. Il était parvenu juste devant. Un petit bruit à peine audible signala sa chute. Mat se pencha un peu en avant pour voir ce qu'il était devenu, sa mère le tira par le bras. Le jeu était fini, il n'y avait plus de caillou. Helen profita de l'instant pour prendre son fils dans ses bras. Mais Mat n'en avait pas envie. Il voulait continuer à jeter la petite pierre, encore et encore. C'était amusant, pourquoi fallait-il s'arrêter ?

Mat hurla, pleura, se mit à labourer le ventre de sa mère de violents coups de pied. Helen sentit le barrage céder. Elle était à bout de nerfs. Elle supportait sans broncher le comportement de cet enfant, rendu roi sans doute par sa faute. Cela ne pouvait plus durer. Pour éviter les coups de pied rageurs de son fils, Helen tendit les bras et le plaça à bonne distance de son ventre. Puis elle se mit à crier plus fort que lui en le secouant pour le faire taire :

— Tais-toi ! Mais tu as fini de pleurer ? Quand arrêteras-tu de me pourrir la vie ?

Mat se tut immédiatement. La colère qui grondait dans la voix de sa mère était tellement inhabituelle que cela suffit à le clouer sur place. Mère et fils se regardèrent un instant, figés.

L'une tremblante de fureur, tenant à bout de bras son enfant.

L'autre, un sentiment de surprise peint sur le visage, suspendu au-dessus du vide.

L'un comme l'autre aussi inconscients du danger.

56

Comme avant

Mercredi 13 janvier 1993

Le temps, suspendu, semblait s'étirer à l'infini. Une éternité. Même le petit vélo ne faisait plus aucun bruit, pétrifié dans un mouvement de stupeur.

Ce fut Helen qui réagit la première. Elle reposa Mat sur le sol, sans ménagement. Le petit garçon, surpris par la brusquerie de son geste, perdit l'équilibre. Il vacilla dangereusement à côté du trou, comme un épi de blé qui plie sous le vent.

Un cri retentit.

Puis tout alla très vite. Helen attrapa Mat par le bras et l'attira à elle pour éviter qu'il ne tombe. Son cœur tambourinait dans sa poitrine, elle venait seulement de prendre conscience qu'elle avait mis la vie de son fils en danger. Elle allait le serrer très fort contre elle, quand la voix d'Annie, qui venait de crier, éclata, aussi foudroyante que l'éclair :

— Comment peux-tu être aussi inconsciente ?! Tu m'as fichu une peur bleue ! Est-ce que ce sont des endroits pour jouer avec un enfant de deux ans ! Enfin, Helen, mais où as-tu donc la tête ? Il serait temps que tu te réveilles et que tu te secoues un peu !

Helen accusa le coup. Les mots durs s'engouffrèrent dans son esprit, s'insinuèrent dans son cœur, la vidant de sa colère. Ses failles de mauvaise mère s'entrouvririent un peu plus, laissant les plaies béantes à vif. Annie, la patiente nourrice qui ne montrait toujours que le meilleur d'elle-même, venait de la découvrir sous son pire jour. Helen se sentait comme mise à nu à son insu, contrainte d'afficher l'horreur de ses blessures devant sa voisine. La honte qui s'emparait d'elle était si cuisante qu'elle lui ôtait les mots de la bouche. Elle se sentait minable. Elle n'était rien.

Alertée par les cris d'Annie, Connie avait repris son vélo et roulait dans leur direction. La fureur qui agitait sa mère semblait s'être déplacée chez sa nourrice, un peu comme le font les vases communicants. Bizarrement, celui que personne n'entendait, c'était Mat. De là où elle se trouvait, Connie ne pouvait pas le voir, il était caché par Annie. Le coquin s'était faufilé et s'apprêtait à fausser compagnie aux deux femmes qui ne se lâchaient pas du regard. Annie détourna le sien pour surveiller Mat, qui avait disparu de son champ de vision. Comme elle pivotait sur elle-même, sa jambe buta contre quelque chose. Son sang se glaça avant même qu'elle n'ait eu le temps de comprendre ce qui venait de se passer.

Et ce qui allait se passer, inexorablement.

Helen réagit avant elle, tendant les bras en avant dans un geste désespéré. Connie arriva à ce moment-là, faisant crisser ses freins.

Toutes les trois assistèrent à la scène, spectatrices épouvantées.

Il était trop tard.

Helen n'avait pas été assez rapide. Le bruit qu'émit le corps de Mat en touchant le sol après une chute de plus de deux mètres, toutes les trois ne pourraient s'en défaire durant les semaines qui suivraient. Et puis surtout il y eut cette attente interminable entre la chute et les pleurs censés suivre. Sauf qu'aucun son ne leur parvint. Mat ne cria pas. Ne pleura pas.

Annie, le visage crispé par une panique grandissante, se tourna vers Connie et l'interpella d'une voix forte et assurée :

— Connie, qu'est-ce que tu as fait ?

Tout d'abord, Connie ne comprit pas. Elle voulut se défendre. Elle n'avait rien fait de mal, ce n'était pas sa faute si Mat était tombé. C'était elle, Annie, qui avait buté contre Mat et l'avait poussé dans le vide. Puis elle se ravisa. Un adulte l'accusait et cet adulte, c'était Annie, la nourrice qui prenait soin d'elle depuis qu'elle était bébé. En plus, sa mère ne prenait pas sa défense, elle donnait tacitement raison à Annie. Les grandes personnes savaient ce qui était bien ou mal. Elle, elle était trop petite, elle ne se rendait pas compte. Si Annie soutenait qu'elle avait renversé Mat, alors c'était vrai. Elle était coupable.

C'était à cause d'elle qu'Annie avait poussé Mat.

Étrangère à ces considérations, Helen s'était précipitée en bas pour rejoindre Mat. Connie s'approcha du trou, hésitante. Son frère gisait, allongé sur le dos comme s'il dormait. Sa tête était tournée sur le côté et son bras droit était plié d'une façon étrange, comme si ses os avaient été montés à l'envers. Mais il n'y avait pas de sang. Connie pensa à un ange tombé du ciel. Helen s'activait en sanglotant autour du petit corps. Elle se penchait pour écouter son cœur, prenait la menotte gauche pour palper le poignet, hurlait le prénom de Mat, comme pour le réveiller de son sommeil.

— Ne reste pas près du trou, ma Ninie ! Un accident, ça ne te suffit pas ? Je vais appeler les pompiers, écarte-toi d'ici !

Le ton était sec et cassant, jamais Tata Ninie ne lui avait parlé comme ça. C'était normal, elle avait peur, comme elle en ce moment. Même si à son âge elle n'avait pas pleinement conscience de la situation, elle sentait que ce qui venait de se passer était très grave, et que rien ne serait jamais plus comme avant.

Quelques minutes plus tard, le jardin fut envahi par des messieurs en uniforme rouge, d'autres en bleu. Un grand gaillard barbu vint parler à Connie. Il voulait qu'elle lui raconte ce qui s'était passé. Mais Connie n'en avait pas envie. Si elle disait la vérité, ce qu'elle avait vraiment vu, elle trahirait la parole d'Annie. Cette dernière serait forcément très fâchée. Connie n'avait pas non plus envie de mentir. Alors elle s'enferma dans le mutisme.

Son petit frère avait été placé sur une civière. Où l'emmenait-on ? Elle aurait voulu qu'on le lui explique, mais personne ne prenait le temps de lui parler. Helen était montée dans le camion de pompiers avec Mat, Annie parlait avec des gendarmes. Seul le monsieur barbu s'occupait d'elle, mais elle n'avait rien à lui dire.

Elle voulait sa maman, elle voulait son papa.

Elle voulait Mat. Mat qui pleurait, qui criait. Mat qui vivait.

Comme avant.

57

Les mots d'Helen

Mercredi 18 septembre 2019

Une sueur froide coule dans le dos de Connie, entre ses omoplates. Secouée de violents spasmes, elle hoquète, les yeux secs. Comme en transe, elle revit l'accident, ses yeux exorbités parcourant avec avidité le carnet. Elle éprouve toujours cette peur que les mots disparaissent si elle n'est pas assez rapide. Mais peu importe à présent, puisqu'elle se souvient. À bout de souffle, elle ferme les yeux un instant et s'appuie contre le dossier du canapé. Elle grimace au contact désagréable de son T-shirt trempé sur son dos. Corneille a depuis longtemps déserté les genoux de sa maîtresse, estimant que la quiétude de son repos ne pouvait être respectée. Connie reprend ses esprits. À présent, elle sait tout. Mat est tombé dans le trou de la cave, mais ce n'était pas sa faute. C'est Annie, la coupable, c'est elle qui l'a poussé. C'était un accident. Et pourtant, elle a rejeté la faute sur Connie. Sa réputation de nourrice, d'épouse et de mère parfaite s'est retrouvée menacée, alors elle a préféré accuser une fillette de sept ans. Les doigts de Connie tremblent à cette pensée.

Elle reprend la lecture du carnet là où elle s'est arrêtée. L'écriture d'Helen couvre encore quelques pages. Cette fois, les mots s'adressent à elle.

20 octobre 2013

Connie,

Si un jour tu lis ces mots, c'est que soit j'aurais enfin trouvé le courage de ne plus être cette mère-loque, comme je te l'entends dire parfois à ton père, soit je ne serais plus de ce monde. La manière dont tu me considères a beau me faire beaucoup de peine, je sais à quel point tu as raison. À quel point j'ai tout raté. Je regrette, si tu savais. Mais je n'ai jamais trouvé la force de rectifier le tir. Ton père, comme tout le monde, pense que c'est toi qui as accidentellement poussé ton frère dans le vide. Il s'en veut de ne pas avoir pris le temps de réparer tes freins. Toi tu t'en es voulu à tel point que tu as préféré occulter le passé. Comment revenir sur tout ça ? Comment dire, vingt ans après, que cette version n'est pas la bonne ? Que j'ai accepté de cacher la vérité ? Je sais que je n'ai pas d'excuse, mais j'aimerais que tu essaies de me comprendre. J'étais seule, Connie. Terriblement seule. Je n'avais personne sur qui compter, et Annie m'a menacée : elle m'a dit que si je racontais la vérité, elle dirait que je voulais me débarrasser de mon fils. On m'aurait enlevé votre garde. On m'aurait emprisonnée. Tout cela aurait pu paraître vrai, après tout. J'étais si malheureuse depuis ma deuxième grossesse. Avec Annie, nous n'avons jamais prononcé les vrais mots, jamais dit que c'était elle qui avait poussé Mat. Comme si c'était un tabou. De la même manière qu'elle ne nous a pas tout révélé le jour où tu es tombée de l'arbre. Enfin, c'est une autre histoire… Annie m'a dit que, pour l'accident, Michel ne devait jamais savoir. Sa famille passait avant tout le reste, et elle ne se serait jamais trouvée là si elle ne m'avait pas entendue crier sur Mat. Je sais qu'elle a raison. Tout cela est ma faute. Si j'étais restée la même, le drame n'aurait pas eu lieu.

Je me souviens de toi, Connie, à l'époque où tu étais une si petite fille. T'en souviens-tu ? Nous étions heureuses, toutes les deux…

tous les trois avec ton père. Mat est arrivé. Pauvre petit, il n'y est pour rien. Mais je n'ai jamais su comment faire avec lui. Il devait sentir que j'allais mal. La dépression est une maladie très grave, Connie. Aujourd'hui je le sais. J'ai lu des livres qui en parlent. La maladie a grillé des neurones de mon cerveau. Je sais que parfois tu te dis que je suis folle et tu as raison. Je le suis devenue, parce que je ne me soigne pas. Ton père n'a pas été là pour m'aider à me relever, mais je ne l'en blâme pas. Il a eu tant à faire avec vous deux. J'aurais aimé l'aider, redevenir une femme forte, battante, mais je n'ai pas pu. La Helen d'avant est définitivement morte le jour de l'accident. Avant ça, j'aurais peut-être pu m'en sortir, mais plus maintenant. Tant de fois j'ai souhaité mourir… Mais même ça je n'y arrive pas. Une mère-loque, oui, tu as raison. Mais une lâche surtout…

Ne deviens pas comme moi, Connie, jamais. Je t'ai vue fumer les neuf cigarettes de ton paquet et conserver la dernière au cas où tu craquerais. Tu ne le sais pas, mais je t'ai souvent observée. Je t'admire tellement, ma fille. Ne prends jamais le parti de baisser les bras, de ne plus sourire à la vie. Tu as vingt-sept ans, toute la vie devant toi. Tu n'es pas comme moi, tu as pris le côté combatif de ton père. S'il n'avait pas été là, j'aurais probablement sombré après la mort de mes parents.

Tu sais donc, au travers de ce carnet, que tu as un frère. Sans doute t'en souviens-tu maintenant. J'ai toujours pensé qu'il ne fallait pas grand-chose pour réactiver tes souvenirs. Juste une petite étincelle. Peu importe ce que Mat est devenu aujourd'hui, aime-le. Chéris-le. Sois cette petite mère que tu as toujours été pour lui, celle que je n'ai jamais su être. J'ai souvent essayé de le lui dire, mais ce n'est pas facile, alors fais-le à ma place, tu es tellement plus douée que moi : fais-lui comprendre que ce n'est pas parce qu'une mère est victime de dépression post-partum qu'elle n'aime pas son enfant. J'aime Mat et toi plus fort que tout, et je meurs de le voir ainsi… par ma faute.

La seule chose dont j'ai été capable pour me rattraper, c'est de lui dire la vérité. Lui seul sait… Lâche que je suis, encore, puisqu'il n'a rien pu dire. Ce jour-là, il n'a pas crié. Il a écouté mon histoire jusqu'au bout, ses yeux verts mangeaient mes mots. Je ne sais pas si je lui ai fait du mal, ou si je l'ai délivré de quelque chose…

Pardon, Connie. Pardon de ne pas avoir été autre chose qu'une mère-loque.

Pardon à ton père, pour tous ces mensonges.

Maman

Connie repose le carnet sur la table basse. Elle songe à cette mère qu'elle n'a jamais comprise. Sa tristesse lui semblait sans fondement. À présent qu'elle connaît toute l'histoire, elle essaie de remettre les pièces du puzzle à leur place.

Après la mort de ses parents, sa mère s'est reconstruite grâce à l'amour de Phil, et grâce à Connie. Tout s'est gâté quand Helen a découvert qu'elle attendait un second enfant, une grossesse inattendue et non désirée. Elle avait subi un sérieux baby-blues, qui avait mué en grave dépression. Et puis un jour, sa voisine a été le témoin du seul excès de fureur qu'elle se soit autorisé. Ce jour-là, Annie a accidentellement renversé son enfant, et ne lui a pas laissé le choix : il fallait dire que l'accident avait été causé par Connie – personne n'embêterait une petite fille de sept ans. Fragile et piégée, Helen n'a pas eu d'autre possibilité que d'accepter. Son fils était entre la vie et la mort, et elle se persuadait que c'était sa faute.

Chaque membre de la famille portait sa croix. Seule Helen pouvait les alléger de leur fardeau, mais le sien était tellement lourd qu'elle n'avait même plus la force de le soulever. Elle avait passé ensuite le reste de sa vie dans une nébuleuse sombre. Les rares éclaircies étaient aussitôt balayées par le poids de la culpabilité. Il lui suffisait d'aller voir Mat.

Son état illustrait toutes ses faiblesses de mère. Il lui rappelait tout ce qu'elle détestait en elle.

Pour la première fois de sa vie, Connie éprouve de la compassion pour sa mère. Elle ne comprend pas encore sa lâcheté, même si elle sait bien que c'est la maladie qui l'a provoquée.

Un besoin impérieux s'impose soudain à elle : il faut qu'elle le voie.

58

Dommages collatéraux

Mercredi 18 septembre 2019

Il est tard, mais il ne doit pas encore dormir.

Connie ne prend même pas le temps de réfléchir avant de monter dans le Transit. Cinq minutes plus tard, elle introduit la clé dans la serrure et entre chez son père. Une lampe est allumée dans le salon et éclaire de son faible halo le guéridon sur lequel elle est posée, projetant quelques ombres au plafond. Surpris par cette brusque irruption, Phil relève la tête au moment où Connie pénètre dans le salon. Son teint est blafard, des sillons lui creusent les joues plus qu'à l'accoutumée.

— Connie, murmure-t-il. Tu es là ?

Dans sa question, Connie entend la difficulté de Phil à y croire, comme s'il avait pensé que sa fille était perdue à jamais. Elle entend le soulagement, aussi. Les bras ballants, elle le regarde sans rien dire. Son père a toujours été présent pour elle, mais il n'a jamais été doué pour les marques d'affection. Se montrer qu'on s'aime sans jamais se le dire, sans gestes tendres non plus, voilà comment ils ont toujours fonctionné, tous les deux. Connie songe que parfois, un câlin vaut tout l'or du monde. Que dire en ce moment ? Comment combler vingt-cinq ans de vide ? Vingt-cinq ans de mensonges…

— Viens, ma fille, bafouille Phil.

Il lui ouvre ses bras, elle hésite avant de s'y jeter littéralement. Il a éprouvé le même besoin qu'elle. Blottie contre le torse de son père, elle sent le bien-être l'envahir. Phil lui caresse les cheveux en chuchotant :

— Si j'avais su.

Enfin, ses yeux s'emplissent de larmes. Elle sanglote en silence, laissant la chaleur de l'amour paternel la détendre, éloigner les doutes, les interrogations. Elle n'était pas un monstre. Elle n'en a jamais été un. Son père a accepté les mensonges de sa femme, parce qu'il ne pouvait rien faire d'autre pour l'aider. Sa mère n'a pas jeté son enfant au fond d'un trou à cause de son désespoir. Ils ont tous été victimes de l'orgueil d'une femme qui se prétendait parfaite, incapable d'assumer ses actes.

Connie desserre son étreinte et s'assied dans le canapé. Elle extirpe en se contorsionnant un mouchoir en papier de la poche de son jean, et se mouche bruyamment. Phil renifle.

— Je m'en suis toujours voulu de ne pas avoir vérifié les freins du petit vélo rouge, dit-il. Satanée bonne femme !

— C'est grâce au vélo que je me suis souvenue. Mon esprit a fait le lien entre l'incident en forêt et ce mensonge au sujet de la prétendue collision.

— Tes souvenirs ont cherché n'importe quelle étincelle pour raviver la flamme, parce qu'il était temps que tu retrouves ton frère.

— Mat sait, murmure Connie, les yeux dans le vague.

Elle vient juste de se rendre compte de ce que cela implique. Ce secret qu'il ne pouvait partager avec personne. A-t-il seulement compris ?

— Oui, il a su bien avant nous.

Phil laisse passer un long silence avant d'ajouter comme pour lui-même :

— Qui était-elle ? J'ai eu tant de fois l'impression de vivre avec une étrangère…

— Elle est devenue une étrangère pour tout le monde, y compris pour elle-même.

— Elle ne m'a pas assez fait confiance, elle a pensé que je ne la croirais pas.

La voix de Phil est lourde de reproches. Ou de regrets.

— Peut-être qu'elle s'est dit que tu donnerais raison à Annie, comme pour l'épisode de l'arbre.

— Tu penses que c'est ma faute ?

Connie s'empresse de déposer une main rassurante sur celle de son père avant de répliquer :

— La seule fautive dans l'histoire, c'est Annie.

Sa réponse la surprend elle-même. Au fond, elle peine à approuver le silence de sa mère. À sa place, elle n'aurait jamais laissé quelqu'un menacer sa famille. Mais elle n'est pas Helen. Elle se sent d'ailleurs soulagée par les mots de sa mère :

« *Tu n'es pas comme moi, tu as pris le côté combatif de ton père.* »

Comme si à eux seuls, ils pouvaient la préserver de cette destinée qu'elle craint depuis toujours. Non, elle n'est pas Helen. Elle n'est pas malade, alors elle ne doit pas juger.

À cet instant, Connie comprend qu'elle pardonne. Elle se sent délestée d'un poids. Comme si la petite fille était partie. Celle qui pesait sur elle depuis quelques jours. Ou depuis toujours, peut-être.

59

Le cimetière

Lundi 23 septembre 2019

Après son déjeuner du lundi avec Phil, Connie rentre à L'Amapola. Elle confectionne une gerbe mortuaire pour honorer une commande tombée peu avant midi sur son application Interflora. Elle ira la déposer au funérarium avant de se rendre au Phénix. Puis elle flâne un peu dans son appartement. L'automne, heureux de fêter son arrivée, a convié le vent qui charrie de lourds nuages et fait claquer la fenêtre du salon. Connie la referme puis s'assoit sur le canapé, les pensées tournées vers la lettre qu'elle a confiée ce matin au facteur. Voilà quatre jours qu'elle maniait les mots dans sa tête, à ne plus en dormir la nuit. La veille, elle a finalisé le courrier en compagnie de Phil et de Mat. Une lettre destinée à Annie.

Chère Annie,

J'espère que tu vas bien depuis ma dernière visite.

Je vais t'apprendre une bonne nouvelle : mon retour au bercail a porté ses fruits, je me souviens de tout. Je comprends à présent pourquoi tu aurais préféré que je ne retourne pas dans cette maison, pourquoi tu serrais mon bras si fort.

J'ai pensé sur l'instant que tu revivais la scène et revoyais Mat gisant au fond du trou.

Peut-être les images dansaient-elles dans ton esprit. Mais il n'y avait pas que celles-là. Tu ressentais sans doute encore ce poids, qui a buté contre ta jambe et que tu as précipité dans le vide.

C'est toi qui l'as poussé. C'était un accident, bien sûr que tu ne l'as pas fait exprès, mais tu n'as pas assumé. Tu as préféré dire que c'était moi, et tu savais que Maman était trop faible pour te contredire. Tu t'es servie de sa maladie. Sais-tu ce qu'il nous en a coûté à tous pour tes mensonges ? J'ai oublié mon propre frère, j'ai passé vingt-cinq ans loin de lui parce que mon esprit d'enfant ne pouvait pas se faire à l'idée que j'avais causé l'accident. J'ai rangé ma poupée Steffie et me suis persuadée que je n'aimais pas les enfants, que je n'étais pas faite pour en avoir.

As-tu au moins réussi à te convaincre que l'accident n'était jamais survenu ? Est-ce que mentir permet d'occulter le pire ? Ne t'es-tu jamais sentie coupable ? Pas d'avoir poussé Mat, mais d'avoir reporté la faute sur une gamine de sept ans ? Qu'aurais-tu risqué à dire la vérité ? L'accident a été terrible, mais j'étais là, j'ai vu que tu ne l'avais pas poussé délibérément.

Tu verrais Mat aujourd'hui. Mat est l'être humain le plus entier, le plus sincère que je connaisse. Il est prévenant, doué d'une grande émotivité. Il a toujours son fichu caractère, mais ça fait partie de lui. Il prouve qu'il n'a pas changé, au fond.

J'ai beaucoup hésité concernant la manière dont j'allais t'annoncer le retour de ma mémoire. J'ai d'abord pensé à te rendre une seconde visite, mais je n'ai plus de temps à perdre pour les déplacements inutiles. Je préfère garder de Sarlat les meilleurs souvenirs de mon enfance. Ensuite, je me suis dit qu'une lettre adressée à Michel serait le juste retour des choses. Mais je ne suis pas rancunière et la vengeance n'a jamais rien apporté de bon. Il y a eu assez de vies brisées. Ce n'est pas à moi de décider de celle des autres.

J'espère juste que cette lettre t'ouvrira l'esprit et que tu seras capable d'assumer enfin tes actes, vingt-six ans après.

Connie

PS : Papa aurait bien voulu ajouter un mot à cette lettre, mais il est préférable qu'il n'en fasse rien, ton cœur sensible n'apprécierait pas.

Sa première version de la lettre était plus acerbe, elle voulait cracher toute sa rancœur. Mais Mat avait affiché son désaccord et lui avait fait comprendre qu'elle devait la réécrire après avoir accordé son pardon.

Elle n'est pas certaine d'avoir déjà excusé sa nourrice, mais elle a fait comme si. En s'imposant une certaine distance, Connie réalise à quel point Mat a raison. C'est plus facile pour lui, il a eu quelques années pour prendre du recul. Connie comprend sa bêtise au moment même où cette pensée lui effleure l'esprit. Comment cela pourrait-il être plus facile pour lui, cloué dans son fauteuil pour l'éternité ? Et pourtant il a pardonné… Elle ne cessera jamais d'admirer son frère. Il est son *amapola*. Cette fleur aux délicats pétales qu'un simple brin de vent peut détacher et faire s'envoler au loin. Capable de grandir malgré l'adversité, et de repousser tous les ans. Comme le Phénix renaît de ses cendres. Connie sourit. Il n'y a pas de hasard dans la vie. Que des signes, disséminés çà et là, qui montrent le bon chemin.

Quand l'horloge indique quinze heures, Connie dévale l'escalier pour récupérer la gerbe ainsi qu'un autre bouquet dans l'arrière-boutique. *Aujourd'hui est un jour particulier. Cela fait deux ans que sa mère est morte.* Après que Connie lui a raconté toute l'histoire, Janelle a enfin osé aborder le tabou « Helen » et livrer à Connie le fond de sa pensée : il est temps qu'elle fasse enfin la paix avec sa mère en se rendant sur sa tombe. Elle ne s'y est recueillie qu'une fois, le jour de l'enterrement. Jamais ensuite elle n'a fait l'effort de remettre les pieds au cimetière. Elle ne lui avait tout simplement pas pardonné son éternelle absence. Quand quatre jours plus tôt, Janelle s'est aventurée sur ce terrain, Connie a soupiré. Mais les paroles de Janelle ont fait leur bonhomme de chemin et dès le lendemain, Connie a compris qu'elle devait le faire. Pour sa paix intérieure. Pour Helen. Pour sa famille. Elle a cependant posé ses conditions la veille au Phénix. Elle s'y rendrait, seulement si Mat acceptait de l'accompagner. Il a grogné, il a râlé, mais elle a obtenu gain de cause. Même Phil les rejoindrait après le travail.

En poussant la porte du Phénix, Connie se met malgré elle à la recherche de Babeth. Elle est presque déçue de ne pas la trouver dans la pièce commune, ni de la croiser dans le couloir qui la mène à la chambre de Mat. Celui-ci ne s'y trouve pas non plus. Connie se lance à sa recherche. Finalement, c'est dans la cuisine qu'elle le déniche, regardant avec gourmandise Claudia enfourner un plateau de cookies. Connie est surprise de voir son frère participer à l'atelier. Élise est à ses côtés, c'est peut-être l'explication. Connie embrasse Mat, puis salue l'assemblée avant d'aller ranger soigneusement son bouquet loin du four. Quand elle croise Babeth, qui revient des Ailes de l'Espoir, celle-ci avise les fleurs d'un mouvement du menton.

— C'est pour ma mère, explique Connie.

— C'est un très joli bouquet, déclare Babeth.

— Des roses et des lys. Uniquement des fleurs blanches. Je l'ai voulu sobre et raffiné, à son image. Parce que même si elle a longtemps été cette mère-loque, elle a toujours été belle.

— C'est vrai, Connie, tu as raison.

Connie comprend alors deux choses : d'abord que pour la première fois, elle vient de complimenter sincèrement sa mère. Ensuite, que si elle a apporté ces fleurs ici, c'est précisément pour entretenir ce genre de conversation avec Babeth. Elle vient de Vouvant pour y emmener son frère tout à l'heure, puisque Helen a été enterrée là-bas. Elle aurait pu éviter le transport du bouquet. Elle cherchait l'assentiment de Babeth quant au choix des fleurs et, au-delà, quant à la décision de se rendre au cimetière et d'y emmener Mat. Le verdict ne se fait pas attendre :

— Merci, Connie, pour ce que tu fais pour Mat. Il ne s'en rend pas compte, mais il en a besoin.

Plus tard, tous les deux se tiennent devant la dernière demeure d'Helen. La pierre tombale, en granit rose, est fleurie des compositions que Phil lui achète parfois, à L'Amapola. Les inscriptions sont encore belles, récentes.

Helen Legrand 15 août 1957 – 23 septembre 2017

Connie ne peut réprimer un frisson. Sa mère avait soixante ans quand elle est morte. Presque une moitié de vie en souffrance. Elle ne peut détacher ses yeux des lettres dorées. À tâtons, elle cherche la main de son frère et la serre dans la sienne. Elle sent les doigts bouger au creux de sa paume. Mat est nerveux, mal à l'aise. De sa main libre, elle se met à caresser tendrement celle de Mat, même s'il ne peut percevoir les ailes de papillons qui le frôlent. Lentement, elle repose la main de Mat sur l'accoudoir de son fauteuil et ramasse le bouquet à ses pieds, puis le dépose avec soin sur la pierre. Du bout des doigts, elle effleure le bloc de granit en regrettant de ne pas avoir fait réaliser de plaque pour sa mère. Peut-être un jour, elle fera graver un message, avec Mat. Plus tard, il ne faut pas brûler les étapes. Elle reviendra en tout cas. Avec et sans lui. Pas trop souvent, mais quelques fois. Histoire de rattraper le temps perdu. Elle lui racontera tout ce qu'elle sait et peut-être que, là-haut, Helen retrouvera le sourire.

Ils sont là depuis longtemps quand Phil les rejoint. Il ne dit rien, il respecte le temps du recueillement. Le temps du pardon. Tous les trois restent ainsi encore un moment, avant que Connie, au milieu d'eux, leur prenne la main à chacun. Puis, avec douceur pour ne pas briser la magie de l'instant, elle se met à fredonner :

— *Doucement, doucement, doucement renaît le jour…*

60

À la folie

Vendredi 27 septembre 2019

La vie a repris son cours. Le chemin parcouru, aux yeux de Connie, lui semble bien plus long et intense depuis ces trois dernières semaines qu'en trente-trois ans de vie. Elle a déterré le passé pour mieux faire le deuil de tout ce qui n'a pas été, de tout ce qui aurait dû être. Pour accepter sa vie sans la juger. Pour avancer. Connie a retrouvé le sourire, même si elle se force par moments. Car il reste encore une ombre au tableau.

— Vous allez faire semblant encore longtemps ? demande Firmin sans façon alors que Mme Martin vient de quitter la boutique, laissant dans son sillage un doux parfum boisé.

Connie se retient de répondre, le désespoir qui la consume de l'intérieur la rend honteuse.

— Quand vous déciderez-vous à l'appeler ? insiste Firmin.

De sa main experte, il entoure les œillets commandés par Mme Fortin, enveloppant les couleurs automnales d'une feuille transparente qu'il maintient à l'aide d'un ruban rouge. Il admire son œuvre avant de couver sa patronne d'un air compatissant.

— Je sais qu'il hante vos nuits, à quoi bon vous cacher sous un vernis de tartufferie ?

— Et si nous parlions de toi et Benoît ?

— Ne changez pas de sujet, je ne vous lâcherai pas.

— Tu vois, toi aussi tu n'aimes pas en parler.

— Je n'éprouverai aucune gêne à épiloguer sur nos amours, à Benoît et moi. Si vous voulez tout savoir, l'étape embryonnaire ne sera jamais franchie. L'autre jour, je l'ai surpris en train de fricoter avec sa vendeuse. Étant donné que j'ai horreur de ceux qui ne savent pas ce qu'ils veulent, je lui laisse volontiers. Maintenant que nous avons fait étalage de mes déboires sentimentaux – desquels je me suis remis sans peine, soyez-en assurée –, si nous revenions un peu à nos moutons et à celui qui nous intéresse aujourd'hui ?

— Il ne m'a jamais rappelée, il faut tourner la page.

— Parce que c'était à lui de le faire ? s'insurge Firmin en faisant mine de s'étrangler.

Connie hausse les épaules.

— S'il en avait vraiment envie, il aurait cherché à me revoir, non ?

— On me dit parfois têtu, maladroit en amour et terriblement vieux jeu, mais permettez-moi de vous dire que vous détenez la palme, ma chère Connie. Celle de la bêtise en premier lieu. Vous étiez au plus mal et vous avez donc préféré mettre un terme à votre histoire avec David. Aujourd'hui vous avez trouvé les réponses à vos questions, vous vous morfondez d'amour, et ce serait à votre chevalier servant de revenir vers vous ? Rassurez-moi : vous n'y croyez pas vous-même ?

— S'il me rejette ?

— Vous n'aurez plus qu'à ranger votre amour-propre dans votre poche, avec votre mouchoir dessus. Mais il en vaut bien le coup, non ?

— Ce n'est pas qu'une question d'amour-propre, Firmin…

— Je m'en doute. Vous avez peur pour votre petit cœur, mais laissez-moi vous demander : que pensez-vous de cette citation d'Oscar Wilde : « J'aime mieux vivre avec des remords qu'avec des regrets » ?

Connie plonge la tête dans sa tasse de chocolat chaud, peu à l'aise avec cet étalage de sentiments.

— Les regrets ne tiennent qu'à soi, les remords dépendent des autres. Peut-être est-il préférable de penser que tout aurait pu être différent si on avait osé, plutôt que s'être pris un râteau monumental.

— Au moins vous pourrez tourner la page. Vous êtes exceptionnelle, Connie ! Vous n'avez pas arrêté de nous rebattre les oreilles avec cette lâcheté dont ont fait preuve vos parents, et vous marchez allégrement dans leurs traces sans même vous en rendre compte.

Les paroles de Firmin la percutent de plein fouet alors qu'elle prend conscience de leur sagesse. Ne sait-elle donc pas tirer leçon des erreurs de ses aînés ?

Connie ramasse les vestiges de leur pause-café et se rend dans l'arrière-cuisine pour les nettoyer. Quand elle réapparaît, sa décision est prise.

— Firmin, je peux te laisser la boutique pour la soirée ?

Le visage du fleuriste s'illumine d'un franc sourire.

— Ah, j'aime mieux ça ! Vous me voyez ravi de ce brusque retournement de situation.

Connie monte le son de l'autoradio tandis que le Transit avale la dizaine de kilomètres qui la séparent de son destin. Ses deux mains s'accrochent au volant comme à un palonnier de ski nautique. Cette idée l'amuse. Ses ongles sales la narguent, semblant lui montrer qu'elle n'a aucune chance. Elle hausse les épaules, David l'a vue des jours durant avec des doigts tachés, une fois de plus ou de moins…

Quand elle se gare au pied de l'appartement, juste devant la voiture de David, son cœur cogne dans sa poitrine. Le rythme s'accélère à mesure qu'elle gravit la volée de marches. Lorsqu'elle se retrouve devant la porte grise, elle a l'impression qu'il va exploser. Elle souffle, une fois, deux fois, le temps de se calmer. Ses mains tremblent, elle va avoir l'air ridicule. Avant de réfléchir davantage, elle frappe trois petits coups. Jusque-là focalisée sur son état de stress, elle entend alors des voix qui proviennent de l'appartement. David n'est pas seul. Le tourbillon qui menace de la soulever de terre se reforme en un éclair. Elle s'apprête à faire demi-tour.

Soudain, la porte s'ouvre. Il est là, devant elle. Aussi beau que dans ses souvenirs. Ses yeux noirs lancent des éclairs de surprise. Elle retient son souffle. Elle a envie de se jeter dans ses bras, d'effacer par une salve de baisers sa décision de le bannir de sa vie. Le face-à-face dure longtemps, chacun perdu dans l'immensité du regard de l'autre. Puis David détourne les yeux et les reporte derrière lui, gêné.

— Je te dérange ? souffle Connie.

— Non, entre.

Il s'efface pour la laisser passer. C'est alors qu'elle la voit, assise de dos à la table de la cuisine. Son haut chignon retient au-dessus de sa nuque une masse de cheveux noirs. Le port de sa tête est droit, elle devine une femme élégante. Le tison qui lui brûle le cœur l'empêche de parler. Embarrassé, David passe devant elle pour la conduire devant l'inconnue. Ainsi donc il l'a déjà remplacée ? Connie se sent brusquement petite et moche. Elle cache ses mains dans son dos. En entendant les pas qui approchent, la femme se lève et se plante face à eux en se fendant d'un large sourire. Connie, perplexe, détaille les rides de la femme et sa mèche grise qui danse devant son front.

— Connie, je te présente ma mère. Maman, voici Connie.

Sa mère ? Connie hésite entre sauter de joie ou se lancer dans une crise de rire hystérique. Elle choisit cependant de se mordre l'intérieur de la joue, tout en la tendant à la mère de David. Celle-ci la prend dans ses bras pour l'embrasser.

— Appelez-moi Liliane, dit-elle d'une voix rocailleuse.

Connie songe avec un pincement au cœur qu'elle aurait dû rencontrer les parents de David le week-end dernier, si la vie n'en avait pas décidé autrement. Ils vivent à Saumur, et devaient passer quelques jours chez la sœur de Liliane à Niort. David voulait en profiter pour faire les présentations.

— Je file, j'ai assez traîné. Merci, mon grand, pour cette journée de shopping avec toi, c'était bien. Ton père, Gisèle et Étienne vont m'attendre. Au revoir, Connie. À une prochaine fois, j'espère.

Connie laisse David raccompagner sa mère. Elle n'a pas su quoi dire, elle a eu l'air idiote. David retrouve la jeune femme debout au même endroit, le regard perdu au-dehors, rongeant la peau cornée qui entoure l'ongle de son pouce. Se sentant observée, Connie lève les yeux vers lui et sourit. Il se contente de froncer les sourcils.

— Je t'offre à boire ? demande-t-il pour rompre le silence.

— Volontiers. J'aurais besoin d'un remontant assez fort, si tu as ?

— Pourquoi ? Il y a quelque chose que tu n'arrives pas à me dire ?

Le cynisme dans la voix de David allume une alarme dans sa tête. Elle lui a fait mal, il va avoir envie de se venger. Connie n'a pas du tout réfléchi à la manière dont elle va aborder la situation. Par où commencer ?

— J'ai trouvé les réponses à mes questions, murmure Connie.

— Janelle m'a dit, je suis très heureux pour toi.

David s'est radouci. Les deux fossettes se sont creusées sur ses joues. Il ne sourit pas encore, mais c'est un début.

— Tu dois être soulagée, reprend-il.

— Tu n'imagines pas à quel point.

Le silence s'installe, le temps que David leur serve un verre de vin. Ils trinquent sans échanger un mot. Connie trempe ses lèvres dans le liquide rubis tandis qu'elle fixe David intensément, espérant concentrer toute la force de ses sentiments dans son regard pour qu'il n'ait plus qu'à les y lire. Il cille un instant, mais il ne dit rien, ne bouge pas et Connie sait que cela ne suffira pas. Elle n'a pas d'autre choix que de se lancer :

— David, si je t'ai demandé de sortir de ma vie, je ne l'ai pas fait de gaieté de cœur, crois-moi. J'avais l'impression à ce moment-là que je ne te méritais pas, que je n'avais pas le droit de recevoir ton amour alors que je n'étais peut-être pas quelqu'un de bien. Tu es un homme tellement… parfait ! Et moi, qui étais-je ? Une fille qui prétendait vouloir s'occuper de son frère, dans le seul but de s'affranchir de sa culpabilité ?

David réfléchit tout en sirotant son verre de vin. Lorsqu'il le repose, les muscles de ses mâchoires sont tendus, et son visage fermé.

— Tu n'avais pas le droit de décider à ma place. Tu aurais dû me faire confiance.

— Je l'ai fait pour toi !

— Non, Connie. Si tu avais vraiment pensé à moi, tu ne m'aurais pas demandé de partir. Tu m'as fait mal. Je ne suis plus un enfant. Je n'ai pas envie qu'on me fasse souffrir pour mon bien.

— J'étais perdue, David !

— Contrairement à toi, je te faisais confiance. Je n'ai jamais douté de la femme que tu étais. Je ne peux pas me permettre de partager la vie de quelqu'un capable de me jeter dehors du jour au lendemain.

Connie reçoit les mots de David comme autant de coups de poing dans le ventre. Mon Dieu, comme cela fait mal ! Elle n'aurait jamais dû écouter Firmin. Le regret de ne pas savoir ce qui se serait passé en osant revenir vers David n'était rien, comparé à cette tirade destructrice. Il ne veut plus d'elle dans sa vie, voilà ce qu'elle retient. En même temps, puisqu'elle est là, autant aller jusqu'au bout. Autant lui dire tout ce qu'elle a sur le cœur avant de ne plus jamais le revoir.

— Monsieur David Chêne, vous êtes le type le plus craquant qu'il m'ait été donné de rencontrer. Vous n'imaginez même pas combien de nuits j'ai rêvé de vous avant de vous serrer dans mes bras. Jamais je ne me suis donnée à un homme avec une telle intensité.

Aidée par les vapeurs enivrantes du Haut-Médoc, Connie se laisse emporter par la vague de l'émotion qui la traverse.

— Vous avez été mon Robin des Bois à bien plus d'égards que vous ne pouvez le penser. Vous avez monopolisé mon esprit, m'ouvrant à un sentiment inconnu. Jusqu'alors, je connaissais l'attirance, le désir, mais pas l'amour. Il m'a fallu du temps pour le comprendre. Comment reconnaît-on un sentiment qu'on ignore ? Penser à vous nuit et jour, me morfondre loin de vous, me languir de vos caresses, attendre votre venue, nos discussions, nos rires. Oui, David, je vous aime. De tout mon cœur, de tout mon être. Je n'y peux rien, c'est ainsi. Je ne prétends pas aujourd'hui être une autre femme. Je suis toujours la même, mais sans mes freins, sans mes barrières. Sans cette folie qui menaçait de m'engloutir un jour. Tenez, je vais vous montrer.

Connie fouille dans son sac à main et extirpe l'unique cigarette de son paquet. D'un petit coup sec, elle la casse en deux, répandant quelques brins de tabac sur la table. Elle les ramasse et jette le tout dans la poubelle.

— Il y a quelque chose dont j'ai très envie, dit-elle en pianotant sur son téléphone.

Puis elle ferme les yeux et attend. Les notes ne tardent pas à envahir la pièce. Inspirée par Mat et son adoration pour le violon de Karolina Protsenko, elle se laisse guider par la mélodie de *Despacito*. Elle repense à leur première soirée, dans son appartement, quand David s'était mis à danser. Elle l'avait trouvé spontané, touchant. Elle rouvre les yeux. David la regarde sans ciller. Et pourtant, il n'en perd pas une miette. Elle prend sur elle pour continuer à se mouvoir, pour ne pas penser qu'elle s'humilie devant un homme qui la rejette. Elle le revoit, le soir de leur dernière nuit, quand elle s'est déshabillée devant lui. Elle avait lu tant de désir dans ses yeux. Elle utilise à présent la dernière arme qui lui reste : l'ensorcellement.

Pour masquer sa gêne et se donner du courage, elle ferme de nouveau les yeux. Le violon de la fillette est envoûtant, il l'emporte loin d'ici. Elle s'imagine dans un endroit ensoleillé, boisé. Au milieu des arbres s'étend un champ de coquelicots, rouge passion. Elle tourbillonne dans la clairière. Elle est nue, dépouillée de toute entrave. Elle secoue ses hanches, ondule avec légèreté. Tout à coup, des mains se posent délicatement sur sa taille. Elle garde les yeux fermés, pour éviter de rompre le charme. Même quand un souffle chaud balaie son visage, elle se contente de tendre la bouche sans regarder.

— Alors comme ça, vous m'aimez ? murmurent les lèvres contre les siennes.

— À la folie.

61

Épilogue

Dimanche 27 octobre 2019

Le vent frais dans mes cheveux, le soleil timide sur ma peau, la nature majestueuse qui défile sous mes yeux. Je ne me suis jamais senti aussi vivant.

Il y en a du monde autour de moi pour porter mon fauteuil : mon père, David, son ami Paul, Émilie, la femme d'Antoine ; Julie, la collègue de Connie ; Ludo, le mari de Janelle. Bientôt nous rejoindrons Connie, qui va prendre la place de Papa. Tous les deux ne courent pas beaucoup, David a jugé préférable qu'ils ne fassent que la moitié du parcours. J'ai hâte de retrouver ma sœur. Après tout, c'est grâce à elle si je suis ici. Elle s'est battue pour que je puisse vivre normalement. Elle est la première à m'avoir regardé au-delà de ma différence. À l'avoir laissée de côté pour se recentrer sur le reste, sur tout ce qui fait que je suis moi. Elle n'est pas la seule à s'être démenée pour moi. Papa, Babeth, les soignants des Ailes de l'Espoir et du Phénix. Les résidents aussi. Chacun a fait en sorte de m'offrir une vie plus douce. Il n'y a que ma mère qui s'est toujours montrée différente. Connie dit qu'elle était malade. Moi, tout ce que je sais, c'est que je détestais cette pitié que je lisais dans ses yeux !

Peut-être est-ce la raison pour laquelle je n'ai pas su l'aimer comme un fils est censé le faire.

David aussi se bat pour moi. C'est un super beau-frère ! Heureusement que ma sœur et lui se sont rabibochés, ils étaient malheureux comme des pierres quand ils étaient séparés.

Jeudi, Connie était contrariée, je l'ai senti tout de suite. J'ai cru qu'elle allait m'annoncer que la course ne pourrait finalement pas avoir lieu. J'ai été soulagé d'apprendre que c'était à cause de cette lettre d'Annie reçue la veille, puis j'ai pensé qu'elle nous pourrissait encore la vie, cette Annie. Elle me l'a lue, mais je n'ai écouté que d'une oreille distraite. Il y était question de pardon, de larmes, de regrets, d'incapacité à dépasser ce qu'elle est et à décevoir ceux qu'elle aime. Moi, je m'en fiche. Cela ne changera rien pour moi. Tout ce que je sais, c'est que les gens sont compliqués. Capables de passer une vie entière rongée par leurs secrets alors qu'ils auraient tout pour être heureux. Que de temps perdu !

Ça y est, je la vois. Elle nous sourit en agitant les bras. Papa tape dans sa main, m'envoie un baiser et une salve d'encouragements avant de monter dans le Transit. Il doit se dépêcher s'il ne veut pas manquer notre arrivée.

Nous croisons de temps en temps des coureurs en solo ou en groupe. Chaque fois, ils nous applaudissent. J'aime cette ambiance solidaire. Ils courent tous pour moi, pour T Avec Moi. Pour Paco aussi, nous lui avons dédié cette première course. C'est magique !

Je tourne parfois la tête vers Connie sur ma gauche. Concentrée sur sa respiration, elle ne me voit pas. Elle est déjà aussi rouge que si elle avait fait le départ avec nous.

Je pousse quelques exclamations pour l'encourager. Elle fait mine de râler et d'une voix entrecoupée d'inspirations décousues, elle blague sur ma ressemblance avec Abraracourcix, le chef gaulois dans Astérix, qui se laisse porter par ses sujets. Ça fait rire tout le monde.

Quand j'aperçois la ligne d'arrivée au bout du chemin, je regarde la montre à mon poignet : nous avons avalé les douze kilomètres en une heure cinquante. Pas mal pour une première, comme dirait David. J'espère que la prochaine fois, nous ferons encore mieux.

Je les entends avant de les voir : Babeth, Janelle, ses parents et les filles, Antoine et ses enfants, Élise et sa mère. Ils sont tous là pour nous acclamer. Quand nous franchissons la ligne, je croise le doux regard d'Élise et il me semble y lire de l'admiration. Je suis si heureux.

Connie me compare parfois aux *amapolas* qu'elle aime tant. Je ne comprends pas toujours bien pourquoi.

À présent, je suis devenu aussi léger qu'un coquelicot et je me laisse porter par le vent. Je m'envole, comme le délicat pétale d'un *amapola*.

Aujourd'hui est un jour spécial. Je suis en train de vivre un très grand « petit bonheur ».

FIN

Remerciements

Ainsi s'achève l'écriture de mon deuxième roman. J'ai pris énormément de plaisir à écrire l'histoire de Connie et de Mat. J'ai pleuré et ri avec eux. J'espère que vous aimerez ces personnages autant que moi.

L'univers de Connie m'était inconnu. Quel bonheur de me plonger dans ce monde coloré, poétique et odorant ! Je remercie Marie-Paule et Jean-Luc de m'avoir ouvert les portes de leurs souvenirs à « La vie fleurie », avec toutes ces anecdotes qui font de la vie d'un fleuriste un joyeux tourbillon.

Merci à Julie, Anne, Greg et Fafa pour leurs explications ou conseils, chacun dans son domaine, donnant à cette histoire davantage de crédibilité.

Un énorme merci à ma toujours fidèle première lectrice, Marion, qui sait me dire avec bienveillance quand un détail l'interpelle ou ne satisfait pas ses attentes. Ces retours me sont indispensables.

Merci à mon mari et mes enfants, vous êtes mes premiers soutiens.

Merci aussi à nos familles qui savent prendre le relais quand les différents pans de nos vies sont difficiles à concilier.

Merci à tous mes proches qui m'encouragent à poursuivre les rêves que j'ai osé réaliser en 2018. Depuis, ces rêves continuent de m'émerveiller.

Je voulais consacrer quelques mots à Samuel Marie, le tétraplégique dont je fais référence dans le livre. Je cherchais une vision positive de ce handicap, à l'image de ce que j'avais en tête pour Mat. J'ai acheté son livre *Avance, bordel !*. Un tel optimisme face aux obstacles m'a fichu une sacrée claque et m'a davantage inspiré l'idée d'un Mat combattif. Je conseille à tous ceux qui flanchent, comme nous le faisons tous à certaines périodes de nos vies, de lire ce livre, il remet les idées en place.

Des histoires de combat, nous en avons tous autour de nous. Merci à Maréva et à Franck, les parents de Grégoire, d'avoir autorisé mon clin d'œil à leur association TEMPO 15 Grégoire. Je suis très admirative de celles et ceux qui savent puiser dans les drames la force de survivre, puis de vivre et de continuer à faire briller leurs étoiles.

J'adresse un remerciement particulier à Emeline Colpart, l'éditrice avec laquelle j'ai la chance de travailler. Tes remarques toujours pertinentes et professionnelles m'aident énormément à progresser. Ta disponibilité et ta gentillesse me sont très précieuses pour avancer dans ce milieu que je découvre au fur et à mesure.

Merci aussi à Florian Lafani. Je n'oublie pas comment mon histoire littéraire a commencé.

Merci à l'équipe commerciale qui a accepté de prendre *Six ans à t'attendre* sous son aile alors qu'il est sorti en moins de deux mois chez Fleuve, bouleversant le calendrier.

Merci à tous les membres de la maison qui planchent dur pour aider les auteurs à « accoucher » de leur création. C'est un travail d'équipe vraiment stimulant. Je remercie ainsi Maryannick Le Du et son équipe de correctrices : Agnès Aubry, Christine Desnos et Evelyne Azzola.

Pour la couverture (que j'adore !), un grand bravo à François Lamidon.

Je n'oublie pas les Éditions Pocket, et plus particulièrement Perrine Brehon qui prend sous son aile *Six ans à t'attendre* en version poche. Je suis ravie que son aventure se poursuive, deux ans après sa première sortie.

J'en profite pour remercier également l'équipe de Librinova, toujours présente, et plus particulièrement Andrea Field, qui fait partie des bonnes étoiles qui jalonnent mon chemin !

Enfin, je terminerai par vous mes chers lecteurs. Vous êtes les derniers maillons de la chaîne si longue du processus d'écriture, mais non le moindre. C'est grâce à vous que j'en suis là aujourd'hui. Merci pour votre enthousiasme et votre soutien. Merci de répondre présents.

Comme vous le savez déjà pour ceux qui me connaissent, vos avis comptent pour moi énormément, alors n'hésitez pas à m'écrire, soit via mes comptes Facebook ou Instagram : Delphine Giraud Auteur, ou par mail sur mon adresse personnelle : gigi.giraud@wanadoo.fr

Je vous embrasse.

Delphine

Imprimé en France par CPI
en décembre 2020
N° d'impression : 161082

Composition et mise en pages
Nord Compo à Villeneuve-d'Ascq

Fleuve Éditions
92, avenue de France
75013 Paris

R15495/01